유리

최지수 희곡집

유리

곰곰나루

작가의 말

고민과 감사

저의 첫 희곡집인 이 책은 2015년 초연 이후 지금까지 꾸준히 공연되고 있는 희곡 「유리」를 비롯해서 「돌아가는 길」, 「병실戰」, 「생일선물」, 「붉은 광산」 등 모두 다섯 편을 수록했습니다.

제가 주로 언급해 왔던 시대의 과제를 각각의 구성 방식으로 표현한 작품들인데, 이를 통해 우리 사회에 대두된 고민을 함께 해결해 보려 했습니다. 저는 그동안 작가로서 바로 이 의도로 실현하려고 노력하며 살아온 듯합니다.

글을 쓰면서 좌절하고 힘들었던 매 순간이 한 권의 책으로 모여 오늘 이렇게 세상의 빛을 만나게 되었습니다. 도움을 주신 많은 분들께 감사의 인사를 전합니다.

공연을 할 때마다 배역에 생명을 부여해 준 배우들, 스텝들, 함께 울고 웃어주셨던 관객들이 없었다면 저의 글도 없을 것입니다. 작품 활동을 하면서 만났던 모든 분들이 저에게는 글을 쓰는 원동력이었습니다.

글에 매달릴 수 있도록 격려와 응원을 아끼지 않은 가족과 주변 분들에게 이 책을 바치고 싶습니다. 그분들이 계셨기에 미흡한 제가 여기까지 올 수 있었습니다. 모자라고 부족하지만 나름대로 의미 있는 작품으로 보답할 수 있도록 묵묵히 노력하겠습니다.

2022년 12월 최지수

차례

유리

유리
(전 11장)

● 등장인물

유리

유리 엄마

김영교

깻잎쟁이

고물상 할배

부동산 전씨

유 형사

그 외 박 형사, 보험 아줌마, 트럭 아저씨, 할머니 등

● **시대** 1980년대 초

● **공간 배경** 경남 사천군 화이면 읍내 경찰서

● **무대**

낡은 책상과 의자가 몇 개 놓여 있는 시골 경찰서 안. 무대 중간에는 책상이
있고 그 옆으로 의자가 널려 있으며 바닥에는 쓰레기와 서류, 담배꽁초가 굴
러 다닌다. 이 장소는 극중에서 영교의 방, 원두막 앞, 다방 등 다양한 장소
로 변형된다.

✦ 2015년 대구문화 예술회관 대구 연극제 초연

제1장

무대 중앙에는 파라솔과 의자가 놓여 있다. 여기저기 쓰레기가 보이고 뒤로는 잡초가 보인다. 조명이 들어오면 유리가 등장한다. 옷매무새가 흐트러졌다. 이어서 동네 사람들이 등장한다. 웅성거리는 소리.

유 형사(소리)　(사이렌 음향과 함께) 살인 사건 발생이다. 모두들 동작 그만!

마을 사람들 놀란 눈으로 객석을 바라본다. 무대 위는 암전된다. 그 속에서 유 형사와 박 형사가 소란스럽게 등장한다. 객석을 살펴보다가 역정을 내는 유 형사. 갑자기 고함친다.

유 형사　　죽은 이유가 뭐야? 왜 지금껏 조용하다가 하필이면 내가 오고 나서 죽냐고.

박 형사가 마스크를 벗으며 중얼거린다. 손에는 손전등을 들고 있다.

박 형사　　자빠뜨리고 목 조르고 때리고…. 이거 완전 양아치인데예. 시체가 처참해예.

유 형사　　신고자가 아홉살짜리야. 지나가던 동네 꼬마라고. 하필이면 112로 신고해 가지고 관할로 떨어지게 만드냐. 애새끼가 산수 문제나 풀 것이지.

박 형사　　그래도 이번 건만 잘 해결되시면 다시 서울로 가실 수 있다 아입니꺼. 살인 사건은 고과가 좀 쎄지예!

유 형사　　(박 형사를 보며) 잡아야 쎄지예! 너 같으면 목격자도, 증거도 없는 사건 맡고 싶냐? 아, 몰라! 대충 때려넣고 카드나 치

자. 어제는 니가 이겼잖아!

박 형사   준비됐습니다.

유 형사   빨리 애들 풀어라. (정색) 후딱 끝내자고.

출연진 모두 나와 객석 사이를 돌아다닌다. 수사관들은 검은색 옷을 입고 경찰봉을 들었다. 그들은 객석과 무대를 훑고 다니며 관객들에게 알리바이를 묻는다. 몇 시에 어디에서 있었는지, 뭐 했는지. 수상한 쪽으로 몰고가거나 꼬치꼬치 캐묻기도 한다.

박 형사   근데, 형님! 아무리 생각해도 이거 사인이 좀 골때리는데예?

유 형사   (서류를 빼앗아들며) 그러니까 말이다. 그래도 멍이 한 군데만 들어 있어. 만약 저항했다면 긁히고 난리 났을 텐데 다른 데는 멀쩡하잖아. 면식범의 소행이야.

박 형사   저도 같은 생각입니더.

유 형사   엎친 데 덮쳤다고 쫓겨난 것도 서러운데 다방 년 하나 죽었다고 밤까지 새야 한다니. 아이고, 귀찮아.

유 형사가 귀찮은 듯 책으로 얼굴을 덮는다. 책에는 '정의사회 구현 유형사'라고 적혀 있다.

박 형사   그니까요. 아이고, 미숙이랑 유원지 가기로 했는데.

유 형사   (서류로 얼굴 때리며) 영원히 가라.

박 형사   예! 열심히 하겠습니다.

유 형사   자자, 빨리 끝내자. 부검 일정 잡아. 우선 현장 감식 토대로 용의자 리스트 만들고 대상 인물 알아봐. 자, 이 여자, 기둥서

방, 손님, 키우던 강아지에 고양이의 기생충까지도 의심되면 싹 털어내.

박 형사   네! 알겠습니다!

사이렌 울리면 수사관들이 객석과 무대 위를 분주하게 돌아다니다가 퇴장한다. 두 형사도 그 뒤를 따라 퇴장한다.

제2장

경찰서 안, 무대 양쪽에는 책상 놓여 있고 바닥에는 쓰레기와 재떨이가 굴러 다닌다. 한쪽에는 유치장이 배치되었고, 그 앞으로 긴 벤치가 있다. 조명이 들어오면 영교, 깻잎쟁이, 부동산 전씨, 엄마, 고물상 할배가 한꺼번에 등장 한다. 모두 불만 섞인 표정으로 무대 위를 돌아다닌다. 유 형사, 손에 서류 들고 등장. 뒤늦게 등장한 할머니가 객석에 앉아 발을 구르고 있다. 무대 위 인물 전부 유형사에게 고함 지른다.

유 형사   다들 왜 모인 줄 알죠?

고물상 할배   (객석을 보며 할머니에게) 아무 일 없다. 걱정 마라. 이봐, 형 사 나리. 사람을 잘못 봤어.

할머니   우리 영감, 오늘 고물도 못 주우러 갔시오.

유 형사   보호자는 앉아 계세요.

깻잎쟁이   옘병. 지는 정말 그 아가씨가 누군지도 모른단께. 시뻘건 대 낮에 개 끌리듯 끌려오니 기분 엿 같소. 환장하겠네.

엄마   너거들 바보 아이가? 내는 그 애의 엄마란 말이다.

영교   언제는 딸 취급이나 해줬습니까? (엄마를 밀치며) 형사님. 아는 대로 말하겠습니다. 범인을 잡아주실 수만 있다면 시키는 대로 하겠습니다. (울음)

유 형사   자, 다들 시끄럽고! 지금부터 여러분들은 용의자로 지목되었음을 알려드립니다. 심문 및 알리바이 증명이 있을 것이니 모든 것을! 빠짐없이! 이야기해 주셔야 합니다. 어이 박 형사, 시작하지!

조명이 바뀌고 박 형사가 용의자들을 밀어 객석 군데군데 앉힌다. 엄마와 부동산 전씨 나란히 앉아 있고, 깻잎쟁이도 경계하며 옆에 앉는다. 그 뒤로 영교 앉아 있다. 좀 떨어진 곳에 고물상 할배 등이 띄엄띄엄 앉아 있다.

유 형사   말해 봅시다. 피해자와의 관계! (암전)

제3장

무대 중앙. 이불과 책상 놓여 있고 바닥에는 책이 흐트러져 있다. 빈 소주병과 물병이 바닥 여기저기 굴러다닌다. 영교가 천천히 객석에서 일어난다.

영교   유리를 처음 만난 건, 3년 전 다방에서였어요. 공부하러 여기까지 왔다가 커피 배달하던 그녀를 만나게 된 거예요. 유리는 다른 사람과 달랐어요. 돈도 없고 나이도 많은데 얼마나 잘해주던지.

유리   (비틀거리며 등장) 오빠! 나 왔어.

영교   너 왜 그래? (무대로 뛰어 올라가며) 어디 다쳤어?

유리   그냥, 손님이 진상이었어. (쓰러지며) 인테리어를 엄청 한 거 있지. 쌩. 이리저리 돌려가매, 아주 에펠탑을 세워 놓으셨더라고.

영교   (괴로운 표정, 다리를 살펴보며) 피가 나잖아.

유리   (수건을 들어 닦으며) 괜찮아. 하루 이틀이야? 참, 이거 용돈 써. 이번 주 내내 못 줬지.

영교   지난번에 준 것도 좀 남았어.

유리   뻥치시긴. 책이라도 사 봐. 그래야 얼른 시험에 합격하고 나 일 그만두게 하지. 그게 나를 돕는 길이야. 빨리 서울로 데려가라고.

영교   (돈을 받아 들며) 고맙다. 유리야.

유리   고맙긴, 오빠, 정신 바짝 차리고 공부해야 해. 돈 걱정 하지 말고 얼른 이곳에서 나를 데리고 갈 생각만 해. 그러니까 이 악물고 해.

영교, 유리의 머리를 쓸어준다.

영교   유리는 늘 그랬어요. 돈과 사랑을 아낌없이 주었습니다. 전 별로 잘해 주지도 못했는데.

엄마 목소리   거짓말하고 있네.

조명 들어오면 유리 엄마가 그 자리에서 벌떡 일어난다. 영교가 억울한 표정을 지으며 객석으로 내려온다. 유리 엄마가 화를 내며 유 형사에게 다가간다.

엄마   뭐라카노, 이기 정말. 갸가 니놈한테 순순히 돈을 줬다꼬?

(관객을 향해) 여러분, 세상에는 여러 소리가 있지요? 웃음소리, 울음소리, 자동차 소리, 멍멍, 니가 하는 개소리. 나는 유리의 친엄마입니더. 내가 걔를 제일 잘 알지요. 우리 유리는요, 한마디로 돈독이 오른 아입니더. 눈만 떠도 돈, 밥을 먹어 돈, 코를 골 때도 돈~ 하면서 곤다니까. 니가 뺏은 거 아니가? (영교에게 삿대질)

영교에게 삿대질하는 사이, 유리가 등장한다. 영교가 죄인처럼 고개를 숙이고 있다.

유리   (커피 보자기를 든 채 등장) 어? 엄마, 언제 왔어?

유리가 주변을 둘러본다. 바닥이 어지럽다. 유리 엄마의 손에는 통장이 들려 있다. 그것을 발견한 유리가 목소리를 높인다.

유리   그 돈, 내 돈이거든? 내놔, 얼른.

엄마   니는 남자를 모린다. 저런 새끼들이 결국 시험되면 니 버리고 동네 뜰 놈이다 이기다. 이건 엄마가 갖고 있겠구마.

유리   (비명) 지겨워 진짜. 아니, 엄마. 다른 사람도 다 엄마 같은 줄 알아? 자기 편하자고 나 버리게?

엄마   아이고, 아가야. (눈물 훔치는 척) 니는 엄마의 속뜻을 모린다. 니도 자식 낳아 봐라. 그때는 내 맘 알끼다.

유리   내 배로 낳아 봐야 알지. (엄마 배를 가리키며) 나 그 속에서 나온 건 맞아?

엄마   (때리며) 싸가지없는 년. 키워 놨더니 하는 말 보소.

유리   누가 나를 키워? 당신이? 십 년 동안 날, 거지 같은 고아원에 버려놓고서 나이 먹고 찾아오더니 몸부터 팔라고 화냈던 당신이? 우습다, 참.

엄마   그렇다 치고 그럼, 솔직히 말해 보자. 이년아, 니가 할 줄 아는 게 뭐가 있어서? 많이 배웠나, 기술이 있나. 이게 전부 니 잘 되자고 한 일 아닌가?

유리   저걸 말이라고 해. 엄마라고 부르는 것도 구역질이 나. 참을 수가 없어.

엄마   시간 낭비하고 있다. 내는 이만 가봐야겠다. 니 일수 안 밀리게 잘 찍어라.

유리   그 돈 줘. 얼른 주라고! 신고할 거야. 한 발짝이라도 이 집에서 나가 봐. 강도로 신고할 거야. 내가 이렇게 된 게 다 누구 때문인데! (오열)

유리 엄마가 통장을 흔들며 퇴장하면 조명이 서서히 어두워진다. 그 후 고물상 할배가 천천히 자리에서 일어난다.

고물상 할배   (조명 비친다) 따지고 보면 유리 엄마랑 유리는 원수였지.

엄마   이 영감탱이가 알지도 못하면서 나서고 지랄이라, 지랄이.

할머니   저, 저, 싸가지 없는 년….

유 형사   (객석에서) 두 분 다 가만히 계세요.

유리 엄마가 객석으로 내려와 앉으면 고물상 할배가 힘겹게 무대 위로 걸어간다.

고물상 할배　저 학생 말이 틀린 것도 없지.

엄마　　　할배요, 헛소리는 노망의 지름길이다. 말 가리 가면서 해라.

고물상 할배　(엄마 힐끔 본 뒤) 지는 유리 엄마 사는 데 옆집에 삽니다. 할
　　　　　　망구랑 둘이서. 담이 요만큼밖에 안 돼서 가끔 오며 가며 저
　　　　　　모녀를 보는데 가관도 그런 가관이 없어요. 일이 년 됐나, 유
　　　　　　리가 막 여기 왔을 때 우연히 두 사람을 본 적이 있습니다.

유리가 비틀거리며 등장한다. 엄마 객석 구석에서 유리를 물끄러미 보다가
유리가 무대 위를 올라가자마자 재빠르게 따라 등장한다. 고물상 할배, 구석
으로 자연스레 자리 옮기며 두 모녀를 구경하게 된다.

엄마　　　야! 유리야!

유리 등장, 어리둥절한 표정으로 주변을 둘러본다. 겁에 질린 표정으로 울고
있다.

엄마　　　니도 이제 니 밥값은 해야지. 니가 뭔 호사라고 공짜로 먹고
　　　　　　잘래.

유리　　　엄마, 나 학교 가는 거 아냐?

엄마　　　야가, 야가 학교 그른 소리하고 있네. 낼부터 일해라. 너도
　　　　　　티켓 끊고 홀 손님도 받고 해라. 어차피 썩어빠질 몸뚱이 아끼
　　　　　　서 뭐할래?

유리　　　엄마, 나 학교 가서 공부할래.

엄마　　　니 벌어서 가라. 그때는 아무도 안 말린다. 옷은 화자 언니
　　　　　　야 방에 있는 거 아무거나 입어라.

유리 엄마가 퇴장하자마자 유리가 주저앉아서 운다. 고물상 할배가 쓸쓸한 표정으로 쳐다보고 있다.

고물상 할배 (엄마를 향해) 사실이잖소. 나는 그때부터 유리가 가여웠소. 그래서 근근이 사는 형편에도 이것저것 사다 준 거요. 당신처럼 다른 뜻이 있어 그랬던 건 아니었소.

고물상 할머니 저 미친 영감탱이, 어쩐지 박스 몇 장 비더라.

고물상 할배가 멋쩍어하는 사이 유리가 급하게 등장한다. 손에는 빨간색 털 장갑이 들려 있다. 고물상 할배가 고물을 정리하던 중 유리를 쳐다본다.

유리 (장갑 가지고 등장, 숨을 몰아쉬며) 이거 할아버지 거예요. 지난번에 목도리 사주셨잖아요. (시계를 보며) 으악, 늦었다! 또 지각비 물겠네. 할아버지 저 가볼게요. 고마워요! (바쁘게 퇴장)

고물상 할배, 한참 유리의 장갑을 바라보다가 장갑을 끼고 냄새를 맡는다. 개처럼 킁킁거린다. 아까와는 사뭇 다른 모습이다.

깻잎쟁이 아, 그만, 그만. 알았고. 지는 성질 더러운게 개 풀 뜯어먹는 소린 나중에 들을라요. 도저히 삼류 로맨스 같아 못 들어주겠단께. 무신 조두순이도 아니고. 허긴 그놈이냐 이년이나. 지는요, 여러분들과 여기 같이 있는 것이 솔찬히 싫소. 아니, 급도 같은 급이라야 싸우지 이름도 모르는 년 땜시 내가 왜 시간을 낭비한단가요?

유 형사 거, 시끄럽네. 그럼 당신은 죽은 피해자와 아무런 관계가 없단 말입니까?

깻잎쟁이   (부동산 전씨의 눈치를 보며) 아니, 아니, 그건 아닌디. 아 황
          당이 지랄 옆차기하고 두 바퀴 반 굴러 버리겠네이. 지는요,
          다방에서 티켓 끊은 게 다여요. 응? 이거 (허리를 실룩거리며)
          이거, 이거 말고는 전혀 모르는 사람이라 이겁니다. 아니 판
          다는 년한테 팔아준 것도 죄입니까? 솔직히 나만 팔아준 것도
          아니고….

깻잎쟁이가 부동산 전씨를 쳐다본다. 전씨, 당황한 표정으로 일어선다. 박 형
사가 지시하자 전씨가 엉거주춤하며 무대 위로 올라간다..

부동산 전씨   저, 저, 저는 유, 유, 유리의 소, 소, 손님이었을 뿐, 뿐입니
          다. 티, 티, 티켓 두 장씩 끊으면 30분씩 더 있어 주길래 자주
          부른 것뿐, 뿐이에요. 죽이지 않았어요. 도, 동네에는, 저, 전
          부, (손가락으로 관객 가리키며) 이모, 아, 아줌마, 하, 하, 하,
          하, 할매! 다, 당연히, 유, 유리는 자, 잘 팔렸죠.

깻잎쟁이   븅신, 쇼를 혀라. 야아, 니가 티켓을 끊었다고? 그건 또 못
          보던 광경인디. 자꾸 그짓부렁 해삼시롱 행사님 앞에 어른어
          른하지 마라이.

유 형사   거짓말인 줄은 나중에 두고 보죠. 아씨, 간만에 점수 따나 했
          더니 질질 끌게 생겼네. 안 되겠다. 두 번째, 그녀의 마지막 밤!

제4장

조명이 들어온다. 유리가 비틀거리며 등장한다. 술에 무척 취했다.

유리   (유행가 흥얼거리듯) 나나나나나.

유리의 흥얼거림이 시작되면 고물상 할배가 등장한다. 유리의 모습에 고물상 할배는 긴장한다. 유리는 몸을 가누지 못하고 이리지리 휘청거린다.

고물상 할배   엄청 취했네? 술을 어디서 그렇게 먹었어?

유리   술 좀 마셨죠.

고물상 할배   수, 술에 취해 있었습니다. 밤 10시가 안 된 시간이었을 겁니다.

조명 환하게 켜지면 고물상 할배가 급하게 수레를 뒤지고 고물을 정리한다. 어딘가 모르게 부산스럽다.

고물상 할배   (중얼거리며) 어디서 술을 저리 먹고 와서 누가 업어가도 모르겠네.

유리   어? 할아부지!

고물상 할배   (손수레를 멈추며) 어이구, 유리구나. 술 먹었니?

유리   (혀 꼬임) 네. 어이없는 일이 있어서 한잔 마셨어요. 씨팔. 할아버지, 인생사는 게 왜 이렇게 쉽지 않냐.

고물상 할배   (시계를 보며) 얼른 들어가라. 늦었어.

유리   할아부지. 저랑 한 잔만 딱 더 하실래요?

고물상 할배   많이 취했다. 아가, 오늘은 그만 들어가 쉬어.

유리   아잉, 할아버지. 딱 한 잔만 더 해요

고물상 할배   허허, 그놈 참. 들어가래도. 술 더 마시면 안 된다.

유리   들어가면 뭐 해! 일찍 자면 아침만 빨리 오지. 할아부지. 먹
              어요? 네? 아, 술 먹었더니 덥네. (윗도리를 벗으며) 얼른 먹자
              니까. 할아버지는 이 밤이 아깝지도 않아요? 아, 덥다.

고물상 할배   (주변을 둘러본다) 오, 옷을.

고물상 할배가 옷을 입혀주는 척 유리의 몸을 만진다.

유리   어? 할아버지, 내 다리 만지네. 그렇지. 우리 할아버지도
              (밀착하는 고물상 할배) 남자였지. 씨팔. 아 갑자기 존나 또 짜
              증나네. (일어서 가려고 한다.)

고물상 할배   (유리의 손목 잡으며) 잠깐만, (거친 숨) 한잔 더 하자며?

유리가 어이없는 표정으로 고물상 할배를 쳐다보면 그 순간 암전된다.

유 형사   그래서 그게 다요?

고물상 할배   그렇다니까요. 막걸리 받아 놓은 게 있어서 원두막에서 한
              잔하고 집에 들여보냈습니다. 제가 그 아이를 죽일 이유가 없
              지 않습니까? 평소에 딸처럼 예뻐하던 아이였습니다.

깻잎쟁이   아놔, 이거 또 딸이란다이. 늙은 영감탱이야. 당신은 딸이랑
              도 자빠져요? 나도 같은 남자지만, 나도 같은 물건이지만 당
              신을 이해할 수 없단께.

고물상 할배   나는 이 일과 상관없다고 말하지 않았나? 그렇다면, 너는
              유리가 죽던 날, 마지막 날 밤에 뭘 했는지 말해봐!

깻잎쟁이   할배, 물으나마나 아니요. 딱 사실대로 말하면 내 그 계집애
              를 봤긴 봤소. 이리 비틀, 저리 비틀 함시롱, 어디 막 가데요?

밤이라 사방도 어두운데 빤스 보일락말락하는 치마를 입어 싸서 한참 동안 구경은 좀 했소. 글고 집에 가서 이거, (손으로 자위하는 듯) 이거? 이? 하루 종일 했소. 뭐 잘못 됐단가요?

유 형사　　와, 이거 양아치네. 이런 깻잎 따다 디질 새끼. (비웃으며) 너 같은 새끼 때문에 내가 딸을 못 낳는다. 너 그게 다야?

깻잎쟁이　　(자위 시늉) 그렇죠. 이거, 이? 이거, 이게 다죠. 또 뭐가 있겠습니까? 그랬다면 좋았겠죠.

영교　　(흐느끼듯) 아흐흑. 어떻게 이럴 수가 있죠.

깻잎쟁이　　또 또, MBC 연기대상 나오셨네. 와 그러시는데요? 뭐가 또 마음에 안 드세요?

영교　　(이를 물고) 더러운 인간들. 어떻게 그 어린아이를 상대로 그런 짓을 할 수 있어.

엄마　　야야, 웃기지 마라. 니는 위선자인 기라. 그렇게 유리를 사랑한다믄서 니는 뭐했노?

영교　　(멍한 표정) 맞습니다. 저는 위선자입니다. 그날 밤, 유리는 늦게 돌아왔죠. 몸에서는 커피 냄새 대신 술 냄새가 났어요. 유리는 밤늦게까지 울었죠. 가슴이 아파서 더 이상 옆에 있을 수가 없었어요. 결국 도망쳤어요. 그녀를 홀로 남겨두고, 그 방을 나오고야 말았어요. 다시 돌아갔을 때 유리는 없었구요.

엄마　　(부동산 전씨를 보며) 아니, 전씨야. 내사 마 아무리 봐도 저 놈이 수상하데이. 그렇게 내 딸을 사랑했다믄서 우째 저리케 태연할 수 있노?

부동산 전씨　　그, 그러게, 마, 말이죠. 여, 연기하, 하는 것 가, 같아요.

엄마　　그렇제? 헵사 아무 일도 없는 듯, 옆집 여자 죽은 듯 차가운

표정 함 봐라. 나는 저놈이 마음에 걸려. 우리 유리, 불쌍케 간
기 분명해.

부동산 전씨 혀, 형사, 니님, 한테 마, 말쓰, 씀을, 드릴까요?

엄마 (큰 소리로) 더러운 저 서울 놈이 내 딸 꼬시 낸게 분명해.

부동산 전씨 하, 하여, 가, 간 타, 타지 사라, 람들이란.

깻잎쟁이가 갑자기 발끈해서 일어난다.

깻잎쟁이 (역정내며) 그놈의 타지, 타지, 타지 드립. 아주 귀에 쑤셔박
히겠구마.

엄마 (전씨에게 매달리며) 아이고오, 우리 유리 살려주소. 간 길
돌아 못 오지만 복수라도 하게 해주소.

유리 엄마, 갑자기 바닥에 주저앉는다. 전씨가 급하게 부축한다. 유리 엄마
가 흐느끼기 시작하자 사람들은 그녀를 보며 비웃거나 손가락질한다. 전씨
가 늘어진 유리 엄마를 구석에 앉힌다.

엄마 (갑자기 일어서며) 니도 이제 마, 깨끗하게 털어놔뿌라. 그날
니도 우리 아를 봤나? 니도 못 봤제?

부동산 전씨 (엄마를 바라보며) 그, 그게. 아! 나, 나, 나는 슬쩍 스치기만
했어요. 그, 그, 그날 시, 시내라도 가, 갈까, 시, 싶어 옷을 입
고 나왔어요. 그, 그때 어, 어렴풋이 보, 본 거죠.

유 형사 손짓하자 부동산 전씨가 유리 엄마 앞에 앉는다. 객석 사이가 조용
해진다. 유 형사가 일어서자마자 용의자들이 서로 손가락질 하기 시작한다.

유 형사   죽은 사람은 있는데 죽인 사람이 없네. 시간은 자꾸 가고,
          아이고 머리 아파.

유 형사가 인상을 찌푸린다. 그 사이에도 무대 위는 시끄럽다.

유 형사   조용히 좀 합시다!

끝내 역정을 내며 목소리를 높이면 일동 조용해지고 무대는 암전된다.

제5장

유 형사 앞에 서류가 지저분하게 널려 있다.

유 형사   (머리를 감싸쥔 채 괴로워하며) 김영교라고 하기엔 그녀를
          너무 사랑했고, 엄마라고 하기엔 알리바이가 정확해. 깻잎이
          라고 몰기엔 증거가 부족하고, 고물상 할배는 동기가 부족하
          고, 부동산 전씨는… 아… 몰라…. 해결이 안 되네. 미쳐버리
          겠다. 좀 도와줘 보라고.

BGM이 나오면 유 형사가 관객 한 명 한 명을 붙잡기 시작한다.

유 형사   (관객을 지목하며, 질의응답 형식) 누가 죽였을까? 이 안에
          분명 범인이 있어. 혹시 적당한 의견 있어요? 내가 도무지 감
          이 안 잡혀서 그래.

그 사이 부동산 전씨와 엄마가 쪽지를 주고받고, 깻잎쟁이가 몰래 핸드폰을

꺼낸다. 영교가 괴로워하며 머리를 파묻고 있다가 허벅지 안쪽을 닦아내는 시늉을 한다.

유 형사   (관객들의 이야기를 듣고 나서) 일리 있구만. 하지만 잘 들어
           보라고. 사건은 이제부터 시작이니까.

유 형사가 마지막으로 대답한 관객을 무대 위 의자에 앉힌다. 음악이 켜지면
유리가 등장한다. 그녀가 무대 가운데 앉아 있자 영교는 그 옆에 엎드려 책
을 본다. 유 형사가 의자에 앉은 관객과 나란히 앉아 이야기한다.

유 형사   김영교와 죽은 피해자는 동거하는 사이였어. 연인으로 발
           전한 지 2년 조금 넘었고, 공부하는 김영교의 생계를 피해자
           가 책임지고 있었지.

유리   (조명 들어오고 짜증을 내며) 오빠, 그냥 돈 달라고 하라고.
           꿀 먹은 벙어리처럼 꿍하게 있으면 내가 모를 줄 알아? 그럴
           거면 아예 모르는 척하든지. 하루이틀도 아니고.

유리가 지갑에서 돈을 꺼내 영교한테 던진다. 돈이 바닥에 흩어진다.

영교   어제 방값 내서 그래. 조금 있으면 부모님이 돈 부쳐주실 거
           야.

유리   (화장하며) 내가 몸 파는 게 빨라. 알면서 그런 말을 해.

영교   (돈을 손에 쥐고) 말하지 마.

유리   (째려보며) 듣기 싫은 거 아는데 오빠도 징징거리지 좀 마.
           아, 정말 어디로든 떠나고 싶다.

영교	뭐?
유리	언젠가 이 지긋지긋한 시골을 벗어나서 도시로 떠날 거야. 그곳에서 나는 예쁜 원피스를 입고 파마머리를 한 채 좋은 차를 몰고 다니겠지.
영교	그 이유 때문에 나를 떠난다는 거야? 지금껏 같이한 시간은 뭐야?
유리	그거라면 나도 할 말은 많아. 오빠, 오빠가 공부한 지 2년이 다 되어가. 내가 언제까지 기다려야 해? 언제 합격할 건데?
영교	지금 당장 마음대로 안 되지만 다음 시험에는 꼭 합격할 거야. 검사 배지 달고 호강시켜 줄 테니 제발 떠난다는 말은 하지 마.
유리	(화장품 뚜껑을 닫으며) 그건 오빠 하기에 달렸어. 나도 슬슬 지치거든.

유리가 매몰차게 일어선다. 영교는 고개를 숙인 채 그녀의 뒷모습을 보고 있다. 유리가 퇴장하면 영교가 머리를 감싸쥐며 괴로워한다.

유 형사	이렇게 싸우는 일이 잦았다고 해. 둘은 이루어질 수 없는 사이 같았지. 영교는 계속해서 시험에 떨어졌고 유리는 그래서 더 지쳐갔어. 떠난다는 말을 할 때마다 김영교는 견딜 수 없었지. 그래서 유리를 죽였을지도 몰라. 떠나지 못하게. 너무나 사랑해서. 아, 사실 깻잎쟁이도 배제할 수는 없어.

깻잎쟁이가 팬티만 입은 채로 바닥에 누워 있고 유리가 비틀거리며 등장한다. 그의 곁에 붙어 앉자 깻잎쟁이가 인상을 찌푸린다.

깻잎쟁이	맨날 늦고 지랄이야, 네년은.
유리	오빠가 전화를 늦게 한 거지.
깻잎쟁이	아우, 이걸 콱. 옷이나 벗어 빨리.
유리	돈부터 줘. 또 저번처럼 외상이니 뭐니 하면 엄마한테 맞아 죽어.
깻잎쟁이	말 많네. (주머니를 뒤지다가) 어? 지갑 안 가지고 왔나 보다. 다음에 줄게.
유리	내 그럴 줄 알았어. 돈도 없으면서 왜 바쁜 사람을 오라 가라 지랄이야. 시간만 버렸네.
깻잎쟁이	왔으니까 떡은 치고 가, 씨팔.
유리	돈 내고 치라고, 씨팔.
깻잎쟁이	아, 근데 이년이.

조명 꺼진 뒤 비명이 들린다.

유 형사	(천천히 책상에서 일어나며) 우발적 살인일 수도 있지. 거부하는 유리를 강제로 덮치려다가 잘못해서 죽여버렸다는 둥, 심하게 안아서 기절했다는 둥 이런 말들. 그리고는 시간 맞춰 어두워질 때 시체를 끌어다 놓는다. 밤도 어둡고 사람도 없는 동네니 어려운 일 아니지. 만일 이것도 아니라면….

고물상 할배가 등장한다. 손에는 낡은 박스와 커다란 낫이 들려 있다. 고물상 할배가 주위를 둘러보며 황급히 낫을 감추고 다시 쓰레기를 줍는다. 유리가 그 앞을 바쁘게 지나다닌다. 고물상 할배가 바쁘게 움직이는 유리를 힐끔거리며 쳐다본다.

유 형사   묻지 마 살인. 이유도 동기도 없어. 그냥 막 죽이는 거지. 범
            인은 생각지도 못한 사람일 수도 있어. 저렇게.

부동산 전씨 전화를 놀리고 있다.

부동산 전씨   이, 일주일 모, 못 풀었더니 모, 몽정까지 하, 할 기세다. 오,
              오늘도 계속 토, 통화, 주, 중이고.

부동산 전씨가 들고 있던 전화기를 바닥에 내팽개치며 욕지거리를 한다.

유 형사   그렇지. 살해 동기로 욕정을 빼놓을 수는 없지.

곰곰이 생각하는 사이 박 형사가 등장한다. 뒤로 보험 아줌마가 서 있다.

박 형사   (노크) 저기 형사님, 누가 찾아오셨는데요.

유 형사   누구?

보험 아줌마   슨생님이 유 행사님?

유 형사   무슨 일로 찾아오셨는지?

보험 아줌마   그기예, 이상한 게 있어서예. 그 어린 다방 가시나, 유리가
              죽었다카던데.

유 형사   맞습니다. 소문 들으셨나?

보험 아줌마   그기 아니라 얼마 전에 꽃다방 오 마담이 찾아왔으예.

유 형사   왜요?

보험 아줌마   그러니까예.

유 형사 쪽 조명이 어두워진다. 반대쪽 조명이 밝아지면 유리 엄마가 촌스럽고 화려한 색깔의 옷을 입고 등장한다. 보험 아줌마가 불편한 얼굴로 유리 엄마를 올려다본다.

보험 아줌마　왜 바쁜 사람 가라 와라 하는데. 또 내 서방이 외상값 달아 났나. 아니면 그 새끼 새끼라도 뱄나.

엄마　　　아이, 언니야. 왜 이리 까칠하실까? 오늘은 내가 니 좋은 일 해 줄라고 불렀다 아이가?

보험 아줌마　좋은 일? 허이고, 들어앉겠다는 말은 안 할라는갑지.

엄마　　　내 보험 하나 해도.

보험 아줌마　보험? 니가?

엄마　　　아니, 우리 딸내미 들어주려고. 생명보험 되제?

보험 아줌마　니가 딸이 어딨노? 그, 주워온?

엄마　　　(황급히 아줌마의 입을 막으며) 아니래도 그러네. 생명보험 이 니한테 수당 제일 많이 남제? 그라마, 거기서 제일 비싼 걸 로 추가할게.

보험 아줌마　제일 비싼 거? (일어나서 공손히) 사모님, 잠시만 계시면요, 제가 설명해 드릴끼라예.

엄마　　　언니야. 우리 사이에 와 이라노. 참. 호호호. (정색하며) 함 해봐라!

보험 아줌마가 골똘히 생각한다.

보험 아줌마　근데요, 오늘 아침에 전화가 왔어요. 유리가 죽었으니까 보험금 달라 하더라 이 말입니다.

유 형사　　아침에요?

보험 아줌마　그라데요. 수령해 달라꼬. 알았다캤지만예, 형사님! 지가 이
　　　　　제 죽었심다.

유 형사　　왜요?

보험 아줌마　아니, 가입한 지 몇 달도 안 돼서 디져뿌가 돈 벌기는커녕
　　　　　도로 토해 내고 점수만 깎이게 생겼심다. 이를 우짜면 좋노.

유 형사　　호오라, 보험이라 제목 좋네. 아줌마, 서류 좀 볼 수 있을까?

보험 아줌마가 서류 파일을 건네주면 유 형사가 잽싸게 받아든다.

암전.

제6장

보험 아줌마, 유리, 유리 엄마 등장한다. 유리 얼굴은 엉망이 되어 있고 머리
는 헝클어져 있으며 옷은 찢겨 있다. 유리 엄마는 지장을 찍기 위해 유리의
손가락을 억지로 잡고 있다.

엄마　　　찍어라. 니가 디지든 내가 디지든 찍어야 한다.

유리　　　싫어. 나 죽일라고 보험 드는 거지!

엄마　　　그라니, 도망은 왜 자꾸 가는데. 니가 자꾸 도망가니까 보험
　　　　　을 들지. 이년이 벌써 몇 번째고, 가더라도 일수는 다 처갚고
　　　　　가라, 이년아!

유리   내가 지금까지 번 거 치면 갚고도 남아! 뜯어간 게 얼만데!

엄마   (유리의 머리채를 흔들며) 니가 얼마나 벌었다고, 허구한 날
         도망칠 궁리만 하고. 에라이, 나쁜 년아.

유리 엄마가 유리의 손을 당겨 지장을 찍은 뒤 보험 아줌마에게 서류를 넘겨
준다.

엄마   확실하게 해라, 언니야. 제일 비싼 걸로! 디지면 제일 많이
         나오는 걸로 해도.

유리   여기서 당장 죽이지 그래. 일하느니 죽는 게 낫다.

엄마   그게 엄마한테 할 소리가? 니는 하여튼 뒤져야 된다. (다시
         유리 구타)

보험 아줌마 언니야, 아한테 와 이라노. 니 빨리 나가라. 너거 엄마 폭발
         하기 전에 얼른.

엄마   저걸 콱 밟아 터자뿌야지.

유리   내가 이대로 끝낼 줄 알아? 복수할 거야. (소리치며 퇴장)

유리 엄마가 옷을 털며 퇴장한다. 보험 아줌마가 주섬주섬 가방을 챙긴다.

보험 아줌마 십 년 감수했네. 그때도 딱 이런 기분이었심다. 그 찝찝하면
         서 이상한 기분 안 있심니꺼. 모녀지간 싸움이 피터지고 눈깔
         돌아가는데 무슨 총만 안 들었지 전쟁 같았심다. 아가, 복수한
         다는 소리가 그렇게 무섭게 들린 건 처음입니더. 진짜 눈에 살
         기가 이렇데요.

유 형사   오호, 그랬단 말이지. (벨소리) 잠시만요. 부검 나왔다구요?

벌써요? (보험 아줌마한테) 알겠습니다. 일단 무슨 말인지 알
아들었으니까 연락드릴게요.

유 형사가 퇴장한다. 보험 아줌마가 유 형사의 뒷모습을 쳐다보고 있다.

보험 아줌마　　참, 그 얘기도 할 걸 그랬나.

암전.

제7장

유리 엄마가 웃으며 등장한다.

엄마　　　내가 보험금은 꼬박꼬박 넣었다 아이가? 맴? 맴이야 억수로
　　　　안 좋지만, 그래도 우짜겠노. 산 사람은 살아야지. 앞으로 뭐
　　　　할 끼냐고? 모텔 사서 장사나 해보까 싶다. 현금 장사라 내 하
　　　　나 묵고 살기엔 안 괜찮겠나. 살다보이, 이런 날도 다 온다. 하
　　　　이고, 호호호.

영교가 전화 통화 내용을 엿듣다가 유리 엄마의 전화기를 뺏으며 뒤로 밀친
다.

영교　　　내 그럴 줄 알았어. 당신은 악마야.
엄마　　　이기 뭐라카노, 니만 한 악마 있나. 내 딸내미 죽이놓고 어
　　　　디 뒤집어씌울라고.

영교	제발, 어머니 그런 말은 말아요! 지하에서 죽은 유리가 억울해서 통곡해요. 그깟 보험금 몇 푼 때문에 유리를 죽인 거죠?
엄마	돈 몇 푼이라니? 니는 이때까지 그깟 돈 몇 푼이라도 벌어나 줘봤나?
영교	그렇다면 더더욱 난 유리를 죽일 수 없지. 유리가 주는 돈이 없다면 나는 더 가난하고 힘들어지니까.
엄마	(황급히 전화기를 뺏으며) 내사 마 모르지. 니가 아를 왜 죽였는지는. 이건 내 인생에 온 보상이다. 열일곱 살 때부터 커피 배달하면서 살았다. 남자들한테 짓밟히고 비굴하게 살아왔던 내 인생을 이제야 보상받는 거라.
영교	당신은 아니라고 하겠지. 하지만 언젠가 진실은 밝혀질 거야. 나는 전할 말이 있어서 이만.

엄마가 안절부절한 모습으로 퇴장하는 영교를 쳐다본다. 암전.

제8장

용의자들 한 책상 앞에 앉아 있다. 심문이 시작되었다. 유 형사도 용의자들 중간에 앉아 있다. 사람들 저마다 웅성거리거나 긴장한 모습이다.

| 유 형사 | 자, 다들 정리 한번 해봅시다. 할배, 그 말이 진짜입니까? |
| 고물상 할배 | 그럼. 분명하지. 내 지난번에 똑똑히 봤어. 부동산 전씨가 유리랑 싸우는 거. 그것도 여자애 머리를 막 이렇게 (엄마의 머리를 쥐어뜯으며) 하면서 싸우더라고. |

엄마	이 할배가 미쳤나. 어데를 땡기노.

엄마 이 할배가 미쳤나. 어데를 땡기노.

부동산 전씨 그, 그건 유, 유리가 강제로 팁을 빼, 빼앗아 가, 가서 그, 그, 그런 거야. 다, 다, 다른 건 없었다고, 고.

깻잎쟁이 팁? 이 새끼야. 니 한 달 전에 빌려 간 오만 원은 왜 안 갚는데? 가 팁 줄 돈은 있고, 내 돈 갚을 건 없나?

엄마 니는 외상값이나 처리해라, 양아치야.

깻잎쟁이 양아치? 하이고, 딸내미 죽이는 엄마도 있는데 내가 양아치야?

삿대질하던 깻잎쟁이와 유리 엄마가 단숨에 엉켜서 싸움박질한다. 장내가 소란스럽다.

부동산 전씨 싸우지들 마, 말아. (둘을 떼어내며) 오, 오 마, 만원이 중요해? 주, 중요해?

고물상 할배 지랄하고 있네. 니 오만 원 무시하나? 오만 원 벌라면 하루 종일 고물 주워야 한다. 하여튼 요새 것들은 돈 귀한 줄 모르고.

엄마 하이고, 할배 돈 귀한 줄 알아서 티켓비를 깎나?

다들 눈 동그래지며 고물상 할배를 쳐다본다. 당황한 고물상 할배, 도리질을 친다.

고물상 할배 티켓비? 내가 언제 티켓 끊었는데? 나는 정말 유리를 치, 친 손녀처럼….

엄마 (말 자르며) 지랄하고 있네. 중간에 달리면 어리든 많든 다 달리재. 말도 안 되는 소리 하지 마라. 다방에 전화해 가 티켓

비 비싸다고 깎아달라고 몇 번이나 캤다 아이가.

객석에 앉아 있던 할머니가 갑자기 소리 지르며 튀어나간다.

고물상 할배   유리 죽여 놓고도 거짓말하더니 또 거짓말하네. 그럴 리가
              없다. 왜인지 아나! (나훈아처럼 바지를 잡고) 딱 5분만 보여
              드리겠심다.

다들 웅성거리다가 고물상 할배를 주목한다. 고물상 할배가 분한 표정으로
바지춤을 잡다가 아무도 말리지 않자 제풀에 멋쩍어하며 구석에 앉는다.

영교   유리 엄마는 언제나 저런 식으로 거짓말을 하지.

부동산 전씨   그, 그, 그런 사람 아, 아, 아니래두.

영교   아저씨 속고 있어요. 엄마랍시고 유리가 번 돈을 뺏은 게 한
              두 번이 아니라고요.

깻잎쟁이   너는 그 돈을 빼앗았다고 하지 마란게. 유리 돈 빼앗았으면
              니가 우리 동네에서 제일 많다니까 그게 다 우리 돈이지.

부동산 전씨   나, 나, 나는 벼, 벼, 별로 어, 없어. (깻잎쟁이가 째려보자)
              사, 싸게 끄, 끊었다고. 너, 넌, 타지, 사, 사람이라 비, 비쌌, 나
              부, 부지.

깻잎쟁이   염병, 루돌프 녹용 따는 소리 하고 자빠졌네. 누가 땅 파는
              새끼 아니랄까 봐, 아직도 고향 가지고 지랄하네. 에라이, 전
              라도와 경상도를 가로지르는 화개장터 같은 새끼야.

엄마   둘 다 똑같다. 부끄러운 줄 알아라.

영교   아직도 기억나요. 유리는 그날도 녹초 된 몸 이끌고서 내 앞

에 앉더니 만 원짜리 몇 장을 내 손에 쥐어줬어요. 우리 오빠 나 없으면 어떡하나. 걱정하는데 아직도 그 목소리가 귓가에 생생하네요. 엄마가 자신을 죽일 거라고 했어요. 서울 못 가게 자신을 죽인다고 했죠.

영교가 말하는 사이 엄마가 유형사에게 가서 종이와 서류 한 장을 내민다. 손가락으로 8:2를 가리키기도 한다.

깻잎쟁이   (영교를 발로 차며) 위선자 새끼, 나는 니가 제일 이상하다. 그렇게 유리를 사랑한다면서 태연할까이.

부동산 전씨   동의! 가, 가, 가장 스, 슬퍼해야 할 사람이 가, 가, 가장 머, 멀쩡하네. 키, 키, 키우던 강아지가 주, 주, 죽어도 너처럼 태, 태연하지는 아, 않을 거야. 서, 서, 서울, 애, 애드, 들은 다, 다, 그, 그래?

깻잎쟁이   시방 그렇지 않소. 사랑하는 사람이 죽으면 범인이고 뭐고 마음부터 찢어지는데 지나치게 차분하지 않소. 암만 가방끈 이 바닥이 질질 끌린다 해도 옘병, 저 눈 보소. 회를 확 쳐먹을 새끼.

부동산 전씨   다, 다, 다들 생각해 보면 그, 그 아가씨를 주, 죽일 이, 이유 가 어, 없지. 이, 이, 이놈이야 도, 동네 처녀 따, 따먹으면 되 고, 오, 오 마담이야 그래도 혈육인데, 나, 나는 사, 사서 머, 먹거나 오 마, 마담도 이, 있고, 에, 에헴…. 그, 그, 그렇다면 나, 남은 건 뉴, 누구? 바, 바로 너! (빙그르 돌다가 깻잎쟁이 를 보며) 어, 어? 너 시, 시, 신발 샀냐? 비, 비, 빌려줄 도, 돈 없다며? 그, 그러고 보, 보니 위, 위에 오, 옷도 모, 못 보, 보던 거, 거다? 메, 메이커이, 인데?

깻잎쟁이, 황급하게 옷과 신발을 숨긴다. 갑자기 신발을 벗어 유 형사에게 주는 깻잎쟁이. 부동산 전씨도 주머니에서 봉투를 꺼내 유 형사에게 내민다. 그 사이 박 형사가 등장해 서류 파일을 주고 간다. 서류 파일을 살펴보는 유 형사 얼굴에 화색이 돈다.

유 형사 자자, 여러분, 결론이 났어요. 부검 결과가 나왔거든요. 교사, 잉? 목 졸려 죽은 거! 이렇게? 이렇게…. (흉내내며) 지금부터 집중하세요. 이거 완전 과학수사야. 미국 씨에스아이도 따라오지 못하는 완벽한 과학수사. 누가 범인인지 이 천재 유 형사님이 한 번에 밝혀내지, 어떻게? 과학수사로. 아무나 못하는 과학수사로.

유 형사가 손에 든 사진을 사람들에게 보여준다. 웅성거리던 사람들이 멈추고 사진을 쳐다본다.

유 형사 그러니까요 이게 손자국입니다, 손자국. 그것도 치명상 바로 옆에 있죠. 피해자가 기도를 졸리면서 범인이 남기고 간 거죠.

엄마 (과장되게) 어머머. 저걸 어떻게 찾았노. 진짜 형사님 용하데이.

깻잎쟁이 일단 나는 아닌데 님은 잘 찾으시네.

부동산 전씨 마, 마, 말하면 자, 자, 자, 자, 잔, 잔소리지.

유 형사 어험! 말하지 않았습니까. 저는 과학수사라고. 자, 그리고 이게 부검 결과서입니다. 사인은 교살, 즉 목이 졸려 죽었다는 거죠. 그렇다면 우리는 범인을 어떻게 찾을 수 있느냐! 자, 다 같이 과학수사! 바로, 바로! 이 손자국과 똑같은 크기의 손을 찾으면 됩니다. 박 형사!

유 형사가 서류 파일 안에서 종이를 꺼낸다. 사람들이 황당한 표정으로 유 형사를 쳐다본다.

고물상 할배   이기 과학수사라고?

엄마   아니, 애들 장난도 아니고 이게 수사야?

유 형사   이걸 보세요. 바로 이것이 실물 크기 프린트입니다. 다들 앞으로 나오세요. 손바닥 펴시고 이 종이에 갖다 대시면 됩니다. 손바닥 크기가 일치하면 틀림없이 범인을 잡을 수 있죠.

깻잎쟁이   (황당한 듯) 뭣이라고? 이걸 하라고?

책상 중간에 종이가 놓인다. 유 형사가 사람들을 재촉한다. 용의자들이 손바닥을 펴면서 종이에 맞춘다. 다들 돌아가면서 손바닥을 댄다. 유 형사, 갑자기 종이를 거둬간다. 사람들 불안한 표정으로 그를 쳐다본다.

유 형사   역시 과학수사가 귀신보다 무섭군. 범인은 바로, (성의 없게) 당신이야! (영교 쪽을 본다) 자, 이제 끝내자.

영교   이런 미친, 아니야. 손바닥 크기 맞다고 범인이냐? 이게 무슨 과학수사야. 사이비야! (발악)

유 형사   아까 그 순한 모습은 어디 가셨나? 이 변하는 거 봐라. 피해자랑 둘이 있을 때도 그랬지.

영교   다들 미쳤어. 이러면 모두 벌 받을 거야.

고물상 할배   이제 모두 끝났어. 범인은 그 자식이 확실하다.

깻잎쟁이　　　우리는 이제껏, 시간 낭비만 했던 거야.

엄마　　　　　지존파, 막가파, 유영철, 정남규도 니처럼 잔인하지는 않겠다.

부동산 전씨　다, 다시는, 오, 올 수 없게 사형, 시, 시, 시키죠.

어지러운 음악이 흐른다. 급하게 박 형사가 등장한다. 발악하는 영교의 손에 수갑 채워서 데려간다. 남은 사람들은 퇴장하는 영교를 쳐다본다.

제9장

깻잎쟁이　　　이제 우리 집에 가도 되는 건가?

부동산 전씨　고, 곧 보, 보, 보내 주, 주, 주겠지. 버,버, 범인도 자, 잡았으니.

엄마　　　　　빨리 가고 싶노. 너무 고생했다.

고물상 할배　(엄마를 보며) 켕기는 게 있는 갑소. 빨리 가고 싶은 걸 보면?

엄마　　　　　니는 안 캥겨서 좋겠네? 다들 뭐, 깔끔하지는 않잖아?

몇 초 정적이 흐르면 유 형사가 손뼉 치며 등장한다. 경쾌한 표정과 몸짓이다. 얼었던 분위기가 순식간에 풀린다.

유 형사　　　(박수) 자, 자, 다들 짐 챙기시고, 집으로 돌아가셔도 좋습니다. 며칠 동안 고생하셨어요.

엄마　　　　　사건 좀 빨리 끝내 주이소. 내 딸이라카는강, 영 기분 안 좋네예. 머리도 심하게 아픈 것 같고.

깻잎쟁이   딸이라…. 이유가 간단해서 좋아이? 딸 좋다, 딸, 딸. 딸.

엄마   여기 또라이 추가네. 이기 다 끝난 마당에 시비를 거네. 니
             도 유리 옆에 누워 볼래?

유 형사가 둘을 떼놓으며 말리는 사이 트럭 아저씨가 굼뜬 걸음으로 등장한
다. 소란하던 실내가 조용해진다.

트럭 아저씨   (느리게) 저기요, 계십니까?

유 형사   누구세요?

트럭 아저씨   어제 차가 견인됐는데 그거 찾으러 왔는데요.

유 형사   아, 견인? 요 밑에 차량 보관소 가보세요.

트럭 아저씨   돈도 거서 냅니까? 윽시로 야박하제, 하루 세워났는데 오늘
             새벽에 귀신같이 끌고 가버렸는데. 좀 세워둬도 될….

유 형사   (말을 자르며) 견인 언제 됐다고?

트럭 아저씨   오늘 새벽에예.

유 형사   얼마 동안 세워져 있었는데?

트럭 아저씨   사나흘 됐을 깁니더. 와예?

유 형사   답답하네! 키 줘봐 키. 다들 가지 마. 아씨, 그걸 생각 못했
             네. 큰일 날 뻔했구만!

트럭 아저씨, 키를 건네자 유 형사가 그것을 받아든 뒤 뛰어간다. 각자 갈 준
비를 하고 있던 사람들이 유 형사를 보며 어리둥절한다.

고물상 할배   왜 저러지? 무슨 일 있으신가?

깻잎쟁이	할배, 솔직히 말해 봐라. 진짜 고자가?
고물상 할배	그래, 그래서 나는 유리를 안 죽였다. 진짜 손녀로 예뻐한 거야. 뭐가 돼야, 뭐를 하지.
엄마	거짓말하네. 내가 눈으로 본 게 있는데. 영감, 늙어도 곱게 늙어야지. 어디서 거짓부렁이고.
고물상 할배	거짓말은 니년이 했지. 티켓? 웃기고 있네.
부동산 전씨	니 그 옷 어디서 났는데? 솔직히 말해라.
깻잎쟁이	(당황) 아니라니까. 돈이 있어서….
부동산 전씨	도, 돈? 니, 니, 머, 먹고 죽을 도, 도, 돈도 없다며, 면서 이, 이, 이거, 이 비, 비싼 자, 자, 잠바를 어, 어떻게, 사 샀지?
엄마	없던 돈이 생겼어? 누가 주던데? 니 설마…?
깻잎쟁이	그건 네년이 더 하지?

유 형사가 다시 등장한다. USB를 들고 있다. 사람들 아무 일 없었던 척 유 형사를 쳐다본다.

유 형사	다들 이리 모여 봐요. 이걸 보면 영교 새끼가 피해자에게 무슨 짓을 했는지 알 수 있지.
엄마	뭐라고? 그게 뭔데?
유 형사	블랙박스라고 하지. 트럭에 매달려 있었어. 유리가 죽은 현장 앞에 세워져 있던 트럭 있죠? 거기 매달려 있던 거예요. 아까 기사분이 오셨을 때 아차 싶었지.
엄마	그걸 보면 우리 유리가 우째 죽었는지 알 수 있어예?
유 형사	당연하죠. 녹화되어 있을 테니까요. 위치가 대충 맞을 것 같

아요.

깻잎쟁이   (당황하며) 아, 우선은 집에 가고 나중에 보는 게.

부동산 전씨   누, 누, 눈이, 누, 누 눈이,

유 형사   견인 차량 보관소에 끌려오는 바람에 우리가 짐작 못했던
          거야. 알았으면 진작에 증거 채택했죠. 이것만 있었어도 여러
          분이 이렇게 고생할 일은 없었을 텐데요.

깻잎쟁이   아, 그걸 굳이 트는 것이 이 시점에서 좋을까?

고물상 할배   아이고, 허리야.

유 형사   아니, 다들 궁금하지 않아?

유 형사의 제안에 모두 고래를 절레절레 흔든다. 고개를 갸웃거리는 유 형사.

유 형사   그래도 일단 봅시다.

제10장

블랙박스 영상이 재생된다. 눈앞 분간이 겨우 될 정도로 어둡다. 유리가 겨
우 기어서 등장한다. 옷은 찢겨졌고 여기저기에는 피가 묻어 있으며 머리는
헝클어져 있다. 유리가 어디론가 전화를 건다. 전화는 응답하지 않는다. 이
내 지친 유리가 바닥에 완전히 쓰러진다. 고물상 할배가 등장한다. 유리를
몇 번 흔들어 깨우지만 일어나지 않자 주변을 둘러본다. 구부렸던 허리를 다
시 펴고 음흉한 표정으로 유리의 몸 여기저기를 어루만지다가 작은 기척이
들리자 갑자기 도망간다. 고물상 할배가 완전히 빠지면 영교가 등장한다. 유
리를 보자마자 그 위에 올라타 뺨을 때린다. 일어나라는 식이다. 유리가 뺨

을 맞고도 미동이 없자 놀란 눈으로 뒷걸음질친다. 잽싸게 도망가는 영교의 뒷모습이 보인다. 다음으로 깻잎쟁이가 등장한다. 유리를 보자마자 놀라서 달려갔다가 유리의 얼굴에 손바닥을 문지른다. 그녀가 움직이지 않자 재빨리 바지를 벗고 유리 위에 눕는다. 행위를 끝내고 퇴장하는 깻잎쟁이. 엄마가 등장한다. 부동산 전씨와 나란히 팔짱을 끼고 있다. 무심코 그녀를 쳐다볼 뿐 옆을 지나쳐버린다. 엄마와 부동산 전씨가 퇴장한다. 유리가 몸을 힘겹게 움직인다. 전화기를 들어 버튼을 누른다. 몇 번 전화를 걸던 유리는 이내 다시 바닥에 눕는다.

효과음.

화면이 꺼지면 모두 긴장한 표정으로 허공을 보고 있다. 유 형사도 놀란 눈으로 마지막 장면을 유심히 쳐다본다.

유 형사   (리모컨을 들고) 설마… 설마… 저거? 박 형사.

박 형사   (등장) 네.

유 형사   (전화기를 가리키며) 피해자 핸드폰 수발신 기록 뽑았지? 가지고 와.

박 형사 퇴장. 곧 하얀 종이를 가지고 들어온다. 그때까지 모두 조용하다. 사람들 유 형사를 쳐다본다. 유 형사가 수발신 목록을 보다가 인상을 찌푸린다.

깻잎쟁이   유리 년이 끝까지 전화하던 데가 그쪽인갑소이.

유 형사   (종이를 구겨서 찢어버리며) 자, 다들 주목해 주십시오. 알기 쉽게 말할게요. 아까 영상 다들 봤지? (사람들 끄덕인다.) 우리는 다 피의자인 거야. 한마디로 말해, 아까 잡혀간 그놈 포함,

모두 방관죄에, 한 놈 성폭행….

깻잎쟁이   한 놈 직무유기에 근무태만.

고물상 할배   아이고, 우리 유리는 완전히 뿌사졌뿄네. 누구 때문에 쨍그
             랑!

유 형사   (깻잎쟁이를 째려보다가) 누구도 오늘 일을 말해서는 안 돼.
             범인은 김영교 그놈인 거야. 당신들은 이 일에 오해받은 사람
             들이고, 나는 이 일을 밝혀낸 자랑스러운 형사지.

제11장

분위기 바뀐다. 무대 밝아지면 유 형사가 책상에 앉아 있고, 그 옆에 최 반장
이 서 있다. 김 순경이 꽃다발 들고 등장한다.

김 순경   축하드립니다, 유 형사님. 아니, 이제 유 반장님 되셨네요.

유 형사   별것도 아닌 것 같고. 아무튼 고맙다.

이 순경   서울로 복직하시자마자 점수 쭉쭉 올리시고 부럽습니다.

최 반장   (유 형사의 어깨를 두드려 주며) 기사 못 봤냐? 가련한 다방
             소녀의 죽음, 진실을 밝힌 단 한 명의 형사! 캬아, 타이틀 완전
             죽이지. 희대의 이슈 아니었냐?

유 형사   그 얘긴 됐고, 며칠 전 마포에 뜬 마약쟁이 투투 어떻게 됐
             어? 깠어?

최 반장   그 얘기가 더 됐다, 새끼야. 니가 반장 된 기념으로 잡으라
             고 남겨 뒀다.

그때 전화벨이 울린다. 유 형사가 여유 있게 전화를 받는다.

고 반장(목소리) 유 형사, 바빠?

유 형사   아닙니다, 반장님. 오랜만이십니다. 무슨 일이십니까?

고 반장(목소리) 응, 나 뭐 물어볼 게 있어서. 여기서 살인사건이 터졌어. 촌
            구석이거든? 지금 나 내려와 있는데 말이야. 스무 살짜리 다
            방 아가씨가 죽었어. 사인이 복합이고, 다방 일해서 그런지 용
            의자가 너무 많아. 사건 파일 보고 유 형사가 맡았던 사건이랑
            비슷해서 전화해 본 거야.

유 형사   피해자 어, 엄마는요?

고 반장(목소리) 그 여자도 다방 여자래. 마담이라든가 뭐라든가? 여보세요?
            듣고 있어? 유 형사? 여보세요?

유 형사 전화기를 떨어뜨리면 그 자리에서 암전.

돌아가는 길

돌아가는 길
(전 10장)

● **등장인물**

태민

정국

그 외 목소리

● **시대** 현대

● **공간 배경** 도심지의 실내·외

● **무대**

빌딩이 숲과 공원으로 나뉜 무대 위. 벤치가 놓여 있고 그 옆에는 계단 형식의 오르막길이 있다.

✦ 일본 : 2018년 5월 19일 일본 신주쿠 모리에르 극장 초연
✦ 한국 : 2018년 10월 23일 대학로 스튜디오 76 초연

프롤로그

무대 중앙에 불이 켜지면 태민이 등장한다. 힘 빠진 채 터덜거리며 걷던 태민이 휴대전화를 쳐다보다가 눈을 깜빡거린다.

태민   함께 자살하실 분을 찾습니다?

태민이 한 줄을 소리 내어 읽으면 더빙처럼 정국의 목소리가 함께 글을 읽어 간다. 반대편 무대에 정국이 등장한다. 노트북을 손에 들고 열심히 타자 친다. 컴퓨터 타자 치는 소리가 배경음으로 깔린다.

정국   함께 자살하실 분을 찾습니다. 날짜는 빠르면 좋겠고요, 방법 등은 같이 논의했으면 좋겠습니다. 연락 기다립니다.

태민   그래, 이왕 가는 거 함께 가는 것도 나쁘지는 않겠지. (휴대전화 번호를 누르며) 여보세요?

정국   (휴대전화를 받으며) 여보세요?

태민   카페에 글 올리셨죠?

정국, 태민   저도 같이 갈 사람을 찾고 있어요.

둘이 딱딱한 듯 흥분되게 이야기를 마치면 암전된다.

제1장

경쾌한 음악이 흐르고 태민과 정국이 나란히 등장한다. 둘 다 평범한 티셔츠에 청바지 차림이지만 커다란 가방을 들고 나온 태민은 얌전하게 행동하는 반면 정국은 건들거리며 껌까지 씹고 있다. 정국이 먼저 벤치 위에 털썩 주저앉는다. 가방에서 주섬주섬 맥주를 꺼내는 정국. 후루룩 넘기는 동안 태민이 수줍은 듯 다가간다.

태민   저기, 안녕하세요? 혹시….

정국   혹시 뭐요?

태민   그, 죽고 싶….

정국   (화를 내며) 뭐라고?

태민   가, 같이 죽고, 같이 살자. 의리의 남자~

정국   제대로 찾아왔네. 당신이 전화했던 사람이야?

태민   저기, 초면에 반말은 좀 그런데요.

정국   알 게 뭐야, 곧 죽을 건데.

태민   (고개를 끄덕이며) 그래요. 아니, 그렇지? 곧 죽을 거긴 하지?

정국   어디서 반말이야. 뒈지고 싶냐?

태민   네! 죽고 싶긴 한데 지금은 아니죠. (의자에 냉큼 앉으며) 날씨가 덥네요.

정국   더우면 옷을 벗으시든가.

태민   염할 것도 아닌데 알몸은 좀 그렇죠.

정국   염할 때 팬티도 벗기나?

태민   (눈알을 부라리며) 알 게 뭐야. 죽었는데.

정국   (당황하며) 그렇지. 그래, 최소한 쪽팔리지는 않겠군. 근데 (태민을 훑어보며) 아직 어려 보이는데 왜 죽으려고 해?

태민   그러는 그쪽은요?

정국 　개인 사정 묻지 맙시다.

태민 　저도 그래요. 이 시점에는 어떻게 해야 고통 없이 잘 죽느냐가 문제지 이유 같은 건 중요하지 않잖아요. 이왕 죽기로 마음먹은 건데 그까짓 거 안다고 달라지는 것도 아니고요.

정국 　(맥주 캔을 팽개치며) 그렇지. 달라질 건 없어. 난 죽어야 해.

태민 　저도요.

정국 　(악수를 청하며) 이왕 모인 거 곱게 죽어 봅시다. 혼자 가는 길 쓸쓸했는데 길동무가 생겨서 다행이야.

태민 　(손을 잡으며) 먼 길을 같이 떠나봅시다.

정국 　좋아. 우리 언제 죽을까?

태민 　(가방에서 달력을 꺼내며) 음, 날짜는 12일하고 24일이 손 없는 날이에요. 이런 날 죽어야 곱게 죽지 않을까요? 아, 15일이 보름이긴 하네. 소원 빌고 죽으려면 16일도 좋고요.

정국 　16일은 안 돼. 15일이 카드 결제라서 이왕 죽을 거면 카드 값 내기 전에 죽고 싶어.

태민 　제가 약속이 있네요. 갔다가 20일에 와요. 그럼 21일은요? 전 적금 나가는 날이라 적금 넣고 오후에 죽을 수 있어요. 아, 2시 전에 은행 갔다 올 테니까 2시 반쯤 죽어도 되고요.

정국 　25일에 이란이랑 축구하는데. 인간적으로 대한민국 사람이 그건 보고 죽어야 하지 않을까? 토토도 사났어.

태민 　(싸늘하게) 토토 되면 안 죽을 거예요?

정국 　야, 내가 안 죽을 확률보다 토토 될 확률이 낮아.

태민 　하긴. 그럼 이란이랑 하는 축구 경기까지 보고 26일날 죽죠?

정국 26일이면 카드값 내고 죽어야 하잖아. 토토 되면 그걸로 카드값부터 메꿔야겠다. 낮에 죽을 거야, 밤에 죽을 거야?

태민 아무래도 아침에 죽는 게, 해의 정기를 잔뜩 받아서 좋지 않을까요? 떠오르는 해를 보며 죽는 거죠. 찬란한 죽음! 밤에 죽으면 왠지 천국 가는 길도 못 찾을 것 같은데.

정국 죽으려고 아침 일찍 일어나기까지 해야 하다니. 난 눈 떠서 바로 죽는 것보다 밤이 나은데. 그래도 그나마 늦잠이나 잘 수 있잖아.

태민 늦잠이라, 잠은 어차피 죽으면 계속 잘 건데 더 필요해요? 그럼 공평하게 저녁에 죽읍시다. 해가 질락말락한 6시경 어때요?

정국 그거 좋다. 누나가 5시 반에 퇴근이니까 그 전에 죽어야 라면 끓여 오라는 더러운 소리를 안 들을 것 같긴 해.

태민 누나 있어요? 부럽다. 난 누나 갖는 게 소원인데.

정국 난 누나 잊는 게 소원이다.

태민 세상에, 인간이 저럴 수도 있구나.

정국 그럼. 인간이니까 그러지. 누나 있어 봐라. 나는 최소한 인간 탈이라도 쓰고 있지. 그건 화장 벗으면 인간도 아냐. 낮 동안 사람인 척하고 숨어 있다가 집에서 여자 가죽 벗고 나오는 외계인 같아. 알지? 빵상?

태민 그래도 부러워요. 전 혼자밖에 없어서 예쁘고 착하고, 용돈 많이 주는 누나 있으면 정말 좋을 거라고 생각했어요. 같이 밥도 먹고.

정국 먹다 토할걸.

태민	같이 영화도 보고.
정국	장님 되고 싶냐.
태민	쇼핑도 다니고.
정국	다리 몽둥이 부러져.
태민	와, 생각보다 좋은 점이 많네요. 누나라는 건.
정국	(태민의 멱살을 잡으며) '라는 건'이라니.
태민	와, 생각보다 친하신 듯. 역시 피는 못 속이는 건가요.
정국	(멱살을 놓고) 흠흠, 이야기가 어떻게 하다가 여기까지 왔지?
태민	그렇네요. 우리 시간 얘기하고 있었죠? 6시로 할까요?
정국	좋다. 26일 오후 6시에 어떻게 죽지?
태민	아…, 맞다. 그게 제일 관건이네요. 생각해 놓은 게 있어요?
정국	아니. 넌 있어?
태민	음, 아직은 생각해 본 적이 없어요. 제 죽음의 그림은 늘 한결같아서요.
정국	자살하고 싶다는 사람이 한결같은 그림은 뭐야. 다양하게 시도를 해봐야지 자신에게 맞는 죽는 법을 알지.
태민	맞아요. 저는 누워서 죽는 것밖에 생각해 본 적이 없어요. 바짝 마른 팔에 주삿바늘 꽂히는 거 보면서 눈을 감는 거죠.
정국	너 약 하냐?
태민	(얼굴 찌푸리며) 네, 약 해요.
정국	뭐? 엑스터시? 필로폰?
태민	(비웃음) 그거 가지고 되겠어요? 전 모르핀만 하죠.

정국	(놀라며) 뭐야, 지독한 약쟁이네.
태민	저 같은 약쟁이는 그래서 죽는 게 낫죠.
정국	그건 신이 판단하는 거지. 당신의 몫이 아니야.
태민	신은 애초에 판단했죠. 내 몫을 정하기도 전에요.
정국	신을 믿는 자가 자살이라니.
태민	일종의 복수죠. 신의 판단에 대한.
정국	신은 없어. 당신이 복수할 신도, 판단에 저항할 신도 없어. 그건 사람들이 만들어낸 그림자에 불과할 뿐이야. 언제라도 나와 함께 있다고 믿지만 정작 어떠한 흔적도 보여주지 않지. 신의 그림자도 검은색이더라.
태민	부정적이군요.
정국	넌 긍정적이라서 자살하냐? 결국 너도 나와 같은 종류의 인간일 뿐, 이렇게 죽는 마당에 시답지 않은 소리 따위는 집어 쳐. 우리가 이야기할 건, 희망과 절망이 아니라 어떻게 해야 편안히 죽을 수 있느냐야.
태민	편안히 죽는다…라. 삶을 끝낸다는 것 자체가 고통인데 어떻게 해야 그런 고통쯤을 덜 느끼면서 죽음을 즐길 수 있을까요?
정국	죽음을 즐긴다면 최소한 눈을 감고 있는 동안 외롭거나 쓸쓸하지는 않겠지.
태민	외롭고 쓸쓸하지 않으려면 우린 꼭 손을 잡고 죽어야겠네요. 그래야 서로 의지가 될 테니까요.
정국	죽는 마당에 의지까지.
태민	없는 것보다 낫죠. 우리 모인 것도 서로 의지하며 죽으려고 모인 것 아닌가요?

정국　　　(끄덕) 음….

태민　　　생각해 봐요. 우리 어떻게 죽어야 의지하며 죽을지.

정국　　　목맬까? 기분이 그렇게 좋대. 막 목을 매는 순간, 이상한 오르가슴이 느껴진다더라고.

태민　　　오르가슴이라니, 변태예요? 전 그런 거 싫어요. 그렇게까지 동물적으로 죽고 싶지 않아요. 음, 연탄가스는 어때요? 마시면 한방이라는데.

정국　　　문 열리면 샐 수도 있데. 그나마 죽으면 다행인데 혹시나 잘못 돼서 살면 어쩔 거야. 평생 병신 되는 거야. 투신은 어때? 그건 돌이킬 수도 없어. 한방에 가는 건데.

태민　　　으악, 끔찍해라. 뛰어내리면 머리가 다 터지고, 눈알 튀어나오고 그런다면서요. 전 끔찍하게 죽고 싶지 않아요. 차라리 약을 먹을까요?

정국　　　요즘 약사법이 바뀌어서 약을 많이 살 데도 없고, 약은 잘못 먹으면 되려 건강해질 수도 있잖아. 불면증 치료될 수도 있고. 쌈빡하게 차에 뛰어들자.

태민　　　왜 다른 사람 인생까지 망쳐요. 나만 죽으면 됐지. 민폐 끼치지 말고 다른 방법 찾아봐요.

정국　　　아니, 이것도 싫다, 저것도 싫다면 뭘 어떻게 죽자는 얘기야?

태민　　　마땅한 방법이 없잖아요. 그쪽이 말하는 건 전부 죽은 뒤 모습이 추잡스럽거나 지저분한 것 방법뿐이니까요.

정국　　　어차피 죽을 거, 그런 거까지 신경을 어떻게 써? 죽으면 장땡이지.

태민　　　아뇨, 아뇨. 전 평소에 안 좋은 모습을 많이 보여서 좋은 모습으로 죽고 싶어요. 시체가 깨끗하게 말끔했으면 좋겠구, 표정도 밝았으면 좋겠어요. 요즘은 미소도 연습 중이에요. 이것 봐요. (미소 지으며) 우아하지 않나요?

정국   그렇게 죽으면 누가 박수라도 쳐주냐?

태민   그래도 죽는 사람 기분이라는 게 있잖아요.

정국   그래서, 어떻게 하자는 거야?

태민   (고민하며) 글쎄요. 저도 딱히 뾰족한 방법이 없네요. 백합….

정국   백합 깔아서 그 향기에 취해서 죽자는 둥 개소리하면 내가 널 백합도 사기 전에 죽여버릴 거야.

태민   (헛기침, 노래하며) 같은 내 얼굴, 예쁘기도 하지요. 눈도 반짝 코도 반짝….

정국   (손뼉 치며) 사과가 백합으로 언제 바뀌었니?

태민   걔도 살고 싶은가 보죠.

정국   (화를 내며) 어우, 내가 확 그냥 죽여버릴까 보다.

태민   (피하며) 그게 제일 확실하긴 한데요, 아직은 아니죠!

정국   (벌떡 일어나며) 맞아! 그게 제일 확실하지?

태민   뭐가요?

정국   제3자, 제3자가 죽여주는 거. 그럼 실패할 일도 없고, 험한 꼴 당할 일도 없고 무엇보다 편하게 죽을 수 있잖아.

태민   그렇네요. 연탄가스 마시다가 뛰어나갈 리도 없고.

정국   옥상 올라갔다가 담배만 피우고 내려올 리도 없고. 119에 죽여달라고 전화할 수도 없고.

태민	좋다! 우리 그 방법으로 해요. 다른 사람한테 부탁하면 이런 것쯤은 들어 주지 않을까요?
정국	요즘 세상이 각박해서 대신 죽여달라면 죽여줄, 인심 좋은 사람이 있을까 싶네.
태민	그렇긴 한데, 그래도 일단 구해는 보죠? 딱 한 번 죽는 건데 이왕 죽는 거 최선을 다해 봅시다.
정국	좋아. 그럼 빨리 알아보러 가자고.

정국과 태민이 어깨동무를 하고 나란히 퇴장한다. 경쾌한 음악이 흐르면서 퇴장한다.

제2장

무대 한쪽 구석에서 환자복을 입고 벤치에 앉아 있는 태민. 옆에는 의료용 폴대가 있고 링거가 연결되어 있다. 물끄러미 링거병을 보는 태민. 자신의 팔에 연결된 링거를 보면서 한숨 쉰다. 천천히 링거 바늘을 뽑는 태민. 팔에는 피가 흐른다.

태민	어차피 죽는 건 마찬가지인데, 뭐….

바늘을 바닥에 버린 태민, 하늘을 한참 쳐다본다.

태민	바람 좋다. 나도 곧 바람 타고 세상 구경이나 다닐 테니.
의사(V)	신장 기능이 80% 이상 망가졌습니다. 이제 일어나시는 것도 힘드실 겁니다. 그래도 약 잘 챙겨 드시고 포기하지 마세요.

태민   (여전히 멍하니 생각에 잠겨 있다가) 포기… 하지… 마세요.

혼자서 자지러지게 웃는다. 어깨까지 떨며 웃다가 어느 순간 울음으로 바뀐
다. 무릎에 고개를 묻고 흐느끼기 시작하는 태민.

태민   포기하지 않으면 계속 살 수 있는 것도 아니잖아요. 계속…
        계속… 살지 못하잖아요.

태민이 점점 크게 흐느끼기 시작하면 무대 조용히 암전된다. 암전 속에서 목
소리가 들린다. 누군가 조심스럽게 전화 통화를 하는 소리다.

정국   (목소리 낮추며) 여보세요? 혹시 게시판에 글 올리셨어요?
        글 보고 연락드립니다. 도우미 찾고 있는데요. 네. 두 명이요.
        뭐요? (조명 환하게 켜지고) 뭐가 그렇게 비싸요? 다른 데는 묻
        어주는 것까지 서비스로 다 해주던데. 아닙니다. 우선 알았어
        요. 네네.

정국이 거칠게 전화를 끊으면, 태민이 헐레벌떡 등장한다. 전화기를 들고 씩
씩거리는 정국과 거친 숨을 몰아쉬는 태민.

태민   찾았어요? 얼마래요?
정국   찾긴 찾았는데 빡빡해. 묻어주는 건 추가 요금 붙고, 유서
        발송은 서비스로 해줄 수 있대.
태민   박하게 구네요. 그래서 총금액이 어떻게 되는데요?
정국   두당 3백. 그래도 이 업체가 제일 확실한 것 같아. 실패하면
        백 프로 환불해 주고 혹시나 살려달라고 빌어도 깔끔하게 보

내준대. 사후 지켜봄 프로그램이 한 시간짜리더라고. 돈 준비되면 연락 달래.

태민   준비해야겠네요.

정국   전기의자나 독살, 약물 주입은 80% 더 비싸데. 죽고 싶어 죽는다는 서약서 작성 후에 모든 프로그램 유료 이용 가능하대. 그래서 더 비싼가 봐.

태민   비싼 데는 이유가 있겠죠. 그럼 여기로 할까요?

정국   (머리를 감싸며) 으악, 다 좋은데 너무 비싸. 자살하는 데 돈까지 내야 한다니. 3백이 어디 있어. 이 돈 있으면 죽을 생각도 안 했지.

태민   (정색) 고작 돈 3백에 굳은 결심이 흔들리는 거예요? 정말 이 돈 있으면 안 죽을 거예요? 형 목숨이 3백만 원짜리라니, 하찮네요.

정국   아니, 물론 안 죽겠다는 건 아냐. 곧 죽을 건데 3백이 어디서 날까, 하는 거지.

태민   (쪼그려 앉으며) 그렇네요. 진짜 어디서 구해야 하지.

정국   벌어야지 뭐. 두어 달 알바 하면 3백 못 모으겠어?

태민   알바요? 와, 저 태어나서 알바 한 번도 안 해봤어요.

정국   하다 보면 힘들어서 죽을지도 몰라.

태민   그렇게 쉽게 죽을 거였으면 애초에 이런 생각도 안 했겠죠. 사람이 생각보다 잘 안 죽어요.

정국   그렇긴 하지. 당장은 못 죽겠구나. 돈이 있어야 죽는 것도 가능하네. 더러운 세상.

태민   그렇네요. 돈으로 해결 못하는 게 없군요. 그나저나 형님은 알바 해보셨어요?

정국 　　그러엄! 알바라고 이름 붙은 건 다 해봤지. (쟁반 든 흉내) 서빙 알바, (노래하며) 라이브카페 노래 알바, (이마 닦으며) 고깃집 숯불 피우는 알바 등등 안 해본 게 없다 이거야.

태민 　　우와, 언제 다 해보셨어요?

정국 　　열여덟 살 때부터 했지. 덕분에 사회생활, 눈치 하나는 빠삭이지. (곁눈질) 그러는 넌? 진짜 알바 안 해봤어? 나이도 있어 보이는데 지금까지 뭐 했냐?

태민 　　전 알바 할 시간이 없었어요. 맨날 아파서 병원에 있었거든요. 친구들 알바 얘기 들으면서 죽기 전에 꼭 한번 해보고 싶다 생각은 했는데 잘 됐어요. 이 기회에 해보고 죽죠, 뭐.

정국 　　그래. 죽겠다고 부모님한테 손 벌릴 수는 없잖아. 먼저 죽는 것도 불효인데 말이야.

태민 　　전 안 죽어서 불효인데.

정국 　　그런 말 하면 못쓴다.

태민 　　그런 말 안 해도 전 이미 못 써요. (웃음) 우리 무슨 알바 할 거예요?

정국 　　글쎄다. 두 달에 3백을 모으려면 아무래도 좀 힘든 일을 해야겠지? 건설일용직 해봤어?

태민 　　두꺼비집은 지어봤죠.

정국 　　그럼 호프집 서빙은?

태민 　　호프집, 호프…. 우리가 지금 희망을 가질 상황은 아니잖아요?

정국 　　뭐야, 다 싫다고 하면 뭘 어쩌라고.

태민	잘 찾아봐요. 둘이 할 수 있는 거. 이왕이면 신났으면 좋겠어요. 처음이자 마지막 알바가 될 테니까요.
정국	신나고, 둘이 할 수 있고, 돈 많이 주는… (박수를 탁 치며) 생각났다!

짧은 암전. 각각 앞치마를 입고 고무장갑을 낀 채 서 있는 둘. 중간에는 작은 모형의 자동차가 놓여 있다. 쭈그리고 앉아 열심히 차를 닦는 정국. 태민이 기가 찬 듯 정국을 쳐다본다.

태민	뭔가 거창한 게 나올 줄 알았더니 이게 뭐예요. 손 세차라니요.
정국	야, 봐라. (음악이 점점 커지며) 음악 신나지? 몸 맞춰 움직이니까 스트레스 풀리고 너랑 나랑 2인 1조로 한 대씩 맡으니 일도 같이 할 수 있잖아. 더군다나 (손가락을 오므리며) 이게 쎄. 한 대당 만원이나 준다고.
태민	(마지못해 차를 닦으며) 네네. 그래도 첫 알바인데 초라하네요.
정국	(걸레를 털며) 초라하다니, 이 차들을 봐. 온갖 먼지를 뒤집어쓰면서도 열심히 달린 거야. 미처 먼지 묻은 유리를 닦을 사이도 없이 목적지를 향해서 말이야. 누구보다도 열심히 산 흔적이 고스란히 묻어 있잖아.
태민	그 흔적을 닦아내는 게 일이죠. 닦는다고 없어지는 것도 아닌데 말이에요.
정국	내일 달릴 준비를 하는 거지. 먼지와 흙탕물이 덮쳐도 또 달릴 준비를 하는 거야. 목적지에 도착할 다짐을 하면서. 우리가

그걸 도와주는 거야. 앞이 잘 보이게 말이야. 그래서 어둠이 닥쳐도 달리고 달릴 수 있게.

태민   의외로 감상적이군요. 그런 면이 전혀 없는 줄 알았는데.

정국   그냥, 열심히 산 것들에게는 칭찬을 해 주고 싶어. 잘했노라고.

태민   형에게는 그렇게 해주는 사람이 없었나 봐요.

정국   (사이) 야, 일이나 해. 이상한 거 묻지 말고.

태민에게 괜히 핀잔을 주는 정국. 열심히 차를 걸레로 닦고 닦는다. 마지못해 정국을 따라 차를 닦는 태민.

태민   근데 형님, 일이라는 것도 의외로 재미있네요. 저는 매일 약만 했지 일한 건 처음인데요. 이렇게 재미있을 줄 몰랐어요.

정국   이거 막 하다 보면 꿈도 생기고 보람도 생기고 그래. 특히 월급날 들어오는 쥐꼬리만 한 월급이 그렇게 사람을 기쁘게 만들 수가 없지.

태민   그럴 것 같아요. 벌써부터 월급 받을 생각하니까 가슴이 두근거려요.

정국   나도 목표가 생기니까 일이 힘들지가 않아. 얼른 돈 벌어서 편하게 죽자고. 까짓것 살아있을 때 좀 힘들면 어때? 죽을 때 편하게 죽으면 장땡이지.

태민   그럼요! 우리 한 대라도 더 닦아요, 형님!

음악소리 점점 커지고 둘은 차를 닦다가 춤도 추면서 즐겁게 일한다. 암전.

<h1 align="center">제3장</h1>

어둠 속에서 울리는 전화벨 소리. 누군가가 전화를 받으면 음침하고 낯선 목소리 들려온다.

V   (카리스마 있는 저음의 남자 목소리) 안녕하십니까? 고객님. 지난번에 신청하신 자살 도우미 서비스 때문에 연락드렸습니다. 계약금 50%를 한 달 내로 입금 부탁드립니다. 계약금이 입금되면 시행 날짜를 잡아서 저희 쪽에서 연락을 드립니다. 그럼 오늘도 죽고 싶은 날 되세요. 감사합니다.

정국, 태민 뭐야, 이건.

정국과 태민이 부스스한 모습으로 일어난다. 조명이 서서히 들어오고 한껏 헝클어진 둘의 모습을 비춘다. 나란히 누워 있다가 서로를 한번 쳐다보는 둘. 다시 자리에 눕는다.

태민   형님, 분명 한 달이라고 했죠? 50%면 150만 원인가요?

정국   응. 한 달 열심히 벌어서 그 돈이 나오려나 모르겠다.

태민   한 달이라뇨. 저 삭신이 쑤셔서 더 이상 일 못하겠어요. 보람이고 나발이고 밥 먹을 시간도 없는데 뭘 느끼라는 거죠? 살아있는 게 지금처럼 짜증 났던 적도 없어요.

정국   진짜 돈만 있으면 10초 뒤에 죽고 싶다. 이대로 가다가는 몸살 나서 죽고 싶어도 못 죽겠다.

호루라기 소리 들린다. 주변이 완전히 밝아지고 여전히 앞치마에 고무장갑을 끼고 있는 둘. 밖에서 둘을 부르는 소리가 들린다.

정국	네네, 갑니다. 휴식 시간 끝났데.
태민	(우는 소리) 형님, 팔이 없어진 것 같아요. 죽기 전에 염부터 시키시는 거 아니죠?
정국	너 죽기 싫어?
태민	(정색) 무슨 말씀을 하십니까?
정국	그럼 막, (손으로 목을 조르며) 이렇게 고통스럽게 응? 목을 손으로 조르고 눈이 대롱대롱 튀어나오면서 먹은 거 토하면서 죽고 싶어? 아니면 (뛰어내리는 흉내) 이렇게 뛰어내려서 머리 박살 나서 뇌가 쏟아지고 척추가 폴더처럼 접혀서 죽은 후에도 움찔움찔거리면서 구급차에 실려 가고 싶니?
태민	(질색) 형님, 그만 하세요. 토할 것 같아요.
정국	그래, 우리가 우리를 상상해도 토할 것 같은데 다른 사람은 어떻겠니. 치우는 사람 생각도 해주자 이거야, 응? 돈만 벌어 봐. 우리 마리 앙투와네트처럼 우아하게, 응?
태민	교수형 당했죠. 목이 잘려서 단상 밑으로 데굴데굴 굴러갔을 거예요.
정국	아, 그럼… 히틀러처럼 멋있게 빵… 응?
태민	우리나라는 총기 사용이 불법이죠. 꺼내 드는 즉시 죽지도 못하고 깜빵 갈 거예요.
정국	야야, 초 치지 마. 그러니까 내 말은 일해서 편하게 죽을 생각만 하자는 거지. 고통스럽게 죽는 건 마지막 길에 형벌 같지 않겠어? 우리 죽는 순간, 지옥행 KTX 타는 건데 가는 길이라도 편해야지.
태민	그렇죠. 전 하나님이 이단옆차기로 지옥 정문까지 날려 버

리실지도 몰라요. 지금껏 읽은 성경이 아깝다고 하시면서 말이에요.

정국   내가 받아줄게, 걱정 마.

태민   형님…, 감동인데요, 형님은 그나마도 안 읽으셔서 저보다 먼저 이단옆차기 맞으실 것 같아요.

정국   (정색하며) 너 아픈 애 맞니? 말만 들으면 스모 선수 같아.

태민   우와! 저 이제 안 아파 보이나 봐요? 신난다!

정국   (먼저 퇴장하며 중얼거린다) 저거 신부전이 아니라 발기부전 아닐까?

태민   어? 형님, 저도 일하러 같이 가요! 룰루랄라….

암전. 조명이 들어온다. 정장을 입은 정국 등장. 매우 들뜬 얼굴이다. 손에는 이력서라고 적힌 서류를 들고 있다. 긴장한 듯 옷매무새를 가다듬은 뒤 무대 중앙에 준비된 의자에 앉는다.

정국   안녕하십니까? 2341번 김정국입니다. 행정부서에 지원했습니다.

V   인 서울도 아니고 전공도 문과군요.

정국   네. 그, 그렇습니다. 철학을 전공하여 철학가들의 사상과 그들의 문학적 업적을 통해….

V   (말을 자르며) 지원동기 말씀하세요.

정국   귀하의 회사가 연구 중인 수중 오염 물질 희소기에 지대한 관심을 가지고 있으며 '인재를 귀하게 여긴다'는 사훈에 반해….

V   끝났습니다. 돌아가세요.

문 닫히는 소리 효과음으로 들리면 더듬거리던 정국이 멍한 표정으로 허공을 쳐다본다. 한순간 맥이 탁 풀리며 넥타이를 풀어서 주머니에 쑤셔넣는다. 잠깐 멈춰 서서 수험표를 구겨서 바닥에 버리는 정국.

정국   물어봐 주세요. 제가 하고 싶은 일이 뭔지, 어떤 각오로 임할 건지, 그리고 미래에 어떤 사람이 되고 싶은지 물어봐 주세요. 내가 세상에 필요한 사람이라고 말해 주세요, 제발….

주먹을 부르르 떨며 움직이지 않는다. 전화벨 소리 들린다. 정국이 전화를 받는다. 힘없는 여자 목소리.

V   또 안 됐어? 오빠, 더 이상 못 기다리겠어. 미안해.

힘없이 전화를 끊는 정국. 그 자리에 서 있는 채로 암전. 암전 후 한숨소리 들린다.
경쾌한 음악이 흐르면서 태민이 등장한다. 손에는 낡은 걸레를 잔뜩 들고 있다. 걸레를 빨아서 공중에 턴 뒤 소파 위에 가지런히 말리는 태민. 손을 탁탁 털며 보람 있는 듯 하늘을 향해 한번 기지개를 켜다가 몰래 주머니를 열어 본다. 어제 받은 월급이 꽂혀 있다. 매우 뿌듯한 듯 돈을 뺨에 비비고 다시 걸레를 만지는 태민. 그 사이 정국이 등장한다. 손에 휴대폰을 쥔 채 급한 걸음으로 걸어 나오는 정국이 태민을 보자 마자 목소리를 높인다.

정국   2주 뒤다!

태민   뭐가요? 형, 또 면접 가요? 붙지도 않을 걸 왜 자꾸 간데?

정국	야! 그게 아니라 날짜 말이야. 날짜.
태민	예? 날짜라면 혹시 우리가 그분, 아니 그놈에게 돈을 줄 그 날짜인가요?
정국	(고개 끄덕) 응!
태민	연락 왔어요? 뭐래요?
정국	계약금 가지고 오라는 말하고, 계약금 입금되면 자살 방법 고를 수 있대. 그건 ARS 연결해서 고르면 된대.
태민	그러고요?
정국	그게 다지 뭐, 입금이 되어야 움직인다는 말.
태민	그렇군요. 2주면 이제 보름 채 안 남았는데 돈은 어쩌죠?
정국	(곤란하듯) 우리 아직 계약금 내려면 멀었지?
태민	(돈을 꺼내 세며) 150이라고 했죠? (돈을 세며) 모자라요. 아직 반 조금 덜 남았어요.
정국	그만큼이나? 와, 이렇게 일해도 돈이 빨리 안 모이네.
태민	그래도 형, 이것 봐요. (돈을 보여주며) 이게 도대체 얼마야? 저 살면서 제가 직접 이렇게 돈을 많이 벌어본 건 처음이에요. 돈 버는 뿌듯함이 바로 이런 거구나. 요즘은 그 맛에 산다니까요.
정국	사는 보람을 느끼지?
태민	(고민) 음, 이 시점에서 우리가 그걸 느끼면 좀 곤란하지 않을까요?
정국	내가 죽을 때가 다 됐나 봐. 자꾸 실언이 나와.
태민	(노려보며) 죽을 때가 다 됐다니, 그새 자연사로 마음 돌린

거예요?

정국   딴소리 했다가는 네가 날 죽이겠어. (돈을 보며) 하긴 나도 요즘 목표가 생기니까 일하는 게 즐겁더라고. 전에는 인생의 목표 같은 건 하나도 생각 안 해봤는데 지금은 달라. 목표가 있다는 게 날 신나게 만들어.

태민   저도 그래요. 전에는 몰랐는데 진작 이렇게 해볼 걸 그랬어요.

정국   (아쉬운 듯) 사람이 달라지면 죽을 때가 된 거라잖아.

태민   (흥분하며) 역시 우린 죽을 때가 된 거죠, 형?

정국   그렇긴 한데, 돈을 맞춰야 예정대로 일이 진행될 텐데 걱정이다.

태민   그건 저도 그래요. (곰곰이 생각하다가) 어쩌죠?

정국   (배를 가리키며) 죽을 마당에 하나 팔까?

태민   (눈 반짝) 그걸 제가 살게요. 마침 콩팥 하나가 필요하긴 해요.

정국   (멱살) 뭐야, 이 마당에 나만 죽이겠다는 거야?

태민   농담이에요. 빨리 방법이나 생각해 봐요.

정국   방법 있어? 투잡 가는 거지.

태민   예? 투잡이요? 일을 더 하는 거예요? 와, 쓰러지겠네요.

정국   쓰러져서 죽으면, 돈도 아끼고 좀 좋으니. 문제는 투잡, 쓰리잡 해도 안 죽으니 문제지. 내가 다 해봤어. 죽을락말락, 하긴 하는데 절대 안 죽어.

태민   그렇군요.

멀리서 자동차 클랙슨 소리 들린다. 놀라는 정국과 태민. 급하게 널어 둔 걸레를 챙기는 태민과 풀어헤친 앞치마를 제대로 동여매는 정국.

정국   네, 형님 갑니다. (걸레를 빼앗아들며) 일단 마치고 다시 얘기하자.

정국이 급한 걸음으로 뛰어간다. 태민이 남은 걸레를 개며 크게 파이팅을 외친다. 정국의 모습이 완전히 보이지 않자, 힘이 든 듯 의자에 주저앉는 태민. 힘없이 늘어진 채 주머니를 뒤져 약을 먹는다.

태민   형, 이제 시간이 별로 없어요. 쓰러지기 전에, 빨리….

멀리서 빨리 나오라는 정국의 목소리가 들리면 태민이 힘겨운 듯 대답하고 몸을 일으킨다.

암전.

제4장

경쾌한 음악이 흐른다. 커다란 가방을 든 태민과 정국이 등장한다. 마스크와 선글라스를 껴서 완전히 얼굴을 가렸다. 주변을 조심스럽게 둘러본다. 태민이 객석 앞으로 가서 안 주머니에서 전단지를 꺼내서 나눠준다. 정국이 태민의 등짝을 후려치며 데리고 들어온다.

정국   넌 지금 이 상황에도 그러고 싶냐?

태민	막간을 이용해서 알바 하는 거예요.
정국	(전화기를 들며) 왜 전화가 안 오지?
태민	그러니까요. 분명 연락이 온다고 했어요?
정국	그럼. 좀 기다려 보자.

태민이 앉아 있는 사이 정국이 주변에 떨어져 있는 플라스틱병과 캔을 줍는다. 찌그러뜨려서 차례로 노끈을 꺼내서 묶는 정국. 태민이 인상을 찌푸리며 정국을 잡아당긴다.

태민	알바 하지 말라고 했잖아요.
정국	아, 미안. 나도 모르게. 요즘 재활용품 가격이 비싸졌어. 어? 저기 빈 병도 있다.
태민	형님! 우리 지금 거사를 치르러 온 거잖아요.
정국	너 그러면서 손에는 신용카드 가입 권유서를 쥐고 있냐?
태민	아, 죄송해요. 요즘 신용카드 신청받으러 다니거든요.
정국	쓰리잡이냐?
태민	네. 형은 설마 투잡?
정국	(주머니에서 바늘과 인형을 꺼내며) 눈깔 붙이기까지 쓰리잡.
태민	그렇죠? 그래야 열심히 살았다고 할 수 있죠.
정국	열심히 죽고 싶었던 거지.
태민	사는 거나 죽는 거나, 어려운 건 마찬가지인데 열심히 한다는 사실이 중요하지 않겠어요?
정국	너 애늙은이 같아. 죽어도 아깝지 않겠어.

그 순간, 벨 소리가 울리고 당황한 태민과 정국. 정국이 급하고 조심스럽게 전화를 받는다.

정국	여보세요?
V	고객님, 가지고 오셨습니까?
정국	물론입니다.
V	(객석을 향해) 눈앞에 머리 길고, 얼굴 하얗고, 예쁜 여자 보이시죠?
정국	(관객을 향해) 머리는 길고 얼굴은 하얀데 예쁜 걸 모르겠는데요? 도대체 누구 말입니까?
V	얼굴 작고, 눈이 큰 여자 말입니다. 보이실 겁니다!
정국	(관객을 쳐다본다) 음… 얼굴이 크고 눈이 작은 여자는 있습니다.
V	전달자를 찾지 못하시는군요. 그럼 가방을 벤치 밑에 두세요.
정국	가방을 두는 건 좋은데, 당신이 받지 못하면 어쩝니까?
V	의심이 많으십니다. 고객님, 그럴 일은 절대 없습니다.
태민	(전화기를 빼앗으며) 이게 우리가 어떻게 모은 돈인데, 확인도 안 하고 넘겨줄 수는 없어요. 우리도 나름대로 믿는 구석이 있어야 할 거 아닙니까?
V	좋습니다. 고객님, 가방을 두고 남쪽으로 오십시오!

정국과 태민이 퇴장한다. 무대 위에는 적막이 흐르고 주변을 경계하며 둘러보는 정국과 태민. 시간 흐르는 효과음이 지나고 다시 걸려온다.

정국　　　　장난해요? 똥개 훈련시키는 것도 아니고 왜 이럽니까?

V　　　　고객님들이 저를 확인하고 싶듯 저 또한 고객님들을 시험해야 하지 않겠습니까? 번거롭게 해드려서 죄송합니다. 요즘 단속이 심해서 그러니 이해해 주십시오. 공원 수목원 쪽으로 다시 와주시길 부탁드립니다.

정국　　　　아, 이 양반 진짜.

태민　　　　왜요?

정국　　　　수목원으로 오래.

태민　　　　형, 혹시 지난번에 죽는 방법 ARS에서 고르라고 할 때 '속 터져 죽는' 걸로 신청했어요?

정국　　　　이 마당에 농담이 나오냐? 이 새끼 여기 있는 게 맞긴 한 거야?

태민　　　　모르죠. 어쨌든 가봐요. 여기까지 와서 안 할 수도 없으니.

태민과 정국이 눈치를 보며 다시 자리를 옮긴다. 자리를 옮기는 사이에도 태민은 주머니에서 전단지를 꺼내 관객들에게 돌린다.

정국　　　　(째려보며) 미쳤지?

태민　　　　이거 오늘까지 못 돌리면 시급 못 받아요.

정국　　　　어이구, 잘 났네. 시급 따위가 문제야? (전단지를 뺏으며 자기가 돌리는) 그렇지. 죽을 때는 죽더라도 돈은 있어야지.

태민　　　　그죠? 형, 인도에서는 돈 없으면 자기가 화장할 때 쓸 장작도 못 사요. 나뭇가지 겨우 한두 개 사서 올려놓고 태우는 사람이 얼마나 많은데요. 보는 사람이야 그렇다 쳐도 막상 가는 사람은 얼마나 짜증나겠어요.

정국 생각해보니 우리도 노잣돈이 필요하지 않겠어?

태민 그것도 그렇죠.

정국이 전단지를 나눠 주다가 커다란 기침 소리에 단숨에 한쪽 구석에 몸을 숨긴다. 다시 주변을 경계하는 둘.

정국 그놈인가?

태민 그럴지도요.

정국 좋아. 드디어 만난다.

숨죽이고 있는 둘 사이를 가르는 전화벨 소리. 정국이 조심스레 전화를 받는다.

정국 여보세요.

V 파워 헬스 짐이라니요.

정국 무슨 소리야. 암호야?

V 죽는 순간까지 일하다 죽고 싶으셨나 봅니다.

정국 흥, 인도에서는 돈 없으면 자기가 화장할 때 쓸 장작을 못 구하는데….

V 고객님, 저희는 사체 처리로 화장 선택하시면 서비스로 장작 나갑니다. 편백나무 100%입니다.

정국 뭐야, 그럼 장작 살 필요가 없잖아.

태민 (정국의 등짝을 때리며) 그게 문제야? (전화를 빼앗아들며)

이제 모습을 드러내시지?

V   네. 고객님. 수목 나무 아래쪽에서 보면 안대 두 개가 보이실 겁니다. 더욱 완벽한 보안을 위해서 안대를 써주시길 바랍니다.

태민   안대요?

태민이 안대를 찾아낸다. 정국이 의심스러운 듯 주춤거리며 안대를 쓰고 태민이 따라 쓴다. 돈 가방을 꼭 끌어안은 정국과 태민. 무릎을 세우고 벤치 앞으로 나와서 기대고 있다. (이때 무대는 의도적으로 암전이 되어야 한다.)

태민   와, 형. 이 안대 죽이는데요?

정국   그지? 빛이 하나도 안 새어들어와.

태민   그 사람 얼굴을 확인해야 하는 거 아닌가요?

정국   이래 가지고서는 사람이 오는지 외계인이 오는지도 모르겠다.

태민   무서워요. 형네 누나가 오는 건 아니겠죠?

정국   정말 최악이로군.

태민   진짜 무서워요.

태민과 정국이 서로를 더듬다가 놀라서 소리를 지른다. 태민이 흐느끼는 소리를 낸다. 놀란 정국이 돈 가방을 팽개치고 자신의 어깨를 꼭 끌어안는다.

태민   제 눈에게 정말 감사해야겠어요. 지금껏 밝은 세상을 마음껏 볼 수 있게 해줬다니. 이렇게 고마운 줄 몰랐어요.

정국   죽는 마당에 새삼 고마울 데도 많아. 코는 안 고맙고, 입은 안 고마워?

태민 장난치지 마세요. 저 지금 진지해요. 설마 누가 우리한테 해코지하지는 않겠죠?

정국 그렇겠지? 뭐가 보여야 말이지. 무섭다.

태민 지금껏 세상에 무서운 게 없었는데 막상 안 보이니까 무섭네요. 아직도 인생에 미련이 남긴 남았나 봐요.

정국 그런가 보다. 누가 날 어떻게 할지도 모른다는 생각이 드니까 말이야.

태민 우리 무사하겠죠?

무대에 적막감이 흐른다. 긴장감이 역력해 보이는 정국과 태민.

정국 내가 죽으면 이런 세상일까?

태민 캄캄하고, 한 치 앞도 보이지 않고, 빛이라는 건 한 줄기도 없는 암흑세계일까요?

정국 사는 동안은 이런 기분이었는데. 앞이 안 보이고, 뭔가 눈앞을 자꾸 가리는 것 같고, 눈을 떠도 보이지 않고 그래서 차라리 죽는 게 낫겠다 싶었던 거야.

태민 투석하러 들어가면 투석실 불을 다 꺼주거든요. 손가락 마디만 한 바늘을 혈관이란 혈관에는 다 꽂고 그 어둠 속에 혼자 내버려져요. 그럼 오롯이 혼자라는 기분이 들어요. 사실 혈관이 뻥 뚫려서 아픈 것보다 외로운 게 더 아프게 해요. 아무도 저 문을 열고 들어오지 않을 것 같은 기분이죠.

정국 지금 눈앞의 어둠이 수많은 지난날의 어둠과도 닮았어. 앞으로 우리가 살아갈 세상이기도 하고 말이야.

태민   정말 캄캄하네요. 역시 죽는다는 건, 어둠 속으로 잠긴다는 건, 그 자체가 두려움이에요. 새카만 두려움.

정국   그나저나 이 새끼는 왜 또 안 오는 거야?

태민   얼굴 보이기 싫겠죠.

정국   눈이 세 개거나 코가 두 개는 아니겠지?

태민   지금 이 상황에 농담이 나와요? 덜 무서운가 봐요?

정국   이 어둠은 마치 내가 살아온, 앞으로도 살아갈⋯.

태민   (말 자르며) 아우, 집어쳐요. 누가 보면 세상에서 제일 불행하게 산 줄 알겠네.

정국   어허! 왜 안 오시나, 님은 왜 안 오시나.

태민   (정국의 입을 막고) 좀! 조용히 하고 기다려 봐요.

정국   응.

정국과 태민이 기다리는 동안 조명이 희미하게 들어온다. 서로의 어깨에 기어다 자고 있는 둘. 멀리서 자동차 클랙슨 소리가 들린다.

정국   (벌떡 일어나며) 예! 사장님, 손세차 갑니⋯.

태민   형, 밤이에요. 영업 끝났어요.

정국   (안대를 벗으며) 뭐야? 이거 또 잠수 탄 거야?

태민   (안대를 벗으며) 우리 또 낚였어요? 미치겠네. 뭐가 이렇게 신비주의야.

정국   그러게 말이다. 일단 돌아가긴 해야겠지?

태민	몇 시에요? 저 알바 시간 다 됐어요.
정국	그래 일단 돌아가자. 가방 들어.
태민	형한테 있잖아요.
정국	장난치지 말고.
태민	형이나 장난치지 말아요. 가방 어디 있어요?
정국	(찾으며) 어? 가방 어디 갔지? 분명 여기에 놔뒀는데.
태민	잘 생각해 봐요. 어디 있었는데?
정국	분명 아까 여기에 벗어뒀는데.
태민	형, 설마….
정국	이거 눈탱이냐?

태민과 정국이 서로를 바라보고 소리 지른다. '나 홀로 집에'에 나오는 캐빈처럼 손을 두 뺨에 대고 말이다. 미친 듯이 사방팔방으로 가방을 찾는 둘. 객석에 내려가서 가방을 뒤진다.

정국	있어?
태민	없어요. 여긴 다들 거지뿐인가 봐.
정국	아악! 우리 돈 어떻게 해!
태민	죽을힘을 다해서 번 건데 나쁜 놈 같으니라고.
정국	찾아야 해. 그거 못 찾으면 대형 참사다.

정국과 태민이 미친 듯이 객석을 헤집고 다니는 사이에 벨 소리 울린다. 급하게 전화를 받는 정국.

정국	이 새끼야. 가방 가져와, 새끼야.
V	고객님, 회사 사정으로 인하여 날짜가 변경됨을 알려드립니다.
정국	무슨 개소리야.
V	저희가 길일 서비스해 드리는데 받아보시겠습니까? 죽기 좋은 날을 알려 드립니다.
정국	그딴 거 필요 없고 내 돈이나 가지고 와, 도둑아!
V	안심하세요. 없어진 게 아닙니다. 계약금이 접수되었으니 날짜를 확인 후 연락드리겠습니다. 고객님, 좋은 하루 보내세요!
정국	(전화기를 바닥에 던지려는 듯) 어우! 진짜 이것들이 장난치나.
태민	왜요? 왜요?
정국	훔쳐간 게 아니라 접수한 거래. 날짜 잡고 연락준대.
태민	(주저앉으며) 다행이다. 진짜 죽는 줄 알았네.
정국	벌써?
태민	설마요. 근데 형, 이상하게 제가 죽고 싶었던 때와 다른 기분이었어요. 죽음이 이렇게 반갑지 않을 수도 있다니.
정국	지금 그런 철학적인 소리가 나오냐? 돈이 없어졌는데?
태민	왜요? 날짜 잡고 연락 준다고 했잖아요.
정국	역시 도련님은 도련님이야. 세상 물정 모르는 거지. 너 같으면 꿀꺽하고 말지, 돌려주겠어? 지네들이 그동안 얼마나 신뢰와 믿음을 쌓아온 기업이라고 약속까지 지키겠어!
태민	뭐예요? 그럼 진짜로, 진짜로 가져간 거예요?
정국	난 그렇다고 본다. (소리 지르며) 아이고, 내 돈!

태민	형, 그럼 이제 어떡해요. 우리 못 죽어요? 저, 자연사는 정말 싫은데. (마른세수를 하며) 저 팔에 주삿바늘 달고 살면서 밤마다 스틸녹스에 해롱해롱거리다가 비쩍 마르고 새카맣게 탄 얼굴로 죽겠죠?
정국	(가슴을 치며) 속 터져, 속 터져. 그 돈이 어떤 돈인데 잃어버려. 정말 죽고 싶다. 아, 이런 게 진정 죽고 싶은 기분이구나.
태민	어? 형도 느껴요?
정국	느끼다마다. 정말 더러워서 더 이상 못해 먹겠어. 성질나고, 짜증나고 죽도록 일해서 남 좋은 일만 시키고 말이야. 이게 뭐야.
태민	그러니까요. 나쁜 사람들. 등쳐먹을 사람이 없어서 죽겠다는 사람의 등을 쳐먹을까요.
정국	(가슴을 치다가) 야, 성질나서 안 되겠다. 태민아, 우리 그냥 확 죽자. 나 지금 이 기분이면 진짜 죽을 수 있을 것 같아.
태민	지금이요?
정국	그래. 넌 지금 딱 죽고 싶은 기분 아니냐? 뭔가 가슴 속 깊은 곳에서 울화가 솟구치면서 당장이라도 내 미천한 몸뚱어리를 어떻게 할 수 있을 것 같지 않아?
태민	그, 그렇죠. 지금 기분이 딱 엿같고 죽고 싶긴 하죠.
정국	좋아. 우리 이 기분 그대로 가는 거야.
태민	(당황하며) 예? 어디를요?
정국	어디긴, 지옥행 KTX 타러 가는 거지.
태민	형!

정국이 태민의 어깨를 부여잡는다. 경쾌한 음악이 울리면서 암전된다.

제5장

스툴 위에 올라가 있는 둘. 아래를 내려다보며 공포에 질린 표정을 하고 있다. 하나같이 뛰어내리길 망설이는 두 사람.

태민   (아래를 보며) 생각했던 것보다 훨씬 높네요. 제가 고소공포 증이 있는지 지금 알았어요. (떨며) 고, 공기 좋다.

정국   (책 읽듯) 새처럼 날아갈 수 있지 않겠니? 동생아? 나를 묶어 왔던 속박이 없는 세상으로 훨~ 훨~ 말이다.

태민   아, 예, 예. 형이 그럼 먼저 날아가실래요? 제가 밀어드릴까요?

정국   뭐야, 같이 가기로 했잖아. 우리가 애초에 왜 모였는지를 잊지 마.

태민   아, 맞다, 맞다.

그때 강풍이 한번 불어온다. 허리를 휘청하며 뒤로 물러서는 두 사람.

정국   (소리 지르며) 어? 어어?

태민   형님, 무서워요!

정국   아래를 보지 마. 하늘을 봐.

태민   뭐 좋은 일 한다고 천국까지 바랄까요?

정국   지옥은 벌써 구경한 것 같아. (아래를 보며) 진짜 높긴 하다.

여기가 지옥이네.

태민   단숨에 떨어지겠죠? 고통을 느낄 시간도 없이?

정국   응, 그럼 가볼까? 하나, 둘 셋.

태민   잠깐만요!

정국   (신경질 내며) 왜?

태민   눈 감는 게 나을까요? 뜨는 게 나을까요? 어느 쪽이 덜 아플까요?

정국   야, 네 마음대로 해.

태민   아무래도 감는 게 덜 아프겠죠? (눈을 감고) 자, 형님. 이제 진짜 갑니다. 하나, 둘….

정국   잠깐만!

태민   (신경질 내며) 왜요! 왜! 왜!

정국   팔을 펴는 게 덜 아플까, 오므리는 게 덜 아플까?

태민   펴는 게 낫지 않을까요?

정국   (흉내 내며) 이렇게? 새처럼?

태민   네네. 다시 준비해요, 형.

정국   (태민의 손을 잡고) 좋아, 다시 카운트한다.

태민, 정국   하나, 둘… 잠깐만!

태민   (목소리 높이며) 그죠? 형? 우리 이렇게 급할 필요는 없죠?

정국   그럼! 그럼. 우리가 너무 조급하게 생각했다. 야, 다른 방법으로 하자. 다른 방법 많잖아?

태민   좋아요. 형, 투신은 떨어지고 난 후에도 머리 다 깨지고, 척

추 부러져서 침대에도 못 누워요. 형, 우리 이왕 가는 거 곱게 죽읍시다. 다른 방법으로 해요, 다른 방법.

태민이 정국의 팔을 끌고 급하게 스툴에서 내려온다. 잠깐 암전이 되면 둘이 목에 밧줄을 걸고 있다.

정국   이 방법이 백배 낫지. 진짜 투신은 안 맞아서 안 되겠어.

태민   저도요. 아래 보는데 다리가 후들거려서 안 뛰어도 벌써 죽은 기분이었어요. 어우, 그냥 이 방법이 백배 나아요.

정국   그 빌어먹을 새끼 때문에 우리가 이게 무슨 고생이람. 짜증 나는구나.

태민   이왕 죽으려고 마음먹은 거 남 손 빌리지 말고 깔끔하게 죽읍시다.

정국   이건 확실한 방법이니까 중도 포기 없다? 파이팅!

태민   파이팅!

목에 밧줄을 걸고 천정이나 옷걸이에 묶는 둘.

태민   이걸로 할 수 있을까요?

정국   그럼. 다리에 힘만 빼면 돼. 수건걸이나 샤워기에 목매고 죽는 애들은 다 이렇게 하는 거랬어.

태민   (의심스럽게) 누가요?

정국   자살계 선배가.

태민   그 사람은 죽었어요?

정국   음, 아니. 아직 못 죽었어.

태민   아, 그렇군요. 그 사람도 지금 돈 벌고 있죠? 도우미 사려고.

정국   (고개 끄덕)

태민   자본주의 사회는 돈 없으면 아무것도 못해요. 용기가 없으면 돈이라도 있어야 죽는 거지.

정국   우린 둘 다 없으니 후딱 해치우자. 자자. 단단히 맸어?

태민   (목을 당기며) 네. 이번에는 확실히 할 것 같아요.

정국   좋아. 태민아, 우리 지옥에서 보자.

태민   네. 형님!

정국   하나, 둘, 셋!

태민과 정국, 동시에 수건걸이에 매달린다. 갑자기 부서지는 수건걸이. 그 바람에 둘은 바닥에 엎어지고 만다.

정국   죽는 거 별거 아니네. 눈 한번 감으면 될 것을. 진짜 편하게 죽었다.

태민   형, 목소리가 들려요.

정국   뭐야, 나도 네 목소리가 들리는데?

태민   원래 죽으면 진공 상태 아닌가?

정국   그렇다면?

슬그머니 눈을 떠서 서로를 확인하는 둘. 경악하는 표정을 금치 못한다.

태민   형! 여기 지옥 아니죠?

정국	아, 젠장. (부서진 수건걸이를 확인하며) 부서졌어.
태민	또 못 죽었어요? 자살하기가 이렇게 힘든 건 줄 몰랐어요.
정국	(바닥에 팽개치며) 말도 안 된다. 말도 안 돼. 또 실패라니.
태민	(목에 묶은 끈을 풀며) 형, 연구 오래 했다고 하셨잖아요. 뭐, 확실한 방법은 없어요?
정국	이게 확실할 줄 알았는데, 실패할 줄은 몰랐지.
태민	(중얼) 하여간 안 되는 놈은 뭘 해도 안 되는 세상이네.
정국	뭐?
태민	아니에요. 다른 방법이나 찾아보자고요.
정국	화딱지 나서 안 되겠네. 내 이놈들을 당장 찾아가야겠어.
태민	어디 가서 잡게요. 명함이 있어요, 디엠이 있어요? 아무것도 없는데 어디 가서 그 사람들을 잡아요.
정국	(주저앉으며) 그 새끼들만 아니었어도 지금쯤 이 더러운 꼴 안 볼 수 있었는데.
태민	다 팔자죠. 안 되는 놈은 뭘 해도 안 된…. (입을 막으며) 으아악, 형. 죄송해요.
정국	(소리 지르며) 억울해서 못 살겠다.
태민	지금 잘살고 있잖아요?
정국	그러니까 더 화가 난다는 거지. (일어나며) 가자. 일어나.
태민	어디를요? 뭐, 확실한 거 있어요?
정국	응, 최후의 방법이 있다.
태민	뭔데요?

암전. 잠시 후, 소주 열 병과 과자를 바닥에 펴 놓고 둘러앉은 두 사람.

정국   먹고 죽는 거야. 들어 봤지? 먹고 죽자, 라는 말.

태민   음, 들어는 봤는데, 정말 죽을 수 있나요?

정국   그럼. 특히 너 같은 신장병은 몇 잔에도 골로 가는 거야.

태민   그래요?

정국   죽을 때도 술 취한 것처럼 얌전하게 자빠지지. 입에 거품은 좀 물 수 있겠지만 그 정도야 뭐.

태민   에에, 골 깨지는 거에 비하면 거품은 애교죠.

정국   (종이컵에 술 가득) 좋아, 무조건 원샷이다.

태민과 정국이 서둘러 술을 마시기 시작한다. 잔을 채우자마자 비우기에 급급한 둘. 경쾌한 음악이 흐르고 마구잡이 술을 마신 뒤 거나하게 취해 버린 둘.

정국   (혀 꼬인 소리로) 깔끔하게 뒤도 돌아보지 않고 죽는 거야. 이 더러운 세상 미련 없이 가는 거야. (힘 빠진 목소리로) 누구처럼.

태민   누구가 누구인데요?

정국   있어, 나에게 한 톨의 미련도 남겨놓지 않고 떠난 여자.

태민   아, 형을 이 지경으로 만든 장본인이군요.

정국   (쓰게 웃으며) 빌어먹을 세상과 합작해서 어퍼컷 제대로 먹이더라. 짜고 친 솜씨가 너무 훌륭해서 내가 녹다운됐지.

태민   (정국의 팔을 붙들고) 근데, 형! 속이 안 좋아서 죽을 것 같아요. 이거 확실하긴 한가 봐요.

정국	그렇지? 느낌이 오지? 오죽하면 주량이라는 게 있겠냐. 술 마실 때 넘기지 말라는 한계치거든. 그걸 넘기면 어떻게 되느냐, 바로 자빠지는 거지.
태민	근데 다른 사람들이 술 먹고 죽었다는 이야기를 못 들어봤어요.
정국	야, 아니야. TV에서도 그러잖아. 죽자, 죽자. 이러면서 말이야.
태민	아하, 아저씨들이 넥타이 머리에 매고 그러는 거 말이죠?
정국	그래. 속으로는 넥타이를 전부 숨통에 매고 싶었을 거라고. 먹다가 확 죽어버리게 말이지. 사회생활이 그만큼 힘든 거다.
태민	형은 안 해봤으면서 어떻게 알아요?
정국	(태민을 노려보며) 안 해본 게 아니라 못 해본 거야. 요즘 사회는 워낙 빡빡해서 나 하나 끼워줄 자리도 없나 보더라.

정국이 속상해서 술을 더 들이켠다. 태민도 덩달아 술을 들이켠다. 갑자기 병나발을 불기 시작하는 정국.

태민	형, 저 죽을 것 같다는 기분이 뭔지 이제야 알 것 같아요. 오장육부가 뒤틀리고 머리가 깨질 것 같은 기분이군요.
정국	그런 상황이 오면 흔히들 죽을 것 같다고 하지.
태민	내장이 입 밖으로 쏟아질 것 같은데도 안 죽는다니, 애초에 저도 생명력이 강했나 봐요.
정국	태어날 때부터 아프지는 않았겠지.
태민	(오열하며) 형! 제가 갓난아기 때는 너무 예쁘게 생겨서 사

람들이 가만히 놔두질 않았대요. 지금은 이래도 그때는 얼굴 하얗고 눈도 동그랗고, 얼마나 예뻤게요. '야탑 헤어' 강원식 디자이너한테 머리 맡기고 나서부터 이렇게 된 것 같아요. 바가지형으로 잘라달랬더니 허락도 없이 반 삭발을 해놓고,

정국   무슨 말 하는 거야? 갑자기 미용실 얘기가 왜 나와?

태민   아니 그러니까요. 삭발해 놓은 나쁜 새끼야, 아주 잡히면 고추털까지 밀어버릴 거야. (술 들이켜고) 게다가 어떤 날은 눈썹까지 밀어놓고.

정국   너 주정 부리냐?

태민   주정!? 형이 어떻게 알아요? 주정이 그년이, 저를 이렇게 뻥 차버리고요. 내 머리 바가지 됐다고 그날 밤에 헤어지자고 하던데요. 지는 바가지머리를 한 남자와는 자고 싶지 않네요. 김주정 나쁜 년. 얼마나 잘난 놈 만나나 두고 볼 거야.

정국   완전 갔구나. 이 상태면 죽어도 되겠다.

태민   상태? 상태 제 친구 오상태. 아나운서 된다더니 결국은 아프리카 TV에서 BJ하는 친구 있거든요. 근데 형도 걔 방송 보세요? 걔가 제 삭발머리 보고 헤어 방송 시작했는데요…. 근데 제 머리가 걔 방송 시작했을 때부터 그렇게 된 것 같아요. 그 헤어디자이너가 BJ 출신일까요? 김주정 나쁜 년, 하지만 상태야, 방송 재미있게 보고 있다.

태민이 술 취해서 울기 시작한다. 주정과 야탑 헤어를 외치며 한참 동안 오열하는 태민.

태민   내 인생이 꼬인 게 야탑 헤어 때문에. 건강해 보이게 잘라

달랬더니 해병대 머리를 해 놓고, 나쁜 새끼야! 형, 너무 슬퍼
요. 내 머리, 내 콩팥. 김주정이 나쁜 년이….

정국   (한숨) 이 방법도 걸러먹었구먼.

정국이 술병을 바닥에 팽개치자마자 암전. 차 지나다니는 소리. 쌩쌩거리며
속도 효과음이 시작되면 조명이 들어온다. 힘 빠져서 후들거리는 태민과 그
의 손을 잡고 있는 정국. 차에 뛰어들려는 참이다.

정국   (효과음 이후) 어, 진짜 빠르게 달리네. 술 덜 깬 너만큼이나
        무서워. (태민을 보며) 정신 차려.

태민   (졸다가) 네. 네. 제가 술이 안 깨서요.

정국   술버릇 좀 고쳐라. 진짜 너랑 두 번 다시 술 마시면 내가 개
        다.

태민   지옥 가서 고칠게요.

정국   손 꼭 잡아. 잘 뛰어들어야 한방에 가지, 잘못하면 팔다리
        기부하고 병원 가야 해.

태민   으아악, 병원은 더 이상 가기 싫어요. 형! 우리 확실히 뛰자
        고요.

정국   좋아, 하나, 둘 셋.

태민   잠깐만요. 저 토할 것….

입을 막은 채 뛰어가는 태민. 정국이 화난 모습으로 태민을 쳐다본다. 잠시
뒤 입을 닦으며 나오는 태민, 다시 정국의 손을 잡고 서자, 차들이 달리는 효
과음이 나온다.

정국	자, 하나, 둘….
태민	우웩!
정국	어우, 더러워!

정국이 놀라서 태민의 손을 뿌리친다. 다시 토하러 달려가는 태민. 더욱 헬쑥한 모습으로 나타나고 정국이 다시 손을 잡으려 하자 마자 토하러 달려가는 태민.

정국	야, 나 안 해. 안 해. 야, 안 죽어. 나 안 죽어! 어? 알아들었어? 안 죽는다고!
태민	형, 죄송…해요.
정국	(고함) 미친놈아, 집에 가서 쉬어라? 어? 오늘 죽자고 하면 내가 널 진짜 죽여버릴 거야. 이런 개….

정국이 욕하려던 찰나, 태민이 정국의 얼굴에 토하고 만다. 정지화면처럼 눈을 감은 채 넋 나간 듯 서 있는 정국과 급하게 소매로 토사물을 닦는 태민. 정적이 흐르고 정국의 숨소리 점점 거칠어지는 순간 전화벨이 울린다.

정국	누, 구, 십, 니, 까?
V	김정국씨 전화 맞습니까?
정국	그러니까 누구시죠?
V	안녕하세요. 여기 사슴물산인데요.
정국	네?
V	하반기 공채 지원하셨죠? 면접 날짜 고지해 드리려고 연락

드렸습니다. 23일 화요일 오전 11시까지 본사 로비에 오시면 됩니다.

멍하게 전화를 끊은 정국. 미안한 듯 토사물을 닦고 있는 태민의 손을 잡는다. 두 사람 손 사이에서 뭉개지는 태민. 그걸 보고 구역질하는 태민. 정국은 기쁨에 가득 찬 얼굴로 소리 지른다.

정국   야! 나 면접 보러 오란다! 면접이야!

태민   (구역질하며) 많이 갔잖아요.

정국   그래도 또 오라잖아.

태민   갈 거예요?

정국   그럼, 가야지. 이게 얼마 만에 온 기회인데.

태민   우리는 언제 죽어요?

정국   면접 보고 와서?

태민   면접 보고 붙으면 안 죽겠네?

정국   (침묵)

태민   (짜증스러운 듯) 좋겠다, 형은. 죽고 안 죽고를 자신이 결정할 수 있어서 말이에요. 다녀오세요. 기다리죠. 뭐.

정국   설마 붙겠어?

태민   설마가 사람 잡아서 여기까지 온 거죠.

정국   면접만 보고 죽을게.

태민   잘 봐서 죽지 말란 말은 못하겠네요.

태민이 화가 난 듯 바닥에 털썩 주저앉는다. 그 순간 전화벨이 울린다. 놀란 태민이 주머니를 뒤져 전화를 받는다.

V   태민씨? 여기 상심병원 조 간호사예요.

태민   네, 오랜만이에요. 조 간호사님 잘 지내시죠?

V   좋은 소식 전해주려고 전화했어요. 지난번에 검사한 거 염증 수치가 낮게 나왔어요. 한 번 더 검사를 해야 알겠지만, 신장 염증 농도가 내려가고 있다는 건 아직 투석을 하면 가망성 있다는 얘기에요.

태민   정말이에요?

V   그럼요. 내일 당장 병원 올 수 있죠? 일찍 들려줘요. 검사하게요.

태민이 환한 표정으로 전화를 끊는다. 영문을 모르는 듯 물어보는 정국을 안고 팔짝팔짝 뛰기 시작하는 태민.

태민   형, 저 살 수 있대요. 검사 결과 병이 호전되었대요.

정국   정말이야? 너 병이 나았다는 거야?

태민   그럴 수도 있어요. 저 안 죽어도 된다고 하니까 병원 갔다 와서 알려 드릴게요.

정국   (비꼬는 듯) 결과 보고 좋으면 안 죽겠네?

태민   (침묵)

정국   좋겠다. 죽고 안 죽고를 네가 결정할 수 있게 돼서? 갔다 와, 기다릴게.

태민   설마 좋아졌겠어요?

정국	설마가 사람 잡아서 우리가 여기까지 온 거지.
태민	결과만 보고 죽을게요.
정국	좋아져서 죽지 말자, 라는 말은 못하겠다.
태민	아, 형. 형도 면접 보러 가잖아요.
정국	(머리를 쓰다듬으며) 장난이야. 가서 결과 좋았으면 좋겠다.
태민	형도 면접 잘 봤으면 좋겠어요.
정국	(뒤를 가리키며) 우선 되돌아가 보자. 원래 우리가 있던 자리로.
태민	되돌아가요. 그리고 이게 아니라는 생각이 들면 그때 또 되돌아오자고요. 지금 우리가 있는 자리로요.
정국	좋아.
태민	그리고 이번에 면접 잘되면 꼭 전화하세요.
정국	뭐?
태민	있잖아요. 그 사람한테요. 꼭 돌아오라고 해요. 현재 형의 옆자리는 저지만, 뭐 그분이 오신다면 제 자리쯤은 쿨하게 내줄게요.
정국	하여간 눈치는 빨라요. (머뭇거리며) 내가 자주 쓰는 말은 아닌데, 파, 파이팅!
태민	네. 형도 파이팅해요!

희망에 찬 듯 파이팅을 외치며 퇴장하는 두 사람.

제6장

말끔하게 정장을 입고 있는 정국. 긴장한 표정으로 의자에 앉는다.

정국   면접번호 21번 김정국입니다.

V   사슴무역 이사입니다. 정치적 성향이 어떻게 되십니까?

정국   저는 야당입니다만….

V   아버지는 뭘 하시죠?

정국   그런 질문을 왜….

V   어느 지역 출신입니까?

정국   경상도입니다.

V   전라도에 대해 어떻게 생각해요?

정국   면접 질문이 특이하신 것 같습니다.

V   요즘 젊은 것들은 특이한 거 좋아하죠? 평범한 게 어려운 줄 모르고.

정국   아닙니다. 저는….

V   자자, 면접 끝났습니다. 돌아가세요.

문 닫히는 소리가 효과음으로 들린다. 덩그러니 무대에 혼자 남은 정국. 아무 말 없이 허공을 쳐다보다가 고개를 떨군 채 작게 흐느낀다. 전화기를 만지작거리다가 끝내 전화를 걸지 못하고 주머니에 넣는다. 한쪽 구석에 처박힌다. 정국이 완전히 쪼그려 앉은 뒤 들리는 비명소리. 태민이 쿵쾅거리며 등장한다.

| 태민 | 분명 수치가 낮아졌다고 했잖아요. (바늘을 빼며) 달라진 게 없다니 어떻게 그런 무책임한 발언을 할 수 있죠? 검사비, 투석비 때문인가요? 죽고 싶다는 사람 앞에 근거 없는 희망을 던져 놓고 이제 와 아니라고 하면 그 사람은 어떻게 해야 하나요? 정말 잔인하네요. 희망이란 것들은. |

태민이 구석에 처박혀 주저앉는다. 두 사람은 무대의 극과 극에서 주저앉은 모양이다. 각자 주머니를 뒤져서 전화기를 찾는 둘. 마침내 꺼낸 전화기를 한참 내려 보다가 둘 다 익숙하게 전화를 건다. 동시에 울리는 전화벨 소리. 두 사람 각각 전화를 받는다.

| 태민, 정국 | 되돌아가자, 우리가 있었던 그 자리로. |

애절한 배경 음악이 흐르면 둘 다 전화기를 놓친 채 무릎 사이로 고개를 묻는다. 암전된다. 힘 빠진 모습으로 등장한 둘. 손에는 각자 약병과 소주병을 들고 있다. 무대 중앙에서 약속이나 한 듯 만나서 바닥에 주저앉는 둘. 서로의 얼굴을 쳐다본 뒤 한숨을 쉰다. 얼굴을 돌리고 또 술과 약을 먹던 둘. 다시 얼굴을 보고 한숨 쉰다.

태민	형을 또 볼 줄이야. 이건 신의 장난이다 못해, 신의 진상이네요.
정국	네 얼굴이 진상이야. 눈 코 입까지 우울하면 어떻게 하라고? 보는 사람도 좀 생각해 줄래?
태민	(비꼬듯) 네 네 네. 이젠 더 이상 선택에 후회는 없는 거죠? 형도 깔끔하게 미련을 버려요. 어차피 안 될 놈은 안 된다니까요.
정국	(눈을 부라리다가) 고오맙습니다, 다시 한번 알려주셔서요.

	빨리 진행하자. 지금 마음이면 뭘 어떻게 해도 죽을 수 있을 것 같아.
태민	또, 또, 그 말이시네. 우리가 그 마음 믿고 있다가 지금 몇 번째 실패를 한 건 줄 알아요?
정국	그거야 면접 전화가 올 거라는 희망을 안고 살아서 그런 거 아닐까?
태민	세상에서 제일 잔인한 게 희망이에요. 그 희망이라는 놈이 우리 둘의 목숨을 가지고 논 거라고요.
정국	하긴, 나란 놈이 희망을 품는 것 자체가 말이 안 되지.
태민	그런 꿀꿀한 얘기는 염라대왕 앞에서 하시고요. 제 얘기를 우선 들어봐요. 제가 확실한 방법을 생각해 냈어요.
정국	응.
태민	우리가 도우미를 찾은 게 무엇 때문일까요? 자살할 용기가 없기 때문이죠. 일단 도우미는 연락이 없고, 마음은 급하고 그렇다면 방법은 단 한 가지예요.
정국	뭐?
태민	서로 죽여주는 거죠.
정국	오? 좋은데. 그럼 실패할 확률이 없겠네?
태민	(자신 있게) 그럼요.
정국	근데 누가 먼저 죽여? 남은 사람은 그럼 어떻게 해?
태민	가위바위보 해서 지는 사람이 죽여주기 어때요?
정국	그걸 지금 방법이라고 생각해 냈냐?
태민	누구 하나라도 성공해야 할 거 아니에요. 둘 다 망할 거예요?

정국	그건 아니지만.
태민	둘 중에 하나라도 성공하는 게 낫잖아요.
정국	그건 그렇지.
태민	우선 죽을 때부터 정해요.
정국	복잡한 거 싫다. 깔끔하게 투신하자.
태민	연탄가스나 약물은 싫구요? 스틸녹스 먹으면 죽는지도 모를 텐데.
정국	그거 준비하다가 시간 다 보내. 처방 받아야 되잖아.
태민	동네 내과 가도 다 줘요. (시계를 보며) 간당간당한데 병원 갔다 올까요?
정국	오늘 내로 죽겠냐?
태민	알았어요. 그럼, 가위바위보!

정국과 태민이 가위바위보를 한다. 태민이 진다. 울상인 태민과 좋아죽는 정국.

태민	안 될 놈이 아닌지도 몰라요. 여기서 이기다니. 역시 신은 공평하군요.
정국	이게 바로 내 인생에 온 마지막 기회라는 건가 봐.
태민	(한숨) 살인자 딱지 붙이고 저세상 가게 생겼네요.
정국	승부는 냉정한 거야. 얼른 가자.

정국이 콧노래를 흥얼거리며 태민의 손을 잡고 옆 건물로 간다. 당찬 손길로 옥상 문을 여는 순간 굳게 잠겨 있는 문. 정국이 당황한 얼굴로 문을 당긴다.

정국   엥? 뭐야? 이거 왜 이래?

태민   잠겼어요? 와, 이거 안 될 놈 맞고만.

정국   너 그 말 좀 닥쳐 줄래? 가뜩이나 열받거든.

태민   일단 가위바위보는 없어진 거예요.

정국   왜?

태민   이번 판은 어차피 못 죽는 거니까요.

정국   그런 게 어디 있어?

태민   게임도 판 바뀔 때마다 새로 세팅되잖아요. 다시 가위바위보 해요.

정국   이거 사기꾼 아냐? 어린놈의 새끼가 순 사기 치는 것만 배웠어.

태민   어허, 손을 내미시지요.

가위바위보를 시작하는 둘. 이번에는 태민이 이겼다. 환호하는 태민과 절망하는 정국.

태민   전 우아하게 죽으려고요.

가방에서 연탄가스와 라이터를 꺼내는 태민.

태민   제가 깊게 잠들면 이거 피워주고 나가시면 돼요.

정국   그래. 우아하다. 죽은 뒤에는 새파랗게 질리겠지만.

태민   어딘가 터지는 것보다 백배 낫죠. 형, 포인트는 제가 '잠들면'이에요. 잊지 말아요. 잠들면!

정국   알았어.

태민이 자리를 잡고 눈을 감는다. 조명이 서서히 어두워지고 무대 위에는 적막이 흐른다. 낮게 코를 골기 시작하는 태민. 정국은 그런 태민의 얼굴을 한참 쳐다보다가 안녕이라는 듯 짧게 손을 흔들어 준다.

정국   짧은 시간이었지만 즐거웠어. 조금 이따 보자. 잘 가.

정국이 연탄가스를 중앙에 놓고 라이터를 켠다. 켜지지 않는 라이터. 정국이 다시 켜본다. 아무리 애를 써도 켜지지 않는 라이터. 결국 화가 난 정국 라이터를 팽개친다.

정국   악, 짜증나!

정국의 말이 끝나자마자 태민이 조용히 이불을 걷고 일어난다. 덤덤한 얼굴로 정국을 흘겨본 태민이 중얼거리며 퇴장한다.

태민   (중얼거리며) 안 될 놈. 안 될 놈. 안 될 놈. 안 될 놈.

정국이 그 뒤를 조용히 따라가면 암전된다.

제7장

우울한 음악이 흐르고 소주 한 병씩을 앞에 놓고 먼 산을 쳐다보는 정국과 태민. 둘은 아무 말 없이 술을 들이켠다.

태민	죽는 게 마음대로 안 되는 건 여전해요. 몸이 아팠을 때부터 그랬죠.
정국	저 사람들 봐라.
효과음	사람들의 말소리. 자동차 클랙슨 소리. 도시의 소음.

태민	왜요?
정국	저 사람들은 자신들이 죽을 때를 선택할 수 없다는 게 얼마나 큰 축복인지 모를 거야.
태민	그렇겠죠. 평생 보이지 않는 죽음을 두려워하고 피하면서 살아가겠죠.
정국	죽음을 늘 곁에 두고 살아온 우리와는 달라. 죽음이 먼 미래의 일처럼 느껴지겠지. 마치 가까워지지 않을 것처럼 평생을 살다가 나이가 들고 세월이 흐르면 그때서야 죽음을 제대로 마주 보게 될 거야. 고통은 잠시지.
태민	부러워요. 저도 한 번쯤은 죽을 때를 모르고 살아보고 싶어요. 늘 알고 있었거든요. 곧 숨이 멎으리란 걸요.
정국	나도 그래. 매번 시험에서 떨어질 때마다 남들 인생 부러워하면서 죽음에게 곁을 내줬지. 나중엔 이것밖에 생각할 수 없구나, 싶더라고.
태민	또 다른 원인은 없었어요?
정국	(억지웃음) 있었지. 뚱뚱하고 못생긴 여자 하나가 말이야. 많이 좋아했는데 붙잡지 못했어. 내가 뭘 해줄 수가 없잖아? 걔가 사라지고 나니까 지구에 혼자 남은 느낌이더라. 외로움을 감당하지 못하겠더라고. 세상이 늪 같았어. 매 순간 바닥으

로 나를 끌어당긴다는 착각이 들 정도였어. 그 일 이후에는 되는 일이 더 없었어. 의욕도 바닥났고.

태민   패배자의 변명인가요?

정국   너도 남들처럼 나를 생각하는구나. 맞아. 사회 안에서 내 역할은 패배자야. 괜히 안 될 놈이겠어. 뭘 해도 안 되는 거지. 남들 다 가는 중소기업도 못 가고, 남들 다 하는 외식 한번 못 하는 가난뱅이에 남들 다 하는 연애도 돈 없어서 차이는, 뭘 해도 안 되는 놈. 그게 바로 나야.

태민   형은 정말 바보 같아요. 형은 스스로 죽음을 선택한 거잖아요. 누가 죽으라는 말도 하지 않았고, 저처럼 어쩔 수 없이 죽는 것도 아닌데 형이 그렇게 하고 싶은 거잖아요. 뭘 해도 안 된다고 하면서 말이에요.

정국   너 허리 디스크 때문에 시체처럼 누워 있는 아버지가 울면서 준 용돈을 받아 봤어? 새벽 4시면 식당에 쏜살같이 나가는 어머니가 쥐여준 만 원짜리는 받아 봤어? 노래방에서 돈 벌어 오면서도 안 취한 척하는 누나가 내민 봉투 받아봤어? 이걸 5년을 했어. 그런 돈 받을 때마다 내 손목을 잘라버리고 싶었어. 하루하루 그 돈을 쪼개 쓰면서 얼마나 필요 없는 인간인지를 느끼고 또 느꼈어.

태민   모든 청춘이 하는 고민이네요. 가소롭네요.

정국   모든 사람이 하는 고민이라고 해서 그 고민을 가진 사람들이 괴롭지 않다는 건 아냐. 황금보다 빛나는 내 인생을 포기하겠다는 것이, 죽어야 할 이유 없이 죽고 싶은 것이 얼마나 힘든 일인지 너는 몰라.

태민   돌아오라고 말해 봤어요?

정국   소설 쓰고 있네. 그래서 돌아올 거였으면 애초에 보내지도 않았다.

태민   형만 힘들다고 생각하지 말아요. 저기 다니는 저 사람들, 형만큼이나 힘든 상처 안고도 그 위에 희망이라는 반창고를 붙여가며 사는 거예요. 세상 살다가 상처가 나면 거기에 반창고 한 겹 더 덧대고, 내일은 나아지겠지, 좋은 날이 오겠지…라는 생각 하며 산다고요.

정국   네가 뭘 알아. 몸 아프다는 핑계로 온실 속의 화초처럼 큰 니가 뭘 안다고 까불어. 사랑하는 사람들을 지켜주지 못하고 오히려 그들에게 짐이 되는 기분을 네가 알아? 그 자괴감을 겪어본 적이 없다면 함부로 말하지 마.

태민   다른 건 몰라도 이건 알죠. 형이 하는 짓이 사치라는 걸요. 내가 형이면 무슨 짓을 해서라도 살아보겠어요. 사랑하는 그들을 위해서 이를 악물고 뭐든 해볼 거라구요.

정국   뭐든 말이 쉬워. 네가 내 입장 되어봤어?

태민   그러는 형은요? 전 매일매일 새끼손톱만 한 바늘을 혈관에 꽂고 피를 걸러야만 침이라도 삼키죠. 동네 수퍼 가는 것도 힘들어서 십 미터마다 쉬어간 적도 많아요. 그 좋던 학창시절 고스란히 병원 침대에서 보냈어요. 다른 애들 가방 메고 학교 갈 때 전 바늘 꽂고 투석실 갔죠. 그래도 죽고 싶지 않다고 빌었어요. 제발 살 수만 있게 해달라고요. 내가 그토록 원했던 삶을, 형은 가지고 있잖아요. 내가 수천, 수만 번 빌어도 신이 허락하지 않았던 생명을 형은 제멋대로 버리려고 하죠. 형 먼저 제 입장이 되어보실래요? 제 눈에 그런 형이 얼마나 밉고 한심한 게 보이는지 알 수 있을 거예요.

정국	이 새끼가! 너 혼자 세상 힘든 일 다 짊어진 척하지 마. 난 차라리 병에 걸려서 죽었으면 좋겠어. 내 선택에 후회라도 하지 않게 말이야.
태민	죽을 수밖에 없는 사람에게 죽음은 절망이죠. 하지만 죽고 싶은 사람에게 죽음은 희망이에요. 희망과 절망을 비교하지 말아요. 처음부터 형은 세상에게 응석 부렸던 거라구요. 나 좀 챙겨달라고 말이죠.

정국이 태민의 멱살을 잡는다. 태민도 정국의 멱살을 잡는다. 격하게 다투는 둘. 정국이 태민의 얼굴을 치면 태민이 저 멀리 나동그라진다. 한 대 더 때리려고 주먹을 올리던 정국이 태민의 표정을 보고 주춤거리며 끝내 팔을 내린다. 신경질적인 걸음으로 퇴장해 버리는 정국. 정국의 뒷모습이 완전히 사라지자마자 바닥에 주저앉아 버리는 태민.

| 태민 | (입을 때리며) 미쳤어. 안 해도 될 말을 왜 해서 형한테 상처를 줬을까. 아, 어쩌지. (얼굴을 찌푸리며) 내가 왜 그랬을까? |

얼굴을 어루만지던 태민이 일어나서 느린 걸음으로 퇴장한다. 반대편에서 등장한 정국이 머리를 쥐어뜯으며 무대 중앙에 벌러덩 누워버린다.

| 정국 | (주먹을 어루만지며) 아야, 녀석 꽤 아팠을 텐데 괜찮을까 모르겠네. (팔뚝을 보며 바늘 꽂는 시늉) 하긴 아플 거야. 살 보이는데 없이 바늘만 수두룩하게 꽂고 있으면 얼마나 힘들겠어. 아, 성질 좀 죽일걸. |

정국이 무대에 누우면 우울한 음악이 BG로 흐른다. 조명이 어두워지고 누워

서 천장을 바라보는 정국. 음악이 수초 흐른 뒤 전화벨이 울린다. 정국이 반가운 듯 전화를 받는다.

정국   태민이야? 형이….

V   안타깝게도 저는 태민씨가 아니라 자살 도우미입니다. 최종날짜 고지 드리려고 연락드렸습니다.

정국   너 이 새끼야! 내 돈 내놔. 너 잡히면 죽여 버린다.

V   혹시 계약 파기이십니까? 계약 파기 시 입금액은 환불되지 않습니다. 혹시 이제 와서야 살고 싶은 생각이 (싸늘하게) 드시나요?

정국   그, 그런 건 아니지만 어쨌든 돈은 주셔야 하죠.

V   입금액은 환불되지 않습니다.

정국   그럼 예정대로 가면 돼요?

V   계획이 바뀌신 게 아니라면 그러시는 게 어떨까요?

정국   네. 우선 날짜 주십시오.

V   일주일 뒤입니다. 불금, 돌아오는 금요일에 화끈하게 죽으실 수 있게 준비해 드리겠습니다. 오곡산 산속 펜션으로 오시면 안내받으실 수 있습니다. 그럼 그동안 남은 인생, 즐겁게 정리하십시오.

자살 도우미가 전화를 끊는다. 정국이 급한 듯 전화기 버튼을 누르며 퇴장한다. 전화기를 하루 종일 바라보고 있는 태민. 무대 중앙에 털썩 주저앉으면 슬픈 BG가 들린다. 무릎에 얼굴을 묻고 훌쩍거리는 태민. 죽기 싫은 마음과 정국에 대한 미안함, 죽음에 대한 두려움이 섞여 있는 표정이다. 음악이 수초 흐른 뒤 전화벨 울린다. 태민이 정국임을 확인하고 얼른 전화를 받는다.

태민   형님. 제가 죄송… (벌떡 일어나며) 뭐라고요? 우리 죽을 수
          있다고요?

암전. 전단지를 돌리면서 등장하는 태민. 화장품과 약을 팔면서 등장하는 정
국. 양옆에서 중앙을 오며 관객들에게 화장품 판매를 유도하거나 전단지를
돌리고 있다. 중간에서 딱 마주친 둘.

정국   잔금은?
태민   있는 데로 긁었어요. 얼추 될 거예요.
정국   (머리를 긁으며) 저…, 그날은.
태민   (머뭇거리며) 저…, 그날은.

정국과 태민이 서로를 보며 웃어버린다.

정국   형이 미안했어. 죽는 마당인데 때린 거 용서해 주라.
태민   아니에요. 제가 말이 심했죠. 죽는 마당이니까 형도 잊어주
          세요.
정국   날짜가 잡히니까 이제 좀 마음이 편하지?
태민   그렇네요. 낡아가는 몸뚱이를 지켜보면서 죽음을 하루하루
          체험하는 것도 정말 고통스러웠는데 잘 됐어요.
정국   이번에야말로 뒤도 돌아보지 않고 깔끔하게 갈 수 있을 거
          야. 내가 너의 등을 떠밀어줄게.
태민   저도 형의 발목을 잡고 있을게요. (어색하게 웃음) 그나저나
          날짜는 언제래요?

정국	일주일 남았어. 오곡산 산속 팬션에서 만나기로 했다.
태민	우와, 오곡산! 저 정말 가보고 싶었던 산이에요. 거기 경치 좋다고 사람들이 블로그에 엄청 올려놨어요.
정국	잘 됐군. 마지막은 아름답게 장식할 수 있겠어. 기념사진은 못 찍겠지만.
태민	드디어 제 인생에서도 원하는 게 하나쯤은 이뤄지려나 봐요.
정국	날짜 전에 미리 가 있자. 오곡산 근처에 묵을 만한 데가 많을 거야.
태민	덤덤히 준비하는 것도 좋죠.
정국	(아련하게) 태민아….
태민	네?
정국	잔금 꼭 맞춰 와.
태민	(전단지를 보여주며) 벌고 있잖아요. 걱정 마세요.
정국	이번에 차질 생기면 전부 니 탓이다.
태민	형은 매사 다른 사람 탓하네. 참 편한 계산법이야. 안 될 놈, 안 될 놈.

태민과 정국이 반대 방향으로 각자 퇴장한다. 퇴장할 때는 등장했을 때처럼 전단지와 화장품 등을 나눠주며 권유하면서 없어진다. 경쾌한 음악이 흐르고 두 사람이 없어지면 서서히 암전된다.

제8장

암전 위에 두 사람 등장해 있다. 먼저 기도하는 태민의 모습을 보여준다. 수초 기도 후, 약을 챙겨 먹으려다가 손바닥에 올려놓고 한참을 쳐다본다. 조명 어두워지면 반대쪽 조명 들어온다. 이력서를 쓰는 정국. 생각이 나지 않는 듯 지원동기, 나의 비전 등을 중얼거리다가 펜을 놓다가 다시 잡기를 반복하는 정국. 조명 꺼지면 태민 쪽 조명 들어온다. 옷을 갈아입고 자신의 물건을 정리하는 태민. 담담한 모습으로 물건을 정리하고 조명이 꺼진다. 반대쪽 조명이 들어오면 운동하고 있던 정국. 팔굽혀 펴기에 집중하다가 멈춘다. 조명이 꺼진다. 반대쪽 조명이 들어온다. 가만히 누워 콧노래를 흥얼거리는 태민, 흐느낌이 섞여 있다. 조명이 꺼진다. 반대쪽 조명이 들어온다. 불안한 듯 집 안을 이리저리 돌아다니는 정국. 결국 소리를 지른다. 조명 암전됐다가 환하게 켜진다. 멍하니 천정만 쳐다보고 있는 둘. 수초 보여주다가 암전된다.

제9장

커다란 배낭을 맨 태민이 등장한다. 시간을 확인하는 태민. 멀리서 정국이 터덜거리며 걸어오다가 태민을 보고 애써 밝은 척한다.

정국	일찍 왔구나.
태민	응. 참이 통 오지 않아서 말이야. 형은 잘 잤어요?
정국	나? 나야 엄~청 잘 잤지. 밥도 많이 먹고 미련 없이 화끈한 일주일 보내고 왔다. 너는 어땠어?
태민	나도 잘 지냈지. 여기 춤추면서 올 뻔했다니까.

정국   이게 우리가 원하는 바가 맞겠지?

태민   혀, 형님, 이 상황에서 왜 그런 얘길 하세요. 잔금은 준비하셨어요?

정국   (두툼한 봉투를 보이며) 물론. 영혼까지 긁어서 만들었다. 너는?

태민   (봉투를 흔들며) 저 역시 물론이죠.

정국   좋아! 동생아, 오늘 딱 죽기 좋은 날이다. 일단 짐 풀고 우리 죽기 전 여유를 좀 즐겨볼까?

태민   좋죠. (짐을 내리며) 에고, 무거워라.

정국   넌 곧 죽을 애가 무슨 짐이 이렇게 많아?

태민   챙기다 보니 늘더라고요. 죽을 땐 죽어도 사람처럼은 살다가 가야죠. 형은 그게 다예요?

정국   (어깨 으쓱) 필요한 게 없어.

태민   뭐, 성격 차이니까요.

정국   가져온 게 딱 하나는 있지.

태민   뭔데요?

짐을 뒤지는 정국. 소주 몇 병을 꺼낸다.

정국   이거.

태민   (한 병을 들며) 역시 형은 센스 있어요.

정국   적당히 먹어. 또 못 죽을라.

태민   같은 실수를 두 번 하겠어요?

정국	그래. 우리 이승에서 마지막 수다다.
태민	형, 건배해요.

정국과 태민이 건배한다. 한 모금씩 술을 들이켜는 둘.

태민	형, 내일이면 죽는데 우리 뭐 할 거 없을까요?
정국	꼭 무언가를 할 필요가 있을까?
태민	그래도, 마지막이라는 말이 이번에는 진짜 같아서요. 실감이 나요.
정국	(말없이 전화기를 꺼내며) 지금 제일 보고 싶은 사람이 누구야?
태민	형은요?
정국	음, 우리 귀신같은 누나.
태민	보러 가게요?
정국	아니, 그러면 마음이 약해질 것 같아서 안 갈래. 이거 어떠냐? 마지막으로 보고 싶은 사람에게 전화 걸기.
태민	마지막이니까 할 말 해도 되겠죠?
정국	그럼.

정국이 먼저 전화를 건다. 신호음이 울리다가 상대방이 맞는다. 피곤에 절은 여자 목소리 들린다.

V	왜? 무슨 일인데?
정국	뭐해?

V	네가 그게 왜 궁금해?
정국	해가 지려는데 아직도 자빠져 자나 싶어서 전화했다.
V	잘했어. 돈 달라고 했으면 싸대기를 후려쳤을 거야.
정국	누나.
V	너 어디 아파? 갑자기 누나라고 부르게?
정국	누나니까 누나라고 하지.
V	너 사람 죽였어? 대출 받았어? 여자애 임신시켰어? 게이야?
정국	진짜 작작 좀 해라.
V	그 정도 큰일이 아니고서야 네가 이딴 식으로 분위기를 잡냐? 듣기만 해도 소름 돋아. 빨리 말해.
정국	그냥 고마웠다고. 많이, 많이 고마워. 고마워.
V	(떨떠름하게) 어…, 그래. 할 말 다 했어?
정국	아니 할 말 많은데. 안 하려고.
V	왜 처맞을까 봐? 할 말 없으면 끊어. 늦게까지 싸돌아다니지 말고 빨리 들어와. 미친놈아.
정국	안녕. 누….

정국의 말이 끝나기도 전에 전화가 끊긴다. 정국이 불만인 듯 입술을 실룩거린다.

태민	분위기 다 깨네.
정국	가는 마당도 험난하구나.
태민	이번에는 제 차례죠?

정국   (끄덕)

태민이 전화를 걸면 신호음이 울린다. 누군가가 전화를 받는다. 여자 목소리
들린다.

태민   엄마?

V   응. 들어오지 않고 전화를 했니?

태민   할 말이 있어요. 지금 하지 않으면 못할 말이에요. 엄마, 꼭
             재혼하세요. 좋은 아저씨 만나서 엄마도 행복해지세요.

V   또 그 소리구나. 엄마 지금 머리가 좀 아픈데 그런 말은 나
             중에 하면 안 되겠니?

태민   안 돼요. 지금까지 그래서 못했는데 오늘은 해야 해요. 엄
             마, 지금까지 아파서 죄송했어요. 엄마가 십 년 전에 차라리
             죽는 게 나을 것 같다고 했을 때부터 그렇게 하고 싶었지만 용
             기가 없었어요. 저 같은 것도 살아서 엄마에게 희망과 기쁨이
             되어줄 수 있다고 믿었거든요. 이제는 그럴 수 없다는 걸 너무
             잘 알아요. 다만 마지막 소원이 있다면 저의 죽음이 엄마에게
             또 다른 희망이 되었으면 좋겠어요.

V   태민아….

태민   엄마가 잘살았으면 좋겠어요. 건강한 아들, 딸 낳고 지금까
             지 힘들었던 것 다 보상받았으면 좋겠어요. 여기까지가 제 할
             말이에요. 안녕히 계세요.

급하게 전화를 끊는 태민. 무대 위에는 정적이 흐르고 정국은 말없이 술만
들이키며 태민의 어깨를 토닥거려 준다.

정국	이제 후련해?
태민	(끄덕)
정국	좋아. 이제 싫어하는 사람한테 전화하자.
태민	네?
정국	이왕 가는 마당인데 한 마디를 못하고 가?

정국이 어디론가 전화를 걸기 시작한다. 신호가 울리고 젊은 여자가 받는다.

V	여보세요?
정국	잘 지내? 나 정국이야.
V	오랜만이네. 잘 지내고 있어?
정국	잘 지내고 있어. 너 결혼했다며? 대기업 다니는 남자랑 했다더라. 중소기업도 못 다니는 나랑 사귄다고 얼마나 고생이 컸냐? 진즉에 헤어져 줄걸. 너랑 만나면서 반지, 목걸이 못해 줘서 미안했다. 맛있는 거, 재미있는 거 못 해서 미안했고, 매번 이력서 쓰는 모습만 보여서 미안했다. 야! (흐느끼며) …근데 이제 와 보니 하나도 안 미안하다. 잘 지냈냐고 물었지? 나 못 지내. 니가 그렇게 간 이후로 단 하루도 잘 지내 본 적이 없어. 그렇게 가 놓고 잘 지내라니, 이제 두 번 다시 전화 안 해. 아니 못해. 니 목소리 그리워하지도 않을 거야. 끊는 마당에 한마디만 할게. 야, 이 나쁜 여자야! 많이 사랑했다…. 네가… 내 인생에… 마지막일 거야.

흐느끼는 정국. 태민이 정국을 위로해 준다.

태민	저도 싫어하는 사람이 있어요.
정국	(콧물을 닦으며) 좋아! 니가 제일 싫어하는 사람한테 걸어!
태민	네.

태민이 전화를 건다. 신호음 가다가 누군가 전화를 받는다.

태민	여보세요.
V	지금은 진료시간이 지나 전화를 받을 수가 없습니다. 다음에 다시 걸어주세요.
태민	다음은 없어! 젠장.
정국	너도 주변에 사람이 참 없나 보다.
태민	병원이 제일 미워.

태민이 전화를 끊어버린다. 신난 척 술병을 들던 태민이 정국에게 건배를 외치고 정국도 덩달아 건배하며 술을 쏟아붓는다.

태민	형님, 고마워요. 형님 만나서 정말 막바지 인생 재미있게 살다가요. 보람도 느껴보고, 목표의식도 느껴보고 즐거웠어요.
정국	나도 그래. 너 만나서 전에 느끼지 못했던 많은 것들을 느끼게 됐다. (시계를 보며) 이제 몇 시간도 안 남았네.
태민	그러게요. 그렇게 느리게 가던 시간이 지금은 너무 빠르게 가네요.
정국	아쉬워하지 마. 이제 시간도 우리에게는 소용 없어질 거야.
태민	(이어폰을 꺼내며) 죽기 전에 신발 옆에 놔두고 싶어요. 이

거, 고장 난 건데 엄마가 그 말할 때마다 귀에 꽂고 있었어요. 음악 듣는 척하면서요. 이젠 돌려주려고요. 그 안에 저의 원망과 애정이 같이 있어서 안 가지고 가려구요. 그럼 이승의 일은 다 잊혀지겠죠.

정국   난 이거. (주머니를 뒤져 맥가이버 칼을 꺼내며) 어렸을 때는 이게 참 멋있어 보였어. 이 칼 하나면 못 하는 게 없다고 생각했거든. 내가 커서도 이 칼처럼 못 하는 게 없는 사람이 될 줄 알았어. 현실은 다르다는 걸 깨닫기 전까지 나에게도 그런 희망이 있었어.

태민   우리 이걸 신발 옆에 가지런히 놔둬요. 누군가가 보고 우리를 기억해 주겠죠.

정국   가져갈 필요 없으니 두고 가지만, 기억되는 게 좋은 건지는 모르겠다.

태민   형은 잊혀도 좋아요?

정국   내가 기억하면 되니까.

태민   형님, 저를 기억해 주신다니 고마워요.

정국   너도 날 기억해 줘. 기억은 시간보다 강하니까 잊히지 않을 거야.

정국이 태민의 이어폰과 자신의 칼을 잘 보이는 곳에 모아서 놓는다.

태민   좋아요. 형님. (시계를 물끄러미 보다가) 형님, 술 다 떨어졌는데 더 있어요?

정국   그럼! 오늘은 배터지게 먹으려고 많이 사왔지.

정국이 가방을 뒤지는 사이. 태민이 정국의 잔에 약을 탄다. 그것도 모르는 정국이 태민에게 술병을 건네고 태민이 그것을 받아든다.

정국   (시계를 물끄러미 보다가) 우리 오늘은 마음껏 마시자. 원샷 해.

정국이 건배를 유도하자 태민이 잔에 있는 술을 홀라당 마셔버린다. 연거푸 태민에게 술을 마시게 하는 정국. 일부러 마시게 하는 것이 보이지만 태민은 개의치 않는다.

태민   (혀 꼬이며) 형은 왜 안 드세요?

정국   (잔을 비우며) 마시잖아.

태민   어? 드셨네.

정국   너도 원샷!

태민   (잔을 비우며) 전 당연히 원샷이죠. 근데 저 좀 취하긴 했나 봐요. 머리가 어지러워요.

정국   더 마셔 더 마셔. 그럴 때는 더 마셔야 해.

정국이 태민의 잔을 채워준다. 그새 마셔버리는 태민. 정국이 다시 잔을 채워준다.

정국   태민아, 넌 아직 때가 아니야. 오늘은 형 혼자 갈게. 내가 죄 짓는 거 같아서, 너처럼 착한 애를 차마 데리고 갈 수가 없다.

태민   형, 무슨 말씀을 하시는 거예요?

정국이 태민의 팔을 잡고 벽으로 간다. 밧줄로 태민을 꽁꽁 묶는 정국. 묶으면서 서서히 휘청거린다.

태민   형, 형이 가시면 안 돼요. 형은 희망이 있어요. 결혼도 하고, 아이도 낳고, 새로운 희망을 잉태하면서 그렇게 살아요. 형은 할 수 있잖아요, 나는 못해도.

정국   어차피 죽을 거잖아. 그럼 주어진 대로 살다 죽어. 남은 인생이 비참해도 최선을 다하고 죽으면 후회는 남지 않을 거 아냐. 세상에 미련도 남을 텐데 후회마저 남기고 갈래? 응?

태민   형, 저 풀어주세요. 전 진짜 죽어야 해요. 돌아가는 길도 잊어 버렸어요.

정국   돌아가는 길은 항상 있어. 우리가 보지 않으려고 하는 것뿐이지.

태민이 중얼거리는 사이 정국이 바닥에 쓰러진다.

정국   너 뭐 했어?

태민   재워 드리려고 했어요. 저 혼자 가려고요.

정국   아, 젠장. 졸려….

정국이 서서히 의식을 잃은 채 쓰러져가고 태민이 격하게 몸부림치며 밧줄을 풀려고 노력하다가 어느 순간 의식을 잃고 만다. 무대 위에 널브러진 두 사람. 전화벨이 계속 울린다. 조명이 서서히 어두워지고 전화벨은 끊임없이 계속 울린다. 암전.

제10장

여전히 널브러져 있는 두 사람. 새소리 들리고, 햇빛이 강하게 들어온다. 정국이 인상을 찌푸리며 잠에서 깬다. 머리가 아픈 듯 머리를 붙잡고 있는 정국. 그 신음소리에 태민도 눈을 뜬다. 주변을 둘러보는 정국. 놀라서 전화기를 쳐다본다.

정국   으악! 지금 몇 시지?

태민   형, 연락 왔어요?

정국   (끄덕) 부재중 10통.

태민   아, 어떻게 해요. 또 기회를 날렸잖아요.

정국   네가 꼼수를 쓰니까 그렇지. 나도 못 죽었잖아.

태민   꼼수라니요. 형을 살리고 싶었던 마음이죠. 저도 형이 이렇게까지 할 줄 몰랐어요. 감동해야 할지, 원망해야 할지. 아, 말 나온 김에 이거나 좀 풀어주실래요?

정국이 휘청거리며 태민의 밧줄을 풀어 준다.

정국   너 나한테 뭘 먹인 거야?

태민   말기 암 환자용 수면제요.

정국   와, 세다.

태민   그럼요. 그거 반 알이면 하마도 숙면하죠.

정국   (머리 붙잡고) 난 몇 개를 먹은 거야?

태민   (손가락 셋을 펴며) 형의 생명력이 짐승 같긴 하더라고요.

정국   어이없다. 그냥 목을 조르지 그랬어?

태민   제가 힘이 있나요.

정국   힘도 없는 놈이 용기는 있었네. 어디 날 두고 자기 혼자 가려고.

태민   그러는 형은요. 나 살릴 것도 아니면서 혼자 가려고 했어요, 왜?

정국   내가 형이잖아. 내가 형으로서 해줄 수 있는 걸 해주고 싶었어.

태민   (콧방귀) 핏, 난 형 아들로 다시 태어나고 싶었는데.

정국   너 같은 아들 있으면, 생각만 해도 끔찍하다. 그냥 아들 하지 말고 동생해.

태민   이렇게 된 마당에 이젠 그래야죠. 뭐.

정국   도우미가 화났나 봐. 전화를 열 통이나 했어.

태민   그것도 못 듣고 자빠져 잔 우리를 어떻게 해야 할까요?

정국   어떡하긴 뭘 어떻게 해. 그냥… 당분간 또 살아야지.

태민   죽고 싶다는 말을 입에 붙이면서 하루를 살아보죠.

정국   그래. 힘들어서 죽겠고, 짜증 나서 죽겠지만 가끔 좋아서 죽으면 그것도 나쁘지는 않을 것 같은데.

태민   형, 그렇게 생각하고 사는 게 죽는 것보다 더 쉬울 것 같아요. 죽는 것도 보통 일이 아니네요.

정국   그러니까 말이야. 죽는 것도 사는 것만큼이나 힘들구나.

태민   힘든 건 둘 다 똑같네요. 어쨌든 당분간 또 살아봐야죠. 뭐.

정국   그래. (시계를 보며) 우리 또 언제 죽고 싶을지 모르니까 열심히 살아야겠지?

태민   돈 벌어요. 돈. 그 보람이 지금까지 사는 날 중에 제일 좋았어요.

정국   돌아가자, 이제.

태민   네. 형. 이제 우리 돌아가요. 원래, 우리가 있던 곳으로요.

태민과 정국이 나란히 손을 잡고 일어선다. 그때 벨 소리 울린다. 정국이 전화를 확인한다. 한동안 말이 없다. 태민이 전화를 빼앗아 전화를 끊어버린다. 마침내 서로의 얼굴을 쳐다보며 활짝 웃는 둘. 당당한 걸음으로 퇴장한다. 경쾌한 음악이 울린다.

막.

병실戰

병실戰
(전 7장)

● 등장인물
신용갑
이상론
박을남
도구박
양복군
그 외 간호사, 여자친구들, 은숙, 도구박의 친구들

● 시대 현대

● 공간 배경 도심의 병원

● 무대
기본적인 무대는 침대 네 개가 놓여 있는 4인용 병실이다. 행거는 병실 구석에 걸려 있고 행거에는 재연 때 사용되는 옷과 모자 등 소품이 걸려 있다. 상황에 따른 재연이 될 때마다 무대는 각각 다른 공간으로 바뀐다. 그 외 객석도 배우들이 활동하는 무대가 된다.

✦ 2015년 10월 1일 대학로 연극마당 초연

제1장

조명이 들어오면 사이렌 소리와 자동차 클랙슨 소리, 급정거하는 소리가 뒤섞여 들린다. 사람들이 무대 위로 뛰어서 등장했다가 다시 사라진다. 그 뒤 차분한 앵커의 목소리가 들린다.

음향   오늘 새벽 강남 테헤란에서 교통사고가 일어났습니다. 새벽 5시 3분경 물티슈 업계 1위 몽쉐르 김용배 회장이 운전하던 차가 마을버스와 추돌했습니다. 현재 버스에 탄 피해자들은 전원 입원 중이며 김용배 회장은 운전 당시 만취 상태였으며 약물까지 검출되어 충격을 안겨주고 있습니다.

앵커 소리 잦아들면 의사와 간호사가 여유 있는 걸음으로 무대에 나온다.

의사   (관객을 향해) 이분인가?

간호사   (자세히 보다가 가벼운 목소리로) 아닌데요? 좀 멀쩡하잖아요?

의사   (다른 관객 지목) 그럼 이분?

간호사   (집중하며) 교통사고가 난 얼굴이긴 한데 이분도 아닌데요?

의사   아, 정말. 여긴 죄다 사고 환자야? 어디 있는 거야?

의사, 간호사에게 진료 기록부를 던지고 퇴장한다. 간호사도 뒤따라 퇴장한다. 암전된다. 경쾌한 음악이 흐르면 분위기가 전환된다. 무대 중앙. 네 개의 침대가 있다. 각각 침대 위에는 환자들이 끙끙거리며 누워 있다. 다들 팔, 다리, 허리 등에 붕대를 감고 있다.

신용갑	(이상론을 째려보며) 네깟 자식이랑 한 병실에 눕게 되다니.
이상론	(신용갑을 째려보며) 하늘의 계시다, 이 자식아. 내 돈 가지고 튈 생각은 이제 아예 말아라.
신용갑	이놈이 또 멀쩡한 사람 사기꾼 취급하네. 준다고 했잖아. 다만 지금이 아니라는 거지.
이상론	(비꼬며) 아… 지금이 아니야? 공소기간 지났다고 먼저 경찰서 가자며 철판 깐 게 누군데.
신용갑	내 말이 틀렸나? 맞잖아. 받을 거면 진즉에 받았어야지.
이상론	(신용갑에게 달려들며) 야 이놈아. 넌 다리가 아니라 목이 부러졌어야 돼.
박을남	(건방진 투로) 아저씨들, 거기 좀 조용히 합시다. 안 그래도 기분 거지 같은데.
신용갑	이 어린놈이 말하는 것 좀 보게.
이상론	(맞장구) 너는 어미 아비도 없냐?
박을남	아니, 혼자 있는데도 아니고 너무 시끄럽잖아요
신용갑·이상론	(경건하게 합창) 귀를 막아.
박을남	근데 이 늙탱이들이 자꾸 이놈이래. 내가 당신들 놈이야?
도구박	(찬송가를 부르며) 당신은 사랑받기 위해 태어난 사람~
신용갑·이상론	(불쾌한 표정으로) 이건 뭐야.
박을남	(신용갑과 이상론을 가리키며) 뭐야, 둘이 형제야?
도구박	(억지웃음) 자자 다들, 진정하세요. 화내시면 다치신 데 아플 수도 있어요.
박을남	(도구박을 향해) 저기요, 다친 데는 원래 아픈 거예요.

도구박	아… 맞다. 그래도 우리 같이 입원한 사람들인데 친하게 지내요. 당분간 이 병실 같이 쓰는 거잖아요.
신용갑	(이상론을 째려보며) 내가 너랑 친하게 지낼 일은 없었으면 한다.
이상론	(신용갑을 보며) 마찬가지다. 쪼잔한 놈.
박을남	(중얼거리며) 둘이 졸라게 친해 보이는 고만.

신용갑·이상론 (함께) 이런 개소리.

도구박	자자, 먼저 인사드릴게요. 안녕하세요. 저는 도구박입니다. 올해 열여덟살입니다.
신용갑	이거 완전 핏덩이네. 고2냐?
도구박	네, 고2.
신용갑	좋을 때다. (다친 다리를 위로 꼬아서 앉으며) 내가 고2 때는 말이야. 싸움으로는 이길 사람이 없었지.
이상론	웃기고 있네. 맨날 청계천 비디오 샤틀 돌았으면서.
박을남	(웃으며) 비디오 샤틀?
신용갑	(이상론에게 달려들며) 내가 언제 이놈아. 니가 봤냐?

신용갑과 이상론이 멱살을 쥐며 서로 싸움을 시작한다.

이상론	넌 못 봐도 네가 가지고 온 비디오는 열라 봤다, 이놈아!

둘이 투닥거리며 싸운다. 도구박이 말리기 시작한다. 한창 말리고 있는 사이 문 열리는 소리가 들리고 카메라를 든 카메라맨과 마이크를 든 기자가 부산스레 등장한다. 신용갑과 이상론, 싸우다가 멱살 쥔 그대로 침대 위로 함께

쓰러진다. 같이 신음을 내며 아파 죽는 척한다.

기자   여기는 오늘 새벽, 김용배 회장 차와 추돌한 마을버스 피해
        자들의 병동입니다. 당시 버스에는 기사를 제외한 시민 네 명
        이 타고 있었으며 이들은 모두 타박상 및 골절 등을 입고 현재
        안심 병원에 한 병동에 함께 입원해 있습니다. 구체적인 상황
        을 들어보겠습니다.

기자가 엉켜 있는 신용갑과 이상론에게 다가간다. 신용갑과 이상론은 기자
가 다가올수록 더 아픈 척한다.

기자   인터뷰 가능하시겠습니까?

신용갑   (모기 소리 내며) 저는 버스 타고 가고 있는데 갑자기 옆에서
        쿵 하고 박아서 정신을 잃…, 아이고, 아이고, 아파요. 죽겠네.
        (자신의 다리를 카메라에 들어 보이며) 많이 다쳤습니다.

이상론   그러니까…, 그게…, 옆으로 좀 가 봐.

신용갑   비좁아. 여기 가면 나 화면에 안 나온다니까. (다친 다리를
        꼬며) 박은 사람이 무슨 물티슈 대기업 사장이랍디다. 마약하
        고 술도 마셨다데요? 엄청 비싼 외제 차로 박았다던데 하루빨
        리 이런…!

이상론   (마이크를 뺏으며) 저희는 많이 다쳤는데. 그 사람은 와보지
        도 않고 도망을 갔다고? 지가 박아놓고도 와보지도 않아?

신용갑   너만 말하냐?

이상론   네가 지금 다 하고 있잖냐?

신용갑   이놈이! (달려든다.)

신용갑과 이상론이 다시 멱살을 쥐고 싸운다. 기자, 당황한다.

기자   두 분 지금 아프신 중 아닙니까?

신용갑과 이상론은 서로 멱살을 잡고 뒤엉켜 있다가 다시 함께 신음을 내며
다리 부위를 감싸 안는다.

기자   카메라를 옮겨 다른 분을 만나보겠습니다.

박을남이 이불을 뒤집어쓴 채 뒤돌아서 있다. 기자가 인터뷰를 청하자 박을
남이 뒤를 돌아본다. 얼굴에 온통 파스가 붙어 있다. 얼굴을 파스와 붕대로
완전히 가렸다.

기자   화상인가요?
박을남   전 허리 다쳤는데요.
기자   (냄새를 맡아보며) 이건 얼굴에 파스….
박을남   아…. 허리가 많이 아파서요. 인터뷰 안 해요. 저리 가요.
             (필사적으로 얼굴을 가린다.)

기자가 도구박에게 다가간다. 도구박이 울면서 두 발을 모으고 앉아 있다.

기자   왜 이러고 계십니까.
도구박   팔을 다쳤어요. (울음)
기자   아프셔서 그러시나 보네요.
도구박   아뇨. (두 발을 가리키며) 기도하고 있어요. 팔 대신 발이라

도…. 하루라도 기도를 안 하면 불안해서요.

도구박이 하느님 아버지를 찾으며 기도를 한다. 발로 자신의 몸에 십자가를 긋기도 한다. 기자가 황당한 표정으로 다시 객석으로 내려간다.

기자   아까부터 봤어요? 얘네 다친 거 맞아요? (관객을 보며) 멀쩡
     해 보이죠?

신용갑과 이상론은 신음을 내며 아픈 척하고 있다가 기자를 노려본다.

신용갑 뭐? 멀쩡해?

이상론 (다리를 보이며) 네 눈에는 이게 멀쩡한 걸로 보이냐?

신용갑 지가 다친 거 아니라고 막말하네. 그지?

이상론 옳거니. 네가 아픈 거 아니니까 괜찮아 보이지?

기자   딱 봐도 나이롱….

신용갑 (말 자르며) 나이롱…? 이놈아, 내가 두 팔은 멀쩡하거든.

이상론 유후! 달려들어 버려. 달려들어 버려!

신용갑과 이상론이 기자의 멱살을 잡고 함께 바닥에서 구른다. 카메라맨이 도망가고, 도구박은 계속해서 찬송가를 부르고 있다. 박을남이 비명 지른다.

박을남 (바닥을 구르며) 저놈들 내보내, 내보내라고! 얼굴 뜨거워 뒈
     지겠다고. 내보내라고! 아아악!

도구박 당신은 사랑받기 위해 태어난 사람, 당신의 그 삶 속에서 그
     사랑 받고 있지요.

박을남이 얼굴을 감싸쥐고 몸부림치면 기자와 카메라맨이 황당한 표정으로 신용갑, 이상론, 박을남, 도구박을 번갈아 쳐다본다. 각자 신음을 내며 꿈틀거린다. 암전.

제2장

간호사가 등장한다. 병실을 한 바퀴 둘러본다. 환자들 네 명 모두 자리에 누워 있다. 아까와 달리 얌전한 분위기다.

간호사   (섹시하게 머리를 넘기며) 여러분들! 더 소란을 일으키면 안 돼요. 이제 조용히 계세요.

모두   네.

간호사   무슨 일 있으면 벨 누르세요.

모두   네.

간호사가 퇴장하자 남자 넷, 침대에서 일어나 그녀가 나간 쪽으로 달려간다. 서로서로 엄지를 보이며 대단하다고 감탄한다.

이상론   여기는 또 이런 재미가 있구만.

신용갑   간만이여…. 저렇게… (가슴을 흉내 내며) 응? 빵빵한 여자는.

이상론   하긴 네가 옛날부터 서양 언니들만 보면 정신을 못 차렸지.

신용갑   역시 너는 아직 기억하고 있구나.

이상론   그때도 가슴이 넓은 여자를 좋아했어.

신용갑   친구 맞네. 정확하네.

박을남이 붕대를 풀며 자리에서 일어난다. 흥분한 숨소리가 들린다.

박을남	전 저분이랑 개인적으로 면담을 좀 해야겠어요.
신용갑	(박을남의 머리를 치며) 웃기고 자빠졌네. 너 허리 다쳤다며. 빨리 붕대나 묶어, 인마.
박을남	아, 맞다. 허리 다쳤지.
도구박	간음하지 마세요. 간음은 죄입니다. 하나님께서 말씀하시길….
신용갑	(훔쳐보는 시늉을 하며) 난 관음하고 싶다.
이상론	나는 간통.
도구박	이분들을 어쩜 좋아. 다들 지금까지 죄를 많이 짓고 사셨군요. 이런 생각은 쉽게 드는 게 아닌데.
신용갑	죄? 웃기고 있네. 나는 털어도 먼지 하나 안 나오는 사람이야.
이상론	그렇지. 넌 먼지조차도 아깝지. (멱살을 잡으며) 돌덩이가 쏟아질걸, 전과 18범아.
신용갑	이게 또 사건 확대하네. 그런 너는 17범 아니냐, 인마. 너 때문에 여기 누워 있는 거 아니야?
이상론	나는 무슨, 너 때문이지.

신용갑·이상론 이게 진짜!!!

둘 다 멱살을 잡으며 다시 왔다 갔다 밀친다. 붕대를 감고 있던 박을남이 짜증난 표정으로 둘 사이를 말린다.

박을남   잠시만, 있어 봐요. 그러니까 그 마을버스를 탄 게 서로 때문이다?

신용갑·이상론 그렇지. 그게 어떻게 된 거냐 하면.

음악 짧게 울리고 신용갑과 이상론, 위에 정장 윗도리를 걸친다. 이상론의 손에는 커다란 007가방이 들려 있고 신용갑의 손에는 담배가 들려 있다.

이상론   그러니까 5년이 지났는데도 못 갚겠다고?

신용갑   주고 싶어도 돈이 없다니까 그러네.

이상론   그래. 우정도 버리고 내 피 같은 돈 삼킨 놈이랑 말도 하고 싶지 않다. (신용갑의 팔을 잡으며) 경찰서 가서 얘기하자.

신용갑   어허, 이거 왜 이래. 이 옷이 얼마짜린데.

이상론   개소리하지 말고 경찰서 가자니까. 아주 네 빤스까지 경매에 부쳐서라도 그 돈 싹 받을 거야.

신용갑   야야, 넌 야박하게 굴지 마라. 너랑 나랑 알고 지낸 게 30년이다. 이 벌거숭이야. 너 고등학교 때 삥 뜯기고 질질 짜면 가서 복수해 준 게 누군데.

이상론   복수해 줬답시고 내 도시락 다시 삥 뜯은 게 너였지. 그건 생각난다, 더러운 놈.

신용갑   그 도시락은 같이 먹었던 거 아니었냐? 잠깐, 내가 너희 어머님 아플 때 부축해 준 건 기억 나냐?

이상론   아, 그랬지⋯. (고개를 천천히 들며) 아픈 엄마 지갑 턴 것도 기억난다.

신용갑   이건 꼭 그런 것만 골라서 기억하네.

이상론	30년 우정? 좋아하시네. 개나 줘라, 이 자식아.
신용갑	정도 눈물도 없는 것.
이상론	너랑 더 이상 얘기할 거 없고 경찰서 가자. 가서 확 처넣어 버릴 거야.
신용갑	넣어라. 그래 봤자 줄 하나 더 그이는 거. 17이나 18이나 뭐가 달라, 씨팔.
이상론	욕했냐, 지금?
신용갑	씨팔범이라고! 네가 나 전과 씨팔범 만든다며. 그래도 너보다는 내가 줄 하나는 더 가지고 있어야지. 경제사범 체면이 있는데.
이상론	그래, 이 씨팔범 놈아, 가자.
신용갑	그래. 가자. (택시를 잡는 시늉을 하며) 택~시~
이상론	(똑같은 포즈로) 택~시~

차들이 지나가는 소리, 둘이 한참 손 흔들고 서 있지만 택시가 잡히지 않는다. 그 두 사람 앞으로 버스가 선다.

이상론	이거라도 타.
신용갑	이거 타고 언제 가.
이상론	택시보다 빨라. 얼른 타.

이상론이 신용갑의 멱살을 잡고 버스 안으로 끌어들인다. 신용갑이 마지못해 버스 위로 올라탄다. 둘은 버스에 올라타서도 멱살을 놓지 않고 있다.

신용갑   툭하면 멱살잡이야.

이상론   전과 씨팔범 놈. 도망 못 가게 하는 거지.

버스가 출발하면 둘은 건들거리는 차림으로 내려와 정장 윗도리를 벗어서
침대 옆 행거에 걸쳐놓는다. 다리를 절룩거리며 침대에 앉는다. 이때 둘의
행동은 똑같아야 한다.

박을남   어쩐지 되게 친해 보이더라.

도구박   30년 우정이라니, 아름다워요.

신용갑·이상론 (정색하며) 우리 안 친해.

박을남   돈 때문에 경찰서 가는 길이었네. (신용갑을 향해) 얼른 주고
          끝내. 요즘은 이상하게 돈 빌리는 사람이 상전이야. 빌려주는
          사람은 머슴이 되고. 사람 마음 간사하다고. 화장실 나갈 때랑
          들어갈 때랑 마음이 다른 거지.

도구박   남을 속이면 안 돼요. 하나님이….

박을남   이것 봐요. 돈이고 나발이고 둘이 엄청 친해 보이거든. 친구
          가 아니라 형제 아냐? 묘하게…. 닮았어.

신용갑   (정색하며) 제, 제정신이 아니구만. 그 버스 타고 정신과라
          도 가는 길이었던 거 아냐?

박을남   정신과? 아니거든!

이상론   그럼 안과?

박을남   (신용갑과 이상론을 번갈아 쳐다보며) 이것 봐. 죽이 아주 척척.

이상론   어른이 물으면 구체적으로 말해.

신용갑   그렇지.

박을남   뻔한 걸 뭘 말해.

신용갑이 억지로 박을남을 일으켜 세우고 행거에 걸려 있던 야구 모자를 씌운다. 박을남이 야구 모자를 쓰고 무대 가운데 선다. 나머지 세 사람이 그를 지켜본다. 갑자기 조명이 어두워지고 시끄러운 음악 소리가 들린다. 박을남이 천천히 고개를 들고 춤추기 시작한다. 무대는 순식간에 클럽으로 바뀐다. 간호사가 등장한다.

박을남   (간호사 복장 보며) 의상 좋은데.

간호사   이런 거 좋아해?

박을남   코스프레 죽지! (간호사를 안고 섹시 댄스를 추며)

간호사   자기는 몇 살?

박을남   나 딱 서른.

간호사   나이가 좀 있네. 뭐해?

박을남   놀아.

간호사   (짜증 나는 표정으로) 뭐? 놀아?

박을남   응.

간호사   직업 있는데 잠깐 쉬는 거?

박을남   (갑자기 춤 멈추고 간호사를 쳐다보며) 없어. 아직 취직 못했
            는데 곧 있으면 대기업 들어갈 거야.

간호사   취준생이야? 여기서 놀 시간은 있냐? 얼른 들어가서 이력서
            나 써라.

간호사, 엉덩이를 실룩거리며 퇴장한다. 음악 소리 점점 작아지고 박을남이

침대 밑에서 소주 한 병을 꺼낸다.

박을남   젠장…. 아직 졸업한 지 5년밖에 안 됐거든….

전화벨 소리 울린다. 박을남이 주머니를 뒤져 전화기를 꺼낸다.

박을남   응…. 엄마. 이제 나간다고? 나 친구 집에서 공부하다가 잤
          어. 아직 소식이 없네. 다른 회사 면접 봐야 할 거 같아. 아니
          면 친구 따라 공무원 공부나 하지 뭐. 공무원 공부나…. 알았
          어. 곧 들어가. 이제 차 탈게.

박을남이 남은 소주병 다 들이키고 일어선다. 주머니를 뒤졌는데 돈이 없다.

박을남   택시비도 없구나. 버스나 타야겠다.

박을남이 걸어가는 사이, 뒤에서 버스가 천천히 다가온다. 박을남이 버스에
오른다. 조명이 바뀌면 박을남이 모자를 벗는다.

박을남   뭐, 그래. 난 여기 이러고 있을 시간도 없는데 일이 엄청 꼬
          이는 거지. 아, 여자나 만나고 싶다. 찐하게 한번 구르고 근심
          걱정 잊어버리게.

박을남의 말이 끝나자마자 신용갑이 조용히 휴지와 로션을 내민다.

이상론   화장실 한번 다녀와.

박을남, 황당한 표정으로 로션과 화장지를 던져 버린 뒤에 침대에 고쳐 눕는

다. 도구박이 울먹거리며 서 있자 박을남이 고개로 도구박을 가리킨다.

박을남   어이, 꼬맹이! 니 차례야.

신용갑   아이고, 니는!

이상론   학교 가다가 다쳤는가 보지.

박을남   그렇게 말하지 마. 얘도 얘 나름대로 사연이 있을 수도 있어.

신용갑   사연은 무슨, 고2라잖아. 그 나이 때는 낙엽만 떨어져도….
            (목소리를 깔며) 이걸 하지. (자위 흉내)

이상론, 박을남이 던진 휴지와 로션을 조용히 내민다. 신용갑이 씁쓸한 표정
으로 로션과 휴지를 침대맡에 챙긴다.

도구박   (억지웃음) 맞아요. 저는 학교 가는 길이었어요.

이상론   아, 그려. 학교가 어딘데.

도구박   마포고등학교요.

신용갑   마포고등학교?

박을남   그 버스는 거기 안 가는데.

신용갑   마포…, 마포라….

도구박   (후다닥 침대 위에 누우며) 아, 제가 버스를 잘못 타서.

신용갑   저 나이 때도 건망증이 있나?

이상론   있었어. 너는 있었어.

신용갑   기억이 안 나.

이상론   너의 건망증은 고2 때부터 쭉 이어져왔지. 그러니까 아직까

지 빌린 내 돈 값을 생각을 안 하지. (신용갑의 멱살을 잡으며) 이 사기꾼 놈.

신용갑 오냐, 아주 영원히 까먹어 버리련다. 이 호구새끼.

신용갑과 이상론, 다시 멱살을 잡고 침대 위에 뒤엉킨다. 도구박은 이불을 머리끝까지 뒤집어쓴 채로 움직이지 않는다. 갑자기 문밖에서 기척이 났다. 신용갑과 이상론이 얼른 침대에 눕는다. 이상론이 이불을 미처 덮지 못하자 신용갑이 덮어준다. 바로 문이 열린다.

양복군 뭐야, 잘 돌아다니고 있다며?

의사 이상하게 분명 아까까지만 해도 지네들끼리 잘 놀고 있었는데.

양복군 잘 못 본 거 아냐?

의사 어허, 아니라니까. 분명 지네들끼리 난리 부르스 쳤는데.

양복군 이 정도는 택도 없어. 증거를 잡아야 퇴원을 시킬 거 아니냐. 이대로 더 버티면 보험금 감당 안 된다고. 회사 측도 손해야.

의사 알아. 최대한 빨리 퇴원시켜 볼게.

양복군 회사 측 손해가 많으면 내가 힘들어져. 내가 힘들어지면 너도 힘들어지는 거 알지? 우리 가난해지지는 말자.

의사 쉿, 알았어. 이리 와, 머리 좀 굴려보게.

의사와 양복군이 조용한 걸음으로 퇴장한다. 둘이 퇴장하고 난 이후 네 명의 환자가 그 자리에서 천천히 일어난다.

신용갑 이게 무슨 소리야? 퇴원을 시킨다고?

이상론	(신용갑에게) 야, 우리가 사고로 누운 거지?
신용갑	그렇지.
이상론	이 도둑놈의 놈들.
신용갑	사고는 보상금이 많이 나오니까 보험회사에서 안 주려고 꼼수를 쓰는 거지. 딱 봐. 우리가 누워 있는 날이 길면 길수록 병원비도 늘어날 거고 보상금도 많아질 거 아니냐.
박을남	꼼수라니?
신용갑	딱 봐도 병원이랑 짜고 우리를 빨리 퇴원시키려고 하는고만.
이상론	그래서.
신용갑	그래서긴 뭘 그래서야. 빨리 퇴원시키면 지네는 병원비 안 나와서 좋고 의사들은 뒷돈 받아서 좋고 그런 거지.
도구박	있을 수 없는 일이에요.
신용갑	세상에는 있을 수 있는 일만 일어나는 건 아니야. 하, 이 도둑놈들.
이상론	너는 어떻게 그렇게 잘 아냐.
신용갑	경제 씨팔범이라서 그런다. 보험사기는 기본 아니냐.
이상론	그래, 잘 알아서 좋겠다, 이 도둑놈아.
신용갑	얘기해 줘도 지랄이냐? (멱살 잡는다.)
박을남	(말리며) 아, 그만 해요. 우리끼리 싸울 때가 아니잖아. 지금. 아저씨들은 기분 나쁘지도 않아요?

신용갑·이상론 이놈 때문에 기분 나쁘지.

| 박을남 | 생각을 해봐요. 우리가 이 병원 들어온 지 사흘이 다 되어가는데 버스 처박은 놈은 코빼기도 안 보이고 사과하러 올 생 |

각도 안 하잖아요. 대기업 사장놈이 사고 내면 서민은 다쳐도 되는 겁니까? 평생 구경 못할 외제 차에 박아라도 봤으니 고마워라도 하라는 거야, 뭐야. 조기 퇴원시킨다고? 버스 타고 다니는 서민이니까 제대로 보상해 줄 필요도 없다 이거 아닙니까. 우리를 얼마나 만만하게 봤으면 저런 생각을 하냐구요.

신용갑   생각해보니 그렇네. 사고 내놓고도 아주 낯짝도 안 내미는구나. 외제 차 박았어 봐. 이렇게 잠수는 안 탈 거다.

이상론   죄 없는 서민이라고 우습게 보는 건가. (신용갑을 보며) 아, 너는 죄가 있지.

신용갑   (이상론을 째려보며) 이거 우리가 가만히 있어서 되겠냐. 우리도 뭔 대책 세워야 안 당할 것 같은데.

이상론   무슨 대책? 막말로 우리가 힘이 있냐? 병원에서 퇴원시키면 나가야지. 더러워서, 정말.

신용갑   그래도 이대로 당하고 있는 건 정말 안 되는 거지. 우리가 본때를 보여줘야 힘 있다고 저렇게 안 하지.

이상론   맞아. 참고 있을 수만은 없어. 머리를 굴려보자. 이대로 저런 말에 홀라당 넘어가면 그때는 우리를 정말 우습게 볼 거다.

박을남   그렇죠. 이대로 넘어가면 안 돼요.

신용갑   자, 잘 생각해 봐. 우리는 사고로 누운 거지. 그렇다면 보험 회사에서 지급되는 금액이 생각보다 클 거야. 게다가 기본적으로 골절이니까 전치 4주 이상은 되는 거지. 각자 하는 일 있고, 가족 있고, 생산 활동을 해야 하는데 못하고 있으니까 보상금까지 싹 받아야지. 퇴원하고 통원비에 치료비는 기본이지. 적어도 5백 이상이다.

이상론	이게 다냐? 이걸 안 주려고 수를 쓴다는 말이야? 괘씸하게 짝이 없네.
신용갑	좋아. 우선 손을 앞으로 내밀어봐.

네 명의 팔이 크로스 되어 얽힌다. 신용갑이 비장한 표정으로 쳐다본다.

신용갑	우선 동맹을 결성하자.
이상론	하여튼 이놈은 이런 거 어릴 때부터 참 좋아했어. 네가 우뢰매냐, 황금박쥐야? 동맹은 개뿔.
신용갑	잔말 말고 따라 해. 퇴원거부 동맹이다. 동맹을 파괴하는 자는 잔인한 결과가 따를 거야.
박을남	잔인한 결과?
신용갑	지구 끝까지 따라가서 처치한다는 말이지. 조직의 쓴맛이라고나 할까.
이상론	역시 밥도 해 본 놈이 한다고, 사기도 쳐본 놈이 다르긴 다르네.
신용갑	동맹!
모두	동맹! 끝까지 쟁취한다.
신용갑	이런 전과 씨팔범보다 못한 놈들.
이상론	(중얼거리며) 그래도 걔네가 너보다는 나아.
신용갑	뭐? 하여튼 이놈은 끝까지 지랄이야!

둘이 또 멱살 잡고 뒹군다. 암전.

제3장

양복군 등장. 선글라스를 끼고 007가방을 들었다. 깔끔한 정장 차림에 넥타이를 단정하게 맸다. 휘파람까지 불며 여유 있는 표정으로 등장한다. 전화벨이 울린다.

양복군   네, 전무님. 걱정 마십시오. 제가 누굽니까? 아마 3일 못 버티고 다들 퇴원할 겁니다. 걱정 마시고, 이 해결전담 팀을 믿어주십시오.

전화를 끊고 007가방을 뒤진다. 서류가 나온다. 서류를 들고 하나하나 보기 시작한다.

양복군   신용갑, 전과 17번. 아이고, 경제사범이야? 이상론과 채무 관계가 있다? 이거 재미있고. 박을남, 5년째 취준생, 어허, 능력도 없는데 여자는 많고. 도구박… (혀를 차며) 얘는 안 건드려도 되겠네. 우선 박을남부터 시작해 볼까. 어! (전화기를 꺼내 들며) 지금 메신저로 번호 보내준 거 있지? 전화 돌려.

서류를 정리하고 가방 속에 넣는다. 양복군이 병실 문을 열자 넷은 빠르게 침대 위에 눕는다.

양복군   인사가 늦었습니다. 다들 안녕하십니까?

신용갑   뉘슈?

양복군   (명함을 나눠주며) 보험회사에서 나온 양복군입니다.

이상론   무슨 일이신데.

양복군	아프신 데는 어떤가 하고 인사차 왔습니다.
박을남	보시는 대로예요. 다들 멀쩡한 구석이 없어.
양복군	(박을남을 보며) 아이고, 허리를 다치셨구만. 이거 어쩌나.
박을남	뭐야, 이놈?
양복군	아닙니다. 그럼 오늘은 인사만 드리구요. 며칠 후에 다시 찾아뵙겠습니다. 건강관리 하십시오. 아 그리고….
박을남	뭐요?
양복군	밖에서 제가 어떤 레이디를 만났는데….
박을남	그게 뭐?
양복군	그러니까요. 그게 뭐? (유유히 밖으로 사라진다.)
신용갑	능글맞은 놈. 신경 쓰지 마.
이상론	맞아. 우리가 퇴원 안 하면 그만이지 지깟 게 무슨 수로 퇴원을 시켜.
박을남	기분 나빠, 저놈.

양복군이 사라지자 마자 유미가 들어온다.

유미	(놀란 얼굴로) 오빠.
박을남	유미야!
유미	(울먹거리며) 연락도 없고, 이게 무슨 일이야.
박을남	아니, 오빠가 메신저하려고 했는데 시간이 없었어.
유미	(박을남을 끌어안고 울먹거리며) 오빠. 그래도 연락 안 돼서 걱정했잖아. 잘생긴 얼굴이 이게 무슨 꼴이야. (흐느끼며) 얼

굴 어떻게 해.

박을남	(거울을 꺼내며) 망가지지 않았지?
유미	(거울을 빼앗아들며) 어머, 내가 더 망가졌네. 우는 바람에 화장이 죄다 번졌어. 잠깐만, 화장실 좀 다녀올게. (퇴장)

유미 퇴장.

이상론	(속삭이며) 우와, 저 놈 능력 좋네. 저런 미인을….
박을남	아하하, 뭘 이 정도로.
신용갑	그러게. 부럽다.
이상론	부러우면 돈이나 갚아.
신용갑	이게 그거랑 뭔 상관이야.
이상론	상관없으니까 돈 갚으라고.

신용갑과 이상론이 일어나서 멱살 잡고 뒹굴기 시작한다. 시끄러운 와중에 문이 벌컥 열리고 진경이 등장한다. 모두 놀라 그녀를 쳐다본다. 진경이 울먹이며 박을남에게 달려간다.

진경	오빠!
박을남	지…, 진경아….
진경	오빠! 이게 무슨 꼴이야. 도대체 연락도 안 되고. 언제 사고 난 거야?
박을남	응. 그러니까 재수가 없었지.
진경	오빠 그날 어디 갔었어? 집에 있다고 했잖아. 일찍 잘 거라며.

| 박을남 | 응, 자다가 갑자기….

박을남이 이상론과 신용갑에게 구원의 눈길을 보낸다.

| 신용갑 | (무심코) 편… 의점…?
| 박을남 | 그, 그래 편의점, 편의점 간다고.
| 진경 | 뭐? 편의점을 가는데 버스를 타.
| 박을남 | 음…, 알잖아. 오빠는 한 편의점만 가고 한 여자만 만나는 거.

진경이 와락 안기는 사이, 박을남이 손을 들어 문을 막으라고 시킨다.

| 진경 | 밥은 먹었어? 세상에, 얼굴 홀쭉해진 것 좀 봐. 내가 뭐 좀 싸 왔어. 있어 봐.

진경, 침대 밑으로 내려가 보자기를 풀기 시작한다. 박을남, 긴장한 표정으로 문과 진경을 번갈아 쳐다본다. 그 순간 문이 다시 열리려는 듯 들썩거린다. 밖에서 "오빠" 하는 소리가 들린다. 놀란 박을남이 자리에서 일어난다. 봉숙이 등장.

| 봉숙 | 오빠! 여기 있어? 오빠?

박을남이 큰일 났다는 듯 신용갑 쳐다본다. 신용갑이 침대에서 일어나자마자 문을 열고 뛰어나간다. 급하다.

| 신용갑 | 그래, 오빠 여기 있어.
| 봉숙 | 우우웁, 이 아저씨 뭐야!

신용갑이 봉숙의 입을 막고 끌고 나간다. 봉숙이 거칠게 저항하며 비명 지른다. 곧 뺨 맞는 소리도 들린다.

도구박	(바깥 눈치를 보며 찬송가를 부르기 시작) 하나님의 사랑은 무엇으로도….
진경	병원이 시끄럽네?
박을남	그…, 그러니까.

그 순간, 문이 다시 들썩거린다. 유미가 화장실 갔다가 온 것이다. 도구박은 반사적으로 두 팔로 문을 부여잡는다.

도구박	아저씨, 나 팔 다쳤어. 어떻게 이걸 붙잡고 있어!
이상론	(뛰어나가며) 아씨, 있어 봐.
박을남	(눈치를 보며 일부러 딴 곳을 보게 하려 애쓴다.) 아이 맛있어. 진경아, 너무 맛있어. 이건 뭐로 만든 거야?
진경	응? 누가 들어오려는 거 아냐?
이상론	(진경을 향해) 내! 내 딸이야. 신경 쓰지 말아.
진경	아저씨 딸이요?

박을남이 옆에서 계속하라고 손부채질한다.

이상론	그렇지. 시…, 십 년 전에 이혼했는데…. 지 어미 따라가더니. 내가 다쳤다니까 또 왔네. 이젠 얼굴도 기억 안 나. 정말로.
진경	그래도 가족인데 화해하세요. 만나기 무서우세요?

이상론	그…, 그렇지! 만나기 무섭지! 무서워. (박을남 보며) 아이고 여기서 만났다가는.
진경	화해하세요. 제가 문 열어드릴게요.
이상론	그럴 필요 없어. 전혀 그럴 필요가 없는데.

도구박이 결국 버티지 못해 문을 놓아버리고 유미가 들어온다. 지켜보던 이상론이 용수철처럼 튀어나간다.

이상론	아이고! 수…, 수진아! 내 딸아! 이 애비가 잘못했다. 너를 두고 오는 게 아니었는데 6·25가 갑자기 터지는 바람에.
유미	어머, 왜 이러세요.
이상론	그러니까 말이야! 내가 왜 이럴까. 이제 와서 왜 이럴까. 나가서 얘기하자. 할 말이 많아. 우리 아부지가 막둥이는 지키라고 했는데.
진경	(박을남 보며) 이혼하셨다며? 가족을 버린 거야?
박을남	그러니까. 나도 잘 모르겠어. (울먹이며) 너무 슬프다, 이 상황이.
진경	오빠…. 내가 좀 도와드릴까.
박을남	아이고(통곡), 이렇게 슬플 데가. (끌고 나가라고 손짓한다.)
이상론	이 애비가 잘못했다. 흥남부두에 널 놓고 올 때.
유미	(들어오다가) 오….
도구박	(큰 소리로 울며 뛰어가며) 누나! 누나!
진경	(박을남에게) 뭐야? 남매야?
박을남	그렇대. 아들은 키우고 딸은 버렸대.

진경	키우려면 둘 다 키우지.
도구박	(유미에게) 누나, 밖에 엄마가 기다리고 있어. 누나를 보고 싶어해. 엄마, 들어와.

그 순간 뺨에 붉은 자국 있는 신용갑이 걸어 들어온다. 이상론과 도구박이 얼른 진경 데리고 가라고 한다. 도구박이 유미의 손을 잡으면 유미가 싫다고 뿌리친다.

진경	엄마라며? 남자야?
박을남	머리만 짧아. 저…, 저기 봐.
신용갑	(떨어진 휴지와 로션을 주워 가슴에 넣는다.)
박을남	어머니가 후우…, 가슴이 아주….
유미	저기요, 여러분. (울먹거린다.)
신용갑	(여자 목소리로 유미에게) 은숙아! 여기서 널 보다니.
유미	이 아저씨가 미쳤나 봐.
이상론	넌 엄마한테 무슨 버릇이니.
유미	아저씨들 왜 이래요.
이상론	니 맘 이해한다. 근데 니 엄마 선택이잖니. 엄마가 남자가 되고 싶다잖아.
도구박	(신용갑 향해) 아이고 어머니, 못 본 사이에 늠름해지셨네요.
유미	나, 당신들 다 몰라.
이상론	그래, 그러고 싶겠지. 우선 나가서 얘기하자.
유미	오빠, 울 오빠 어딨어?

신용갑	(여자 목소리, 더 큰소리로) 니 오빠는 3년 전에 죽었잖아.

유미를 억지로 끌어낸다. 밖에서 비명 소리가 들린 뒤 뺨 맞는 소리가 난다.

진경	뭐야?
박을남	(가슴 모으는 흉내를 내며) 트…, 트렌스…. 모르는 척해 주자.
진경	응…, 여기 다 한 가족이야?
박을남	그런가 봐. 일단 오늘은 그만 가보는 게 좋겠다. 병실이 좀 시끄러울 것 같아.
진경	알았어. 오빠 밥 챙겨 먹어.

진경, 보따리를 풀어 놓고 퇴장한다. 진경이 나가자마가 한쪽 뺨에 붉은 손자국 그린 신용갑, 이상론, 도구박이 나란히 들어온다. 신용갑은 양쪽 뺨에 손자국이 있다. 코피도 나 있다.

신용갑	다 갔냐?
박을남	(깍듯하게 인사하며) 형님들, 너무 감사해요.
신용갑	능력 좋은 놈 한꺼번에 세 명을….
박을남	누군가 장난친 것 같아요. 그렇지 않고서는 이럴 수 없어. 내가 아무한테도 연락 안 했는데, 씨.
신용갑	그렇지? 이렇게 한날한시에 죽을 뻔하기도 쉽지 않지.
박을남	이거 다 조작이야. 그냥 어떻게든 퇴원을 시키겠다는 것 같아요.
신용갑	치사한 놈. 이렇게 나온다 이거지.

박을남	생각보다 막무가내인데요. 어떻게 버티지?
신용갑	우리도 이렇게 당할 수는 없어. 방법을 생각해 보자.
이상론	무슨 방법?
신용갑	퇴원 안 할 방법!
도구박	저기 저한테 좋은 생각이 있는데요.
일동	뭐?

암전. 침대와 침대 사이에 박을남이 누워 있다. 허리만 공중에 떠 있고 두 팔과 다리가 침대 사이에 걸쳐 있다.

박을남	이렇게까지 해야 해? (울먹이며) 나 사실 진짜 아프다고.
도구박	(신용갑 보며) 하긴 이게 제일 확실하긴 하지요. 아프다는데 누가 퇴원시키겠어요.
신용갑	그렇지. 아무리 진단서가 있어도 상황이 따라줘야 하는 거지. (박을남 향해) 솔직히 말해 봐. 너 지금 살 만하지?
이상론	(신용갑 향해) 아까 봤잖아. 아주 벌떡벌떡 잘만 일어나더라.
신용갑	그러면 안 돼. 너 하나 퇴원하면 우리도 못 버틴다고.
박을남	아는데 그래도 이건 좀 가혹하지 않아?
신용갑	좀만 참아. 내가 보상금 천만 원 받게 해줄게.
이상론	눈 딱 감아.
박을남	잠깐만, 잠깐만.

신용갑과 이상론은 침대 옆에 세워져 있던 행거를 눕혀서 들고 박을남의 허리를 내려친다. 박을남이 소리를 지르고 기절한다.

박을남	나 장가 못 가면 책임져.
신용갑	오늘처럼 책임지면 됐지. 더 이상 뭘 어떻게 책임을 지란 소리야.
박을남	아저씨들도 다 해.
이상론	나는 괜찮아. 다리가 완전 박살이 났다니까.
신용갑	거짓말하지 마. 아까 뛰어나오는데 우사인 볼트가 오는 줄 알았어. 솔직히 말해 봐. 타박상이냐?
이상론	아냐, 나는 정말 아프다니까.
신용갑	그래도 이리 와. 내가 아주 확실하게 해줄게.
이상론	됐어. 난 안 해도 돼.
박을남	나 혼자 병신 만들어 놓고 당신은 안 한다고?
이상론	나 지금도 전치 8주 충분하니까.
신용갑	(멱살 잡고) 따라와. 행거가 부서지도록 아주, 내가 손을….
이상론	내가 널 손볼 것이다, 이 자식아.

신용갑과 이상론이 멱살을 잡고 서로 구르기 시작한다. 침대 위에 누워서 구르다가 둘이 같이 바닥으로 떨어진다. 뼈 부러지는 소리가 들리고 비명이 들린다.

박을남	좋아, 신은 공평해.
도구박	아멘.
신용갑	(도구박을 가리키며) 저놈도 해야지.
이상론	저 어린놈한테 뭘 해?

박을남	너 배신하지 마라. 학교 가고 싶다고 퇴원한다 이런 건 없다?
도구박	걱정하지 말아요. 저 절대 그렇지 않아요.
신용갑	내일 좀 덜 아프면 너마저 손보자. 검은 머리 짐승은 믿는 게 아니야.
이상론	그렇지. 그렇지. 지금은 너무 아프니까. 아흑.

도구박이 다소곳하게 이불을 덮고 침대에 눕는다. 그때 문이 열린다. 허름한 옷을 입은 풍풍한 아줌마가 들어온다. 손에는 과일 봉지와 서류 봉투가 들려 있다. 신용갑이 몸을 일으킨다.

| 신용갑 | 은숙아…. |

박을남, 놀라서 벌떡 일어난다.

신용갑	(박을남 향해) 놀라고 있네. 진짜 은숙이야! 내 마누라라고.
은숙	당신, 꼭 3년 만이다. (이를 악물며) 그동안 잘 지내셨겠지?
신용갑	그러니까…, 시…, 시간이 벌써 그렇게 됐나?
은숙	그러엄. 당신 전문 사기꾼으로 나서겠다고 다니던 은행 명예퇴직 신청하고 음…, 그 퇴직금 만원도 안 주고 싹 가지고 날라서…. 음…? 뭐 했더라? 아…, 그리고 티비에 나왔지? 맞다! 티비에 나왔어. 출세했어, 아주 (정색) 전문 사기꾼으로. 시작이 자해공갈이었나? 팔뚝 부러뜨리고. 이런 거?
이상론	너 금융사기 전문 아니었어?
신용갑	(아내를 보며) 좀 그만해. 하하…, 병원에 와서 왜 이래.

은숙	아이고! 우리 바쁘신 남편, 만날 수가 있어야지요. 전문적으로 사기 처먹느라 야반도주, 지명수배 밥 먹듯 하는데.
신용갑	그만 하래도. 그럴 거면 나도 할 얘기 많아. 당신? 어? 지명수배 내릴 때마다 왜 자꾸 나를 신고하는 거야? 왜 나한테 할 연락을 경찰서에 하냐고.
은숙	우리… 잘난 남편, 얼굴 보고 싶어서죠. 나보다 경찰들이 더 보고 싶어해, 아주.
이상론	둘 다 추잡스러워. 좀 고만해.
신용갑	그래 됐고. 이번에는 아니야. 오해하지 마. 정당하게 난 사고라고.
은숙	뉴스 봤어. 용케 안 죽고 살아남았어. 역시 (손뼉을 치며) 이제는 벤틀리를 상대로도 사기를 치는구나. 목숨 담보 삼아서.
신용갑	어허. 말이 심하잖아. 그런 말 할 거면 돌아가.
은숙	누군 좋아서 온 줄 알아. (서류를 내밀며) 이혼서류야, 도장 찍어.
신용갑	(얼굴이 굳어지며) 안 돼. 이혼이 쉬워?
은숙	너랑 사는 것보다는 쉽겠다.
신용갑	내가 나 혼자 잘 살자고 이 짓 하냐. 우리 미진이 학원비 때문에 어쩔 수 없이 하잖아.
은숙	미진이 핑계 대지 마. 그리고 유세 떠는 거 그만 좀 해. 요새 자식 교육 그렇게 안 시키는 데 없어. 다들 학원비 벌려고 밤에는 대리운전도 하고 그래. 막말로 사기를 치는 건 좋아. 근데, 넌 가족한테도 사기 치냐. 돈을 안 가지고 오잖아. 맨날 말만 하고.

신용갑	일이 마음대로 안 되니까 그러지.
은숙	됐고, 도장 찍어. 한 부모 가정이면 지원금 많이 나온대. 그걸로 미진이 영어 단기연수 보낼 거야.
신용갑	안 찍어. 좀만 있어. 내가 다시 일해 볼 거니까.
은숙	뼈를 못 부러뜨리면 피라도 팔아야지. 애비가 되어가지고.
신용갑	애비가 뭔데.
은숙	여우 같은 마누라, 토끼 같은 자식 보고 사는 사람. 우리 보고 사는 사람.
신용갑	우리…?
은숙	가족.
신용갑	짐은… 아니고?

은숙, 한동안 침묵한다. 고개를 떨어뜨리는 신용갑을 향해 다시 서류를 들이민다.

은숙	그리고 당장 퇴원해.
신용갑	다리가 아파.
은숙	아픈 거 하루 이틀이야? 누가 전화 왔는데 당신 퇴원하면 미진이 영어연수 보낼 돈 바로 입금해 준다더라. 그 정도면 됐잖아.
신용갑	아니… 이게 사기를 치는 게 아니라 진짜 아프다고.
은숙	좀 아프면 어때. 우리 미진이가 꼭 또래에 뒤처지고 영어도 못해서 어버버버, 해야 당신 속이 후련하겠어?
신용갑	퇴원은 안 돼. 대신 나중에 집에 가면 알바든, 청소든 닥치

는 대로 할게. 약속해.

은숙   또, 또 사기 치네. 이거.

이상론   또, 또 사기 치네. 저거.

은숙   (이상론을 보며) 뭐야, 이건. 둘 중 하나는 해. 당신도 알잖
            아. 다들 그렇게 살아. 우리 앞집 윤주 아빠는 회사 갔다가 저
            녁에 대리하고 주말에는 치킨도 튀긴다더라. 그래서 윤주가
            맨날 전교 1등만 하잖아. 내가 화장실 다녀올 동안 해결해 주
            길 바라.

은숙이 서류와 과일 봉지를 침대맡에 놓고 간다. 문을 열고 나가자 신용갑이
슬퍼하며 흐느낀다.

신용갑   미진이 태어나서부터 돈 번다고 돌아다녔어. 내가 배운 게
            있냐, 기술이 있냐. 할 줄 아는 거라고는 주둥이 놀리는 거밖
            에 없는데 그것도 힘들더라. 아내에, 자식에, 내 능력은 없는
            데 해줄 건 왜 이렇게 많은지. 그래서 택한 게 사기였어. 내가
            쓰레기처럼 변해도 가족은 살려야지 싶었어.

이상론   불쌍한 놈. 근데 너 이 말도 사기는 아니지?

신용갑   하여튼 이놈 산통 깨는 데는 뭐 있네. (한숨) 언젠가 큰돈 벌
            어서 마누라도 딸내미도 좋은 집 사줘야지 했는데 잘 안 되네.
            좋은 집은커녕 딸내미한테 미미의 집도 못 사줬어.

이상론   사는 게 쉽냐. 이 악물고 살다 보면 몸은 어느덧 황혼인데
            자식, 마누라 매달려 있고 나는 그게 또 무겁고. 몸부림쳤겠
            지. 니 마음 안다, 이놈아.

신용갑   당장 돈이라…. 이 방법밖에 없구만. 마지막에 아비다운 도

리라도 해야지. 저 사람 고생한 거 봐. 살이 다 빠졌어. 홀쭉해
졌네.

다들 이해하기 어려운 표정을 짓는다. 신용갑이 일어선다. 이상론이 절룩거
리며 그의 뒤를 따라간다.

신용갑 내가 이혼을 왜 안 해준 줄 알아? 나 같은 놈, 언제 칼 맞을
    지 모르잖아. 보험금이라도 가져가라고. 내가 길에서 쥐도 새
    도 모르게 죽어도 보험금 타라고. 그래서 먹고 살라고 도장 안
    찍었어.

이상론 어어, 너 뭐 하는 거야?

신용갑이 천천히 창문 쪽으로 기어간다.

박을남 아저씨, 진정해. 여기 3층이야. 떨어지면 병신 돼. 어?

신용갑 80프로 이상 장애면 3억이 나와. 죽으면 더 좋겠지. 5억 정
    도 나오니까.

은숙이 문을 벌컥 열며 등장한다

은숙   그게 무슨 소리야. 살아서 잘해 줄 생각을 해야지.

신용갑 나 도장 안 찍을 거야. 너랑 미진이 못 먹여 살려서 미안해.
    그러니까 내 몸뚱이로라도 보상 받으라고. 그래서 맛있는 거
    먹고 좋은 옷 입고 살아. 미안하다, 여보.

은숙   저걸 말이라고 하고 앉았네. 네가 보험이 어딨어, 보험이.

이상론	이 순간에도 사기를⋯.
박을남	다들 왜 이래요. 저기! 아저씨가 이렇게 죽으면 저 사람들 정말 더 우습게 생각해. 이 아줌마 부른 것도 양복군이고 이 상황 만든 것도 그놈인데 이렇게 시시하게 해결되면 뭐라고 생각하겠어. 힘없는 놈들은 별수 없구나, 라고 생각할 거 아니야.
이상론	그래. 네가 이렇게 죽으면 이건 타살 아닌 타살이야. 사람 목숨으로 딜을 하냐. 쓰레기 같은 놈들.
신용갑	내가 죽어야 일이 커져. 미진이는 유학을 갈 수 있고. 마누라도 마음 편해지고. 이게 아버지의 몫이지, 세상 아버지의 몫.
은숙	유학 아니라 단기연수! 똑바로 말해.
신용갑	아, 단기연수. 아내는 당분간 생활비를 받겠지. 내가 해줄 게 없어. 가장이랍시고 말만 번지르르했지. 어떻게든 책임을 져야 하는 게 가장 아니냐?
이상론	넌 사기 칠 때 죄책감 느끼면서 치냐?
신용갑	(정색) 하여튼 저놈.
이상론	이리 와. 웃긴 소리 하지 마. 그렇게 양심 있는 놈들이었으면 애초에 이런 일도 만들지 않았을 거야. 그깟 보상금이 뭐라고.
신용갑	다들 미안해. 다들 너무 미안해. 밟히지 않으려고 노력했는데. (뛰어내리려고 포즈 잡으며) 방법이 이것뿐이야.
은숙	(소리치며) 미진이가 아빠 보고 싶대.
신용갑	뭐?
은숙	당신 얼굴도 기억도 안 날 건데, 미진이가 아빠 보고 싶대.
신용갑	정말이야?

은숙	그래. 그래도 자식은 자식인가 봐. 아빠 얼굴을 보여줘야 공부 더 열심히 한대. 그러니까 쓸데없는 짓 하지 마. 확 밀어버리기 전에.
신용갑	그래도 되겠어? 내가 더 미안해서 그래.
은숙	이제 와서 착한 척하지 마. 큰 거 한탕 해놓고 가야지. 어딜 그냥 갈라 그래, 편하게.
신용갑	여보, 그렇지? 내가 구상 중인 게 하나 있는데 카드 복제… 어어? (뒤 도는 사이 균형을 잃으며) 어어어~
일동	어어어어?
신용갑	아! 젠장!

쿵, 떨어지는 소리 난다. 네 사람 창문 밖으로 고개를 내밀고 있다. 암전.

박을남	정말이에요. 창문 열다가 혼자 자빠진 거라니까.
의사	밑에 소각장이었으니 망정이지 죽을 뻔했어요.
박을남	알고 떨어진 거겠어요… 설마?
이상론	다리가 미끄러지는 바람에 그랬어요. 다시는 이런 일 없도록 주의하겠습니다.

신용갑이 침대에 가서 누우면 의사, 불쾌한 표정으로 퇴장한다.

박을남	하여튼 명줄 하나는 기가 막혀.
신용갑	나 진짜 죽을 뻔했어.
이상론	보고 뛴 거지?

신용갑	장난하냐.
은숙	다행이야, 당신 무사해서. (울음)
신용갑	여보 내일 퇴원할게. 미진이한테 갑시다.
은숙	정말이야? 퇴원 안 하고 싶다며?
신용갑	난 가장이잖아. 어쩔 수 없지.
은숙	(정색) 어이고, 웃기고 있네. 가장은 개뿔. 지금까지는 자식이었냐? 됐어. 여기 누워 있어. 여기 버티면 돈 꽤 되지?
신용갑	(속삭이며) 그렇지. 오래 누워 있으면 있을수록 돈이….
은숙	미진이 영어학원비 나오는 거야?
신용갑	영어학원비뿐이야? 미진이 대학등록금도 거뜬하지.
은숙	(한심한 듯) 니 새끼 아직 초등학생이다. 학비 같은 소리 하네. 알고 말하냐?
신용갑	아…, 맞다. 체감이 대학생 같았어…. 사교육비가 무서워. 어후.
은숙	이번에도 돈 갖고 날으면 손가락을 잘라서라도 이혼서류에 지장 찍을 테니까 알아서 해.
신용갑	걱정 마십시오.
은숙	나 간다. 미진이 학원 데려다줘야 해. 이번에도 날으면 나 또 신고할 거야.
신용갑	걱정마, 사랑해! 가족의 힘을 보여줄게, 가족의 힘.
은숙	저거 또 드라마 쓰네.

은숙이 퇴장한다. 신용갑은 가슴을 쓸어내리며 울상을 짓는다.

이상론	(반어법) 니가 제수씨 복은 있다. 킥킥. 저분이 그렇게 당하
	고도 또 당하려고 하시네. 하긴 그 복이라도 있어야지.
신용갑	넌 그 복도 없냐, 인마?
이상론	뭐? 이게 위로를 해줘도.
신용갑	위로 같은 소리 하고 있네.

신용갑과 이상론이 서로 투닥거리며 싸우기 시작한다. 양복군이 세 사람 뒤에서 지켜보면서 표정을 구기고 있다. 주머니를 뒤져 어디론가 전화를 한다.

제4장

암전된 상태에서 방송이 울린다. 조명을 비추면 양복군이 확성기를 들고 무대 중간으로 선다. 병실 안에는 어둠이 깔렸다. 모두 쿨쿨 잘 자고 있다. 양복군이 사이렌 버튼을 누른다.

양복군	오늘 진단서 재심사가 있겠습니다. 여러분들의 상태를 정
	확하게 심사하기 위함이니까 걱정 마시고 잘 응해 주시면 감
	사하겠습니다. 닥터!

의사가 등장한다.

의사	좋습니다. 저희 안심 병원은 이번 버스 사고로 단체 입원한
	302호 환자들의 정확한 상태를 파악하기 위해 엑스레이 및
	엠알아이 검사를 다시 실시하기로 했습니다. 모두 일어나주
	십시오.

신용갑, 이상론, 박을남, 도구박은 자리에서 몸을 일으킨다. 다들 불만이 가득한 표정이다. 신용갑이 소리를 지른다.

신용갑 너무 하는 거 아니냐? 지금 밤 12시야. 이 시간에 진단서 심사를 한다고? 진단서는 입원 첫날 다 나왔던 거 아니냐?

의사   시간은 상관없습니다. 아니, 아프던 다리가 낮에는 아프고 밤에는 안 아픈 것도 아니지 않습니까?

이상론 자다가 이게 무슨 날벼락이야. 그래, 진단서는 뭐에 쓰려고?

양복군 아아, 걱정하지 마십시오. 저희 S보험회사에서 정확한 보상금 지급 범위를 파악하기 위해 필요한 것입니다.

박을남 이상한 거 아니겠지?

이상론 설마 그러겠어. 입원한 지 얼마나 됐다고 진단서가 달라지겠냐.

박을남 (허리를 쓸어내리며) 난 확실해. 더 나오면 더 나왔지.

도구박 그렇겠죠. 얼른 하고 다시 자자구요.

신용갑 누구부터 하면 돼? 엑스레이 먼저 찍냐?

의사, 주머니에서 카메라를 꺼낸다. 아이들 장난감 같은 카메라다. 양복군이 신용갑을 부른다. 양복군이 신용갑의 다리를 누른다. 의사가 사진을 찍기 시작한다.

양복군 많이 아물었지?

의사   다 아물었을지도 몰라.

신용갑	사진 찍는다며?
의사	지금 찍고 있지 않습니까.
신용갑	뭐야? 이 장난감 카메라로?
의사	잘만 보입니다. 억울하면 댁이 의사 하시든가.
신용갑	이놈 이거 완전 사기꾼 아냐. 가운만 입으면 의사냐. 사람을 살려야지, 죽이려고 하고 있어.
의사	어허, 환자분. 정신 차리시고.

이상론, 달려가서 신용갑을 말린다. 신용갑이 답답한 듯 가슴을 치며 침대로 돌아온다. 양복군과 의사, 서로 속삭인다.

의사	전치 1주 정도 줄게.
양복군	고맙지 그럼.
신용갑	저놈들 저거 말하는 거 보소.

신용갑이 가슴을 쾅쾅 치며 자리에 앉는다. 이상론, 박을남, 도구박도 차례로 나가서 사진을 찍는다. 그 순간 전화벨이 울린다. 이상론의 전화기다. 이상론이 전화를 받자마자 심각한 표정으로 소리를 지른다.

이상론	뭐라고? 당신 그 말 사실이야? 애가 집을 나가? 그 지경이 될 때까지 뭐 하고 있었어? 걔가 뭘 안다고 집을 나가. 아직 어린애인데. 그래, 대충 짚이는 데도 없어? 안 되면 사람을 풀어서라도 찾아야 할 거 아냐! 알았어. 끊어!!
신용갑	(심각한 표정으로 이상론을 구석으로 데리고 가며) 자식놈 사고 쳤나?

이상론	(울먹거리며) 그… 그런 것 같아. 길을 잃어버렸나 봐. 오후에 사라졌는데 아직도 못 찾았대.
신용갑	오후? 친구들이랑 집 나간 거야?
이상론	그럴 리가 없어. 우리 애가 얼마나 착한데.
신용갑	(손가락질하며) 아이, 순수한 놈. 너 요새 애들이 얼마나 무서운지 몰라서 그래. 전화 온 건 누구야.
이상론	유치원 선생님.
신용갑	뭐? 유치원생인데 집을 나가?
이상론	(머리를 감싸 쥐며) 나 나가서 걔를 좀 찾아봐야 할 것 같은데.

신용갑과 이상론, 주변을 둘러본다. 박을남과 도구박이 진단서 심사를 받고 있다. 양복군은 의자를 가지고 와서 현관문 옆에 놓고 앉는다.

양복군	전 여러분의 아픔을 공감하는 뜻에서 오늘부터 이곳에서 지내겠습니다.
박을남	저거 단단히 미쳤구만.
양복군	여러분의 아픔이 곧 모두의 아픔 아니겠습니다. 이 병실을 무단으로 이탈하시거나 사라지시는 분이 계시다면 바로 퇴원 조치하겠습니다.
신용갑	(이상론을 보며) 저러고 있는데 지금 나가겠다고?
이상론	어떻게 해! 그럼? 넌 네 애가 없어지면 안 나가겠냐?
신용갑	아, 잠깐만 있어 봐. 머리를 좀 굴려보자. 유치원생이 집을 나갈 리는 없고…, 설마… 이거 유괴냐….

이상론	유괴…. 오 마이 갓! 말도 안 돼. 걔가 사라지면 나는 죽을지도 몰라.
신용갑	진정 좀 해. 나갈 방법을 만들어보자니까.
이상론	너 이런데 머리 잘 굴러가잖아. (신용갑의 멱살 잡고) 돈 버는 거 아니라고 대충하지 말라고.
신용갑	(이상론의 멱살을 잡으며) 하여튼 이놈은 이 순간에도 이 지랄이네.
이상론	어떡해!! (신용갑의 멱살을 잡고 흔든다.)

둘이 멱살을 잡고 있는 사이 양복군이 미소를 지으며 신용갑과 이상론을 쳐다본다. 신용갑과 이상론이 속삭인다.

신용갑	(속삭이며) 야, 너 꼭 나가야겠냐.
이상론	그걸 말이라고 하냐. 너도 아까 니 놈 나오니까 퇴원한다 만다 했잖아.
신용갑	아…. 방법이 있긴 한데.
이상론	뭔데? 뭐든 해보라고. 성공만 하면 이 은혜 안 잊을게. 돈… 차용증 그거…, 내가 버린다!

신용갑, 갑자기 눈빛이 바뀐다. 이상론에게 행거에 걸려 있던 윗옷을 몰래 덮어준다. 이상론이 천천히 윗옷 입으면 신용갑이 주위를 둘러본다. 박을남이 때마침 진단서 심사를 마치고 침대로 들어오고 있다. 신용갑이 단숨에 박을남에게 뛰어가서 입을 맞춘다. 신용갑이 박을남의 볼을 잡고 입술을 비빈다. 이상론은 경악한다.

박을남 으으읍!

신용갑 사랑했어. 숨겨왔던 것뿐이야.

저항하는 박을남과 더욱 거칠게 입술을 맞추는 신용갑. 이상론과 도구박, 양복군이 동시에 입을 벌리며 소리를 지르는 사이 신용갑이 이상론을 보며 나가라고 손짓한다. 이상론, 그때서야 눈치채고 몰래 나간다.

박을남 미쳤… 왜 이래!

양복군이 말린다.

양복군 아니, 정신과 진료까지 추가하시려고 이러는 겁니까?

신용갑 말리지 마. 니가 남의 사랑을 말릴 자격이나 있어? 니가 뭔데?

양복군 선생님, 이성적으로 생각하시고.

박을남 이거 완전 미…. (신용갑과 입술을 비비면서) 살려줘.

양복군 으아아악, 미쳐버리겠네. 여기서 왜 이러시는 겁니까?

신용갑이 박을남의 윗옷을 벗긴다. 허리를 다친 박을남은 저항하지 못하고 바닥에 쓰러진다. 사람들이 말리지만 신용갑은 꿋꿋하게 박을남의 옷을 벗긴다.

신용갑 다들 꺼져. 더러운 꼴 안 보고 싶으면 다들 밖으로 꺼지라고.

박을남 이 미친놈아! 왜 이래, 갑자…!

| 신용갑 | (신용갑이 박을남의 입을 막으며) 쉿, 아무 말 하지 마. 허리 다친 거 따위 나는 신경 쓰지 않아. |
| 양복군 | 선생님!! 진정하시고! |

퇴장한 이상론은 객석 사이에서 전화한다.

| 이상론 | 네. 사거리에 있습니다. 여기서 없어진 거죠. 산책 후에⋯ 네. 네. 잠시만 있어 봐요. 찾아봐야 할 거 아냐! |

이상론이 신경질적으로 전화를 끊고 객석 이리저리 기웃거린다. 가방도 뒤지고 사람들도 밀치고 하는 사이 경찰이 등장한다.

경찰	당신 뭐요? 이상한 사람이 돌아다닌다는 신고가 들어왔어. 병원복 보니⋯, 맞구만. 정신병원에서 탈출한 거 맞죠?
이상론	아닙니다. 아이를 찾고 있어요.
경찰	아이요?
이상론	네. 아이가 없어졌어요. 입원하다 말고 나와서 아이를 찾습니다.
경찰	아이가 몇 살이나 됐죠?
이상론	이제 겨우 네 살 넘었어요.
경찰	딱하게 됐군요. 잠시만 있어 봐요.
이상론	아이고, 순경님, 우리 아이만 찾아주시면 정말 감사하겠습니다.
경찰	언제쯤 없어졌죠?

이상론	그게 전화를 받은 건 점심시간 넘어서였습니다. 유치원에서 밥 먹고 산책 시간이 있는데 그때 없어진 거랍니다.
경찰	CC-TV를 뒤져봅시다. 유괴사건일 수도 있으니.
이상론	네.
경찰	다행히 시간도 얼마 안 지났고 신고도 빨리 된 편이니 금방 결과가 나올 겁니다. 잠시만 기다려보세요.

경찰이 급한 걸음으로 퇴장. 이상론이 객석을 휘젓고 다니다가 자리에 풀썩 주저앉아 울기 시작한다. 다시 조명이 들어오면 신용갑과 박을남의 애정행각이 시작된다. 어느 순간 양복군이 주변을 둘러본다. 이상론이 없어진 걸 알게 된다.

양복군	잠시만요. 이상론 선생님은 어딜 가셨죠?
신용갑	으아아악, 사랑해. 너 때문에 미치겠어.
박을남	으아아악, 쌍, 나한테 왜 이래.

몸을 과도하게 꺾어서 도망가려던 박을남이 바닥에 풀썩 쓰러진다. 신용갑이 박을남의 옷을 풀고 있다.

신용갑	아하하… 이 병신…. 하필이면 이때…. 강간은 취미 없…, 없는데!
도구박	(울면서 기도하며) 주 예수, 악으로부터 당신을 구원하사…, 지옥 불에 떨어지리라.

양복군, 이상론을 찾으러 윗옷을 입고 나가려는 사이, 신용갑이 양복군에게

달려든다.

신용갑	가지 마. 으아아악, 사랑해. 내 곁에 있어 줘.
양복군	으아아악, 선생님, 왜 이러십니까?
신용갑	달아올라 미치겠어. 하룻밤만 같이 있어.
양복군	미친놈. 의사! 의사!
도구박	주 예수 당신을 구원하사, 지옥 불에 떨어지지 않고….

신용갑이 양복군의 멱살을 잡고 키스한다. 신용갑이 양복군의 입술에 얼굴을 갖다대면 객석에 있던 이상론이 자리를 툭툭 털고 일어난다. 이상론의 전화벨이 울리면 신용갑과 양복군이 멈춘다.

이상론	찾았습니까? 네, 알겠습니다. 지금, 지금, 달려가겠습니다!

이상론이 급하게 달려서 퇴장한다. 의사가 등장한다. 양복군이 신용갑과 키스한 상태서 손을 휘젓고 의사는 재빨리 신용갑의 등에 주사기를 꽂는다. 신용갑이 종잇장처럼 쓰러진다.

제5장

불이 켜지면 박을남과 양복군 서로를 위로하며 울고 있고 도구박은 십자가를 쥐고 기도하고 있다. 양복군이 도구박의 십자가를 빼앗아 신용갑 앞에 들이민다.

양복군	악귀야! 물러가라.

신용갑	(독백) 아, 이놈 금방 온다더니 어떻게 된 거야.
양복군	추후에 손해 배상 청구할 겁니다.
박을남	그래, 또라이 놈아.
양복군	죽을 때까지 잊지 못할 기억이야!
박을남	갑자기 또…. (구역질)

양복군과 박을남은 서로를 마주 보다가 구역질한다. 양복군, 급하게 화장실로 뛰어 들어간다.

신용갑	이상론은?
박을남	말 걸지 마라, 악귀야!
신용갑	시간 없다고. 이상론은?
박을남	뭔 말이야? 어? 그러고 보니 아까부터 안 계셨어요.
신용갑	아직도 안 들어왔어.
박을남	아하….
신용갑	(째려보며) 나도 여자 좋아하거든? 그나저나 큰일이네. 아직 이상론이 안 들어왔어.
박을남	뭔데? 왜 나갔는데.
신용갑	애가 납치됐대.
박을남·도구박	납치요?
신용갑	그러니까. 하필이면 이 시기에 그러냐는 말이지. 아무래도 냄새가 나.

이상론이 등장한다. 양복군은 이상론을 보자마자 자신의 입부터 막는 시늉을 한다. 이상론이 양복군의 멱살을 잡는다.

이상론   우리 애 어디 있어? 이 나쁜 놈아.

암전 후 영상으로 CC-TV 화면이 나온다. 화면에는 양복을 깔끔하게 입은 사람이 길을 걷고 있다가 어떤 여자가 데리고 오는 강아지의 목줄을 풀어서 얼른 달아나는 장면이 찍혀 있다. 경찰이 연속 사진을 이상론에게 내민다. 이상론이 사진을 받아들자마자 손을 떤다.

경찰   뭔가 착오가 있으셨나 봐요. 애를 데리고 가는 남자는 없었습니다.

이상론   밍키야!

경찰   예?

이상론   저 나쁜 놈이 우리 개, 밍키를! 내 아기, 밍키를!

경찰   그럼… 저… 그… 아이가…, 저… 밍키라는…, 개… 개?

이상론   밍키야!

이상론이 양복군의 멱살을 잡는다.

이상론   이 나쁜 놈아, 그 어린아이가 뭘 안다고?

신용갑   아이가…, 그 어린아이가 개냐…. 개였구나….

박을남   그 개새끼 때문에 내가…. (구역질)

이상론   그 개새끼라니. 그렇게 쉽게 말하지 마. 나한테는 가족이고 친구고, 식구야. (신용갑 향해) 너 알잖아. 내가 결혼했을 때부터 지금까지 고작 30평짜리 백반식당 하면서 사는데 아들 둘은 캐나다로 유학 가 있다. 십 년이 넘었어. 너무 외로워서 매일 미친 듯이 일했어. 어떤 날이면 아이들 웃는 소리가 귓가에 들려.

이상론, 한발 앞서 나온다. 전화기를 든다. 다이얼이 돌아가는 소리 이후 아들의 목소리 나온다.

아들	헬로 대디?
이상론	아들, 영어 많이 늘었어?
아들	아빠는 말해도 모르잖아.
이상론	그렇지. 한국에는 언제 놀러 올 거야?
아들	엄마가 이번 방학에는 못 간댔어. 뭐 한다고.
이상론	그래…. 얼굴 못 본 지 3년이 넘었는데. 아빠가 한번 갈까?
아들	그럼 가게는? 돈 벌어야지. 아. 대디- 나 학교 가야 해.
이상론	그래….

이상론이 쓸쓸하게 전화기를 끊고 먼 산을 바라본다.

이상론	돈, 돈 때문에 가보지도 못했어. 내가 가면 식당을 쉬니까. 고작 일주일 빠져도 (헛웃음) 알다시피 매출 차이가 많이 나잖아. 얼마 벌지도 못하니까. 돈 벌고, 보내주고. 난 매일 이렇게 혼자 앉아서 깡 소주 마시고. 또 가게 열고. 내가 누군가 싶더라. 아이들조차 찾지 않는 내가… 왜 사냐, 싶더라.

신용갑   이 불쌍한 놈아. 너 이때까지 그렇게 살았냐?

이상론   그때 나를 살게 해 준 게 그 녀석…밍키였어. 누가 버렸는지 작고 바짝 마른 개가 가게 앞에 있더라.

조명이 바뀌면 강아지 한 마리 등장한다. 강아지가 무대 중앙까지 걸어가면 이상론이 강아지를 안아 든다.

이상론   배고프니…? 많이 말랐구나.

이상론이 침대 뒤에서 밥그릇 하나 꺼내준다. 강아지에게 밥을 먹인다.

이상론   (강아지를 천천히 쓰다듬으며) 너도 가족이 없니? 아님… 너도 가족이 널 그리워하지 않아…? 이리 와, 나랑 가족 하자. (강아지를 안는다.) 가족이야. 나한테는 지금 하나밖에 없는 가족이라고. 나와 함께 잠자고, 나와 함께 밥 먹고 기뻐하고 슬퍼하고 그렇게 사는 가족이라고. 얘라도 없었으면 나는 아마 죽어버렸을 거야. 외로워서. 그럴 때마다 안 죽게 손 내밀어 주는 게 그게 밍키라는 이름의 가족이었…지…. 그런 가족…. (양복군의 멱살을 쥐고) 이놈아. 니가 뭔 짓을 한지 알아?

양복군   증거 있어요?

이상론   여깄다. 니가 좋아하는 증거.

이상론이 받아온 사진을 주머니에서 꺼내 뿌린다. 신용갑, 박을남, 도구박이 하나씩 주워들고 거친 표정으로 양복군을 쏘아본다. 양복군, 이상론의 손을 뿌리치고 옷매무새를 다듬는다.

양복군	사진이 흐립니다. 정확한 용의자가 나올 때까지는 함부로 대하지 말아주시죠. 고작 개 한 마리 가지고요.
이상론	뭐라고? 고작 개 한 마리?
양복군	생명의 소중함이라도 말하고 싶은 겁니까?
이상론	우리 애 어딨어?
신용갑	이 버러지만도 못한 놈! 으아아앗! 맛 좀 봐라!
양복군	(방어태세) 싸움이라면 저도 좀 합니다만!!!

신용갑이 주먹을 높이 쳐든다. 마치 때릴 것처럼 시늉한다. 양복군도 같이 주먹 쥐며 대항하려는 사이 신용갑이 양복군의 볼을 잡고 키스한다. 양복군, 소리를 지르며 그 자리에서 자지러진다.

양복군	의사, 이놈 발작해. 또 자빠지네. 의사!
신용갑	어디 있냐?
양복군	몰라! 몰라! 의사!
신용갑	이번에는 밑에 들어간다.

신용갑 바지를 풀자, 도구박과 박을남이 조용히 와서 양복군의 팔과 다리를 잡는다.

이상론	뒤로 돌려. 엉덩이 좀 보자.
양복군	잘 있어요. 역 앞 '다놀자 동물병원 호텔'… 거기… 안 돼!!!
신용갑	확실해?
양복군	네!!

이상론이 전화기를 꺼내 '다놀자 동물병원 호텔'과 통화한 뒤 신용갑에게 고개를 끄덕거린다.

의사   뭐야, 당신?

이상론   환자를 이렇게 다루어도 되는 거야? 아무리 요즘 사람 죽이는 의사가 유행이라지만 너무 한 거 아뇨?

의사   말 같지도 않은 소리 하네. 들풀 같은 민중은 찌그러져나 계시지.

이상론   들풀 같은 민중이 있어야 나무가 뿌리 꽂아 숲을 만들 수 있어. 알았냐?

신용갑   이런 놈은 엿을 먹어봐야 해.

이상론   친구야, 네가 자랑스럽다.

신용갑   꺼져. 내가 밍키인가 뭐시깽이인가 때문에 네 편 든지 알아? (속삭이며) 차용증 가져와라.

이상론   하여튼 감동 없는 놈. 에라이. 퉤.

신용갑   이건 살려줘도 발광이야.

이상론   그래, 졸나게 고맙다.

의사가 양복군의 등을 문지르며 위로한다. 양복군이 고개를 끄덕거린다.

의사   오늘 오전에 이루어진 진단서 재심사 결과를 알려 드리겠습니다. 전부 전치 1주 정도예요. 조속히 퇴원 준비를 해주세요.

박을남   뭐라고? 전치 1주? 나 반병신이 됐는데 전치 1주라고?

도구박   말도 안 돼요. 이 팔 보라고요.

의사	다 검사해 보고 하는 말입니다.
이상론	너 나 안 했잖아? 나 검사하지도 않았잖아.

의사, 이상론의 말에 주머니에서 카메라를 꺼내서 사진 찍고 그의 다리를 눌러 본다.

의사	1주 맞네요. 다들 퇴원 준비하시죠. 아…, 박을남 분만은 이상하게 (갸우뚱거리며) 전치 2주 정도 되니까 2, 3일 더 있다 하셔도 돼요. 다른 분들은 내일 아침에 수속 밟으시면 될 것 같습니다.
양복군	들으셨죠? 저희는 의사 지시에 따를 수밖에 없습니다. 보험금은 따로 여러분 통장으로 지급될 예정입니다. 퇴원 축하드립니다.
신용갑	이야, 이거 완전 사기꾼이네.
이상론	오오, 그러니까. 역시 사기꾼은 사기꾼을 한눈에 알아 보는구만.
신용갑	(머리를 때리며) 판을 깨라, 깨.
박을남	입원한 지 며칠밖에 안 됐는데 퇴원하라고? 게다가 2주라니.
신용갑	(박을남에게 속삭이며) 미안하다, 더 세게 때릴걸.
박을남	(신용갑에게 속삭이며) 그러니까. 이왕 할 거면 좀 확실하게 하지. 어중간한 병신 되겠네. 암튼 의사 양반 저는 퇴원 못합니다.
도구박	저도 퇴원 못해요. 아직 욱신욱신 아프다구요.

신용갑	옳거니. 나도 그래.
의사	저기요, 이러신다고 보험금 더 안 나와요.
신용갑	돈이 문제냐? 그렇게 너희는 사람이 쉬워? 버스 타고 다니는 서민이라고 무시하네. 버스 박은 놈은 사과는커녕 코빼기도 안 보이고. 보험금 적게 줄라고 퇴원이나 시키려고 하고.
이상론	돈 있고 빽 있으면 다야? 우리가 우습게 보이냐?
양복군	긴말 안 하겠습니다. 그럼 마지막 밤, 편히 쉬십시오. 전 밖에서 지키고 있겠습니다.

양복군과 의사, 퇴장하고 신용갑, 박을남, 이상론, 도구박이 다시 침대에 걸터앉았다.

신용갑	무슨 수를 내야겠어.
이상론	무슨 수?
신용갑	아, 있어 봐.
박을남	이대로 퇴원할 수 없어요. 이제는 돈이 아니라 인권 문제라고요.
도구박	맞아요. 나쁜 사람들. 미안하다는 사과 한마디도 없이. 어른들은 다 이래요?
이상론	세상에 좋은 어른들도 있지만, 나쁜 어른들도 있어. 너한테 나쁜 어른들 모습만 자꾸 보여주는 것 같아 미안하다.
도구박	비슷한 거 같아요. 학교에서 삥 뜯을 때도 돈 많은 애들은 안 건드리거든요. 혹시라도 집에서 태클 들어오면 안 되니까. 저처럼 가난하고 힘없는 애들만 골라서 삥 뜯어요. 어차피 뭐

라고 할 사람 없는 거 아니까요. 세상살이랑 비슷하죠?

이상론 부끄럽네.

신용갑 동맹 결성했잖아. 우리 약해지면 안 돼. 이제는 박을남의 말
    대로 돈 문제가 아니라 인권 문제라고. 약하다고 짓밟히지 않
    는다는 걸 보여줘야 해.

이상론 방법이 있냐?

신용갑 진단서…, 진단서를… 제대로 받아야지.

신용갑의 허리에는 커튼이 묶여 있고 그 커튼은 박을남의 침대에 매여 있다.

박을남 셋 하면 풀게요.

신용갑 잠… 잠시만! 아 오랜만에 하니까 무섭네.

이상론 이게 생각해낸 거냐? 바보들, 아주 천재다 천재.

신용갑 이거 아니고 뭐가 있어. 다른 방법 있어?

이상론 없어서 내가 한다고 젠장! (아래를 보며) 아…, 진짜 이게 뭔
    짓이야.

신용갑 내가 한번 뛰어봤는데 하나도 안 아파.

이상론 그땐 밑에 소각장이 있었고. 병신아. 여기는 아무것도 없잖
    아.

신용갑 너 병신 되면 밍키가 맨날 소고기 먹을 수 있을 거야.

이상론 저걸 말이라고 처하고 자빠졌으니.

박을남 (천을 당기며) 어이, 형님들, 풀까요?

신용갑·이상론 뭐가 그리 급해?

이상론	너 확실하지. 3층에서 떨어져 본 적 많다는 거?
신용갑	물어볼 걸 물어. 사기 치다 걸리면 36계가 진리야. 3층에서 안 뛰어내려 봤겠냐? 절대 안 죽어. 대가리만 쳐들면.
이상론	과학적 근거를 대봐.
신용갑	난 사기꾼이지 물리학 교수가 아니다.
이상론	내가 너를 믿고 앉아있으니 나도 미쳤지.
신용갑	자, 숨 쉬어. 다친 쪽 다리를 겹쳐. 이제 뛸 거야.
이상론	(신용갑 밀치며) 저리 가 미친놈아.
신용갑	(이상론 밀치며) 차용증은 내놓고 뒈져라.

박을남이 천을 푼다. 신용갑과 이상론은 서로 껴안고 떨어진다. 박을남이 다시 침대에 천을 묶자 둘이 기어 올라온다.

신용갑	오른쪽 다리 들랬잖아.
이상론	왼쪽이라며. 내가 오른쪽이야.
신용갑	네가 오른쪽 내가 왼쪽. 근데 둘 다 이상하다고.
이상론	잠깐만, 나도 오른쪽이 으아악.
도구박	둘 다 금 간 거 같아요….
신용갑	이 미친놈아. 너가 끌어안는 바람에 이렇게 됐잖아.
이상론	네가 안았잖아. 이렇게 꼭 끌어안고 뛰었잖아.
신용갑	개 풀 뜯어먹는 소리 하고 있네. 네가 끌어안았거든.
이상론	거지 같은 소리 하고 있네. 손 끌어당긴 건 너거든.
신용갑·이상론	이 자식이.

박을남이 휠체어 두 개를 그들 앞에 갖다준다. 신용갑과 이상론이 그 위에 오르며 박을남을 향해 손짓한다.

이상론   척해도 소용없어. 너 퇴원하면 우리가 이 지랄 하는 것도 의미 없지.

박을남   난 왜 두 번이야. 왜 두 번 죽이냐고, 무슨 죄로.

도구박   팔자려니 하세요. 형님. 이리 오세요.

신용갑   얘 바닥에 눕혀라. 그리고. (박을남 향해 손짓한다.)

도구박이 달려가서 박을남을 벽에 기대 앉게 한다.

도구박   형님, 발목 잡으세요.

박을남   나 허리가 이미 병신이야. 어떻게 발목을 잡아?

도구박   숙여 보세요.

도구박이 박을남의 팔을 당긴다. 박을남을 커튼에 동여맨다. 박을남은 디근 자세로 묶여 있다. 도구박이 박을남의 등 뒤로 올라간다.

신용갑   넌 공포심이 없잖아. 여기서 떨어져 봐. 그것도 두 번씩이나. 이게 낫다 너?

박을남   못해. 난! 으아아악. 못해. 퇴원할래, 차라리.

이상론   더 묶어라. 퇴원한단다.

신용갑이 박을남의 등의 매듭을 당긴다. 박을남이 소리를 지른다.

이상론	하루만 있어 봐. 넌 진단서 못 나와도 8주다. 내가 장담해.
박을남	이건 미친 짓이야.
신용갑	조직의 세계에서 예외란 없어.
도구박	하지…, 하지만…, 전 아직 어린데.
이상론	알아…. 어른들이 미안해. 아까 내가 나쁜 어른 얘기했지.
도구박	(고개 끄덕) 네….
신용갑·이상론	그게 우리라고 생각해. 기도를 하렴.
도구박	참아볼게요.

도구박이 바닥에 엎드리자 이상론과 신용갑의 휠체어가 도구박의 팔 위를 지나간다.

도구박	저 참아볼…. 이런 미친 꼰대 놈들아. 개아프다고. 병신들아! (팔로 땅을 두드리며) 아 씨팔, 존나 아파. 아프다고. 이 개새끼들. 니네도 뒈져봐라. 뒈져보라고.

도구박이 옆에 있던 쓰레기통을 신용갑과 이상론에게 퍼붓는다.
암전된다.

제6장

의사가 화가 난 듯 등장한다. 환자들은 침대에 누워 신음만 뱉고 있다.

의사	이게 말이 돼? 하룻밤에 엑스레이가 달라졌어.

양복군	나도 황당해서 말이 안 나와.
의사	너 어젯밤에 뭐 했냐?
양복군	밖에 있었지. 병실에서 지랄할 줄 알았냐고.
의사	기껏 밥상 차려줘 놨더니. 어쩔 거야. 다들 못 내도 전치 3주야. 보상금이 3배라고. 내 몫도 줄어드는 거 아냐?
양복군	(굳은 얼굴로) 네 몫이 문제냐.
의사	(양복군의 멱살 쥐고) 야! 너 똑똑히 들어라. 네가 하찮게 여기는 돈 몇 푼이 나한테는 양심이야. 나한테는 돈이 사람 살리는 거고 돈이 사람 죽이는 거라고. 제대로 해. 이번에 액수 깎이면 너랑도 이제 거래 안 해.

의사가 화가 난 듯 차트를 들고 말한다.

의사	다들 하루를 어떻게 나셨는지 모르겠지만 엑스레이에 문제가 생기도록 하셨네요. 며칠 더 계셔야겠습니다. 딱 며칠 만입니다.

의사가 화가 난 걸음으로 퇴장한다. 양복군이 곤란한 표정으로 의사를 따라 퇴장한다. 둘이 완전히 퇴장한 것 확인하고 넷, 환호성 지른다.

이상론	역시 난 네가 해낼 줄 알았어.
신용갑	네가 웬일이냐, 고맙다.
이상론	사기꾼에는 사기꾼으로 맞서야지.
신용갑	저놈…, 곱게 가나 했다.

박을남	이제 3주면 무리하게 쫓아내지 않겠죠?
도구박	사과도 하고, 보상도 규정대로 처리하고 맞죠?
신용갑	설마 이렇게까지 했는데 막무가내로 퇴원시키겠냐?
이상론	아이고…. 다리야.
신용갑	내가 너보다 더 아파.
이상론	그것조차 네가 이기고 싶냐.

그 사이 최석기, 안전해, 유명세가 등장한다.

신용갑	이번에는 또 뭐야.
이상론	양복군 저놈 드라마작가 시켜도 되겠어.
최석기	어이! 구박아, 여기 있냐?

최석기, 안전해, 유명세 건들거리며 들어온다. 다들 문신과 염색 등으로 학생답지 않은 행색이다.

최석기	(도구박을 향해 다가가며) 학교도 안 오고 어디 있나 했더니 여기 있으면 우리가 못 찾을 줄 알았냐?
안전해	보고 싶었다. 네가 없으니까, 이 형들이 배가 고파 죽겠더라.
유명세	병신 새꺄, 어딜 가면 간다고 하고 가야 될 거 아냐?
도구박	여…, 여…, 여긴 어떻게….
최석기	놀랐냐? 니가 가는 곳에는 우리가 있다. 몰라?
유명세	(도구박의 뒤통수를 치며) 누가 부탁 좀 하더라.
최석기	야…. 너 착한 놈이잖아. 왜 이런 데서 존나 뭉개면서 퇴원

도 안 하고 있어?

안전해   나이롱 환자야?

안전해가 도구박의 팔을 거칠게 잡자 도구박이 비명 지른다.

도구박   아파!

최석기   존나게 엄살은. 너 그 아저씨 아냐? 까만색 양복 입고, 안경 이렇게 쓰고. 커다란 가방 들고 다니는 꼰대.

도구박   보험회사…?

안전해   맨날 전화 와. 우리가 너랑 친한 거 어떻게 알고 퇴원 좀 시켜주래.

최석기   야, 학교나 가자. 안 그래도 니가 없어서 심심하던 참이었어.

최석기가 도구박의 팔을 억지로 끌고 침대에서 일어난다. 도구박이 그대로 따라 일어난다.

신용갑   헐… 여자? 여자한테도 수습 안 되고?

이상론   (구박을 보며) 저거도 문제 있네.

신용갑   어이, 어이, 거기 소년 소녀들. 그만하지? 구박이가 아파하잖아.

이상론   니네 뭐야? 친구야? 여자친구야?

최석기   친구? 헐, 이 아저씨들이 막말하네. 우리 팸이에요. 팸 몰라요, 팸?

안전해   (최석기를 향해) 팸은 미친. 너도 찌질이 하고 싶냐? 킥킥.

유명세	암튼, 우리는 얘 데리고 집에 가겠습니다. 우리 꼰대님들은 편히 쉬세요. (고개를 숙인다.)
박을남	이 소녀들이 안 되겠네. 니네 학생 맞아? 학생이면 학생답게 행동해!
최석기	하~ 학생? 어이 아저씨. 그런 얘기는 여기 있는 얘한테 해.
안전해	그렇지? 너 버스 왜 탔는지 말해 줘. 아주 학생다운 행동을 하려고 했지?

안전해가 도구박을 세운 뒤 그 주위를 빙글빙글 돌며 비아냥거린다.

도구박	(기어들어가는 목소리로) 하…, 학교 가려고….
최석기	하, 학교? 얘들아, 학교란다.
신용갑	아침에 구박이 버스 탈 일이 뭐가 있어? 마포고등학교라며? 니네 다 같은 학교냐? 선생님 불러와.
최석기	(웃으며) 아저씨, 얘가 그래요? 자기가 마포고 다닌다고? 그날 학교 간다고 버스 탔다고?
안전해	(구박의 뒤통수를 갈기며) 이놈 여기서도 구라까네. 너 마포대교 가는 길이었잖아. 뒈지려고!

모두 놀라서 도구박을 쳐다본다. 모두의 시선이 집중되자 결국 도구박이 울음을 터뜨린다.

신용갑	뛰어내리려던… 길이었어?
도구박	그냥…, 그게 나을 것 같아서요. 저 같은 거 살아있어 봤자

민폐만 끼치고…. 부모님이 이 사실을 아시는 것도 마음이 아파요. 그래서 그게 편할 것 같아요.

이상론   나이도 몇 살 안 먹은 놈이 죽을 생각부터 해? 나도 사는데?

도구박   저도 저 나름대로 사정이 있었어요.

안전해   야, 시끄럽고, 얼른 나가자. 퇴원 수속 밟아야지.

안전해가 도구박을 억지로 잡아끈다. 도구박이 끌려가지 않으려고 애쓴다. 유명세가 도구박의 뒤통수를 때린다.

신용갑   야, 놔둬.

최석기   어허. 아저씨, 다쳐요.

이상론   이것들이 정말 버릇없네.

안전해   어쩌라고. 우린 친구 데리러 가겠다고요.

신용갑   (휠체어를 끌며 도구박에게 다가가며) 너 가고 싶으냐?

유명세   (눈을 부라리며) 똑바로 말해라.

도구박   (고개를 끄덕이며) 네….

최석기   아저씨 들었죠? 더 이상 얘 잡아두면 이거 불법 감금이에요. 우리 경찰에 신고할 거야.

박을남   우리도 너희를 학교 폭력으로 신고할 거다.

안전해   이 아저씨가 잘 모르고 지껄이나 본데, 신고하셔. 우린 미성년자라 어차피 훈방이거든? 다 해보고 하는 소리예요. 아님, 우리가 20살 될 때까지 기다리시던가.

최석기   뭘 길게 얘길 해. 시간 없는데. 빨리 가자. 데리고 가야 문상 쏜댔어.

박을남	이 자식들아, 그 손 놔. 너희 정말 죽고 싶냐?
최석기	아이, 얘가 가고 싶다잖아. 당신들이 뭔데 친구 사이를 갈라 놓냐고. 오늘 내가 얘 한번 줄지 아냐고. (웃음)
이상론	친구? 그래, 너희는 친구라는 것들이 사람 함부로 대하고 툭툭 치고 그러냐?
신용갑	그렇지. (이상론에게) 나도 너한테 그렇게는 안 했어.
이상론	(신용갑을 째려보며) 이 순간에 그런 말이 하고 싶냐?
신용갑	(헛기침) 구…, 구박 학생, 다시 말해 봐. 너 퇴원하고 싶어?
최석기	말하라고, 미친놈아.
도구박	네. 그래야 할 것 같아요.
박을남	그래서, 그대로 나가서 내일 아침 또 마포대교 가려고?

박을남이 안전해로부터 도구박을 끌어당긴다. 안전해가 반대로 더 끌어당긴다.

안전해	이 아저씨가 미쳤나.
박을남	너보단 안 미쳤다, 이놈의 자식아.
안전해	이거 선빵 네가 날린 거다. 경찰 가면 똑똑히 씨부려라.
박을남	씨부리긴! 내가 농부야, 씨를 뿌리게.

박을남이 안전해로부터 도구박을 끌어당긴다. 도구박이 박을남의 팔을 뿌리치며 거부한다.

도구박	놔요. 이거 놔요.

박을남	너, 니 의사 표시 분명히 해. 아까까지만 해도 죽어도 퇴원 못한다는 놈이 왜 갑자기 가냐고. 그것도 도살장에 끌려가는 소마냥.
도구박	아저씨는 상관하지 마요.
박을남	어떻게 상관을 안 해. 아님, 내 눈에 보이지를 말든가.
최석기	쇼를 하고 자빠지시네.
도구박	아저씨는 퇴원하면 그만이잖아요. 나는요. 학교를 다녀야 해요. 얘네랑 고등학교 3학년까지 같이 있어야 한다구요. 그게 어떤 의미인지 알아요? (감정 폭발) 씨팔, 나는 고3까지 뒈지든지 기든지 둘 중 하나라고.
안전해	이놈 봐라, 너 미쳤냐? 야, 지 빽 있다고 막말하네.
박을남	얼마든지 벗어날 수 있어. 이거 다 한순간이야.
도구박	모르는 소리 마요. 나 같은 거…, 나 같은 거…. 아무도 신경 써주지 않아. 선생님도 부모님도 조용히 지내라고만 해요. 내가 참으면 전부 해결되는 거라고요. 얘네는 맨날 때리는데 말하면 죽인다고 하고. 다들 도와주겠다고 하지만 정작 아무도 알아차리지 못하고. 그냥 내가 먼저 죽는 게 낫죠.
최석기	가자고. 시간 없다고 했잖아. (도구박에게 주먹을 날리며) 말 귀를 못 알아듣냐?

최석기가 도구박을 때린다. 이상론과 신용갑이 둘 사이를 말리기 위해 달려든다.

| 신용갑 | 이대로 가면 너 저놈들한테 평생 맞아. |

이상론	다 해보고 하는 소리야. 얘도 나한테 그래서 평생 맞았어.
신용갑	죽는 거보다 까는 게 더 쉬워.
이상론	다 해보고 하는 소리야. 얘도 나한테 그래서 그 후로 안 맞았어.
신용갑	도와달라고 말해 본 적은 있어?
이상론	다 해보고 하는 소리야. 얘도 나한테 그래서 우리 친구 됐어.

신용갑과 이상론 서로 뜨거운 어깨동무를 한다.

도구박	아무도…, 아무도 나서주지 않았어요. 나 대신 맞을까 봐요.

최석기가 신용갑의 휠체어를 발로 찬다.

도구박	(석기한테) 간다고 했잖아. 그러지 말라고.
최석기	나 박치기 일보 직전이다. 너 퇴원하고 바로 마포대교 갈 준비해라. 내가 밀어줄 테니까.
도구박	으아아악!

도구박이 갑자기 창문 쪽으로 간다. 모두들 놀라 도구박을 쳐다본다. 도구박이 울고 있다. 조명이 어두워지고 무대에는 긴장감이 흐른다.

도구박	그냥 내가 죽을게. 마포대교까지 갈 필요도 없이 그냥 내가 여기서 죽자. 그럼 전부 해결되는 거지?
안전해	저 우울증 정신병 환자 놈 또 난리났네. 네 목숨이 그렇게

비싼 줄 아냐? 네가 쳐뒈지면 해결이 돼? 그냥 이리로 와라, 좋은 말로 할 때.

최석기　　저거 완전 정신병 도졌네. 네가 그러니까 따 당했지. 우리가 괜히 그랬냐.

안전해　　맞아. 누가 그렇게 재수 없게 생기고 행동도 굼뜨고 맨날 이상한 기도나 씨부렁씨부렁. 이름은 또 구박이가 뭐야. 구박이.

최석기　　(구박에게 눈을 부라리며) 이리 오라고!

최석기가 잡으러 가려고 하자 도구박이 앞으로 몸을 기울인다. 떨어질 것 같은 분위기이다.

신용갑·이상론 어어어.

박을남　　너 허리에 커튼 안 묶었어. 밑에 소각장 아니다이?

도구박　　죽었으면 좋겠어요. 여기서 떨어져서 아무 생각도 없이요.

이상론　　(단호하게) 맞서. 스스로 버리지 마. 우리가 도와줄게. 네가 저딴 놈들한테 시달리지 않도록 내가 도와줄게.

도구박　　다들 그랬어. 그래 놓고는 시간이 지나면 모른 척했지. 쟤는 원래 그래… 하면서. (두 손으로 목을 조르는 시늉을 하며) 어떻게 해야 쉽게 죽을 수 있죠? 알면 좀 가르쳐주세요. 아…. (두 팔을 보더니) 난 젠장. 죽는 것도 맘대로 못하고. 아무것도 할 수 있는 게 없어요.

이상론　　이리 와, 아가. 거기 춥다. 이리 내려와. 위험한 곳에 혼자 있지 말고.

도구박　　난 항상 혼자였어요.

최석기, 안전해, 유명세가 도구박의 곁으로 다가간다.

도구박   오지 마! 제발 오지 마! 뛸 거야!

최석기   뛰어봐, 미친놈. 뒤질 용기도 없는 놈이. 어디서 약을 팔아!

최석기가 도구박을 끌어내린다. 도구박이 몸부림치며 내려오다가 팔로 최석기의 가슴을 떠밀어 버린다.

최석기   엄마야!

최석기가 구석에 주저앉으며 당황해한다.

신용갑   에라이, 모르겠다!

신용갑, 박을남, 이상론 주먹 들고 최석기, 안전해, 유명세에게 달려든다. 병실이 아수라장이 됐다. 모두 엉켜서 싸움한다. 멀리서 양복군이 급한 걸음으로 뛰어온다.

양복군   이게 뭐 하는 겁니까? 아이들을 상대로! 그만두세요!

신용갑, 박을남, 이상론, 도구박이 양복군을 쳐다보면 무대는 그대로 정지된다. 음악이 은은하게 들린다. 서서히 어두워지는 무대 위.

제7장

양복군이 화가 난 듯 서 있고 신용갑, 박을남, 이상론, 도구박 한구석에 모여서 대치 구도를 이루고 있다. 모두 꼴이 엉망이다.

양복군   오늘 내로 퇴원하세요. 그럼 이 일을 덮어두겠습니다. 각각 보호자를 불렀으니 그렇게 아시고. 퇴원 준비 해주세요.

신용갑   퇴원 같은 소리 하고 있네. 못해. 이놈아, 무슨 퇴원이야.

이상론   진단서 제대로 끊고 사고낸 놈이 사과해. 그럼 퇴원할게.

양복군   (듣고 있다가 넥타이를 풀며 폭발) 머저리 같은 놈들! 니네가 뭐 대단한 줄 알아? 고작 버스 교통사고로 입원한 한심한 족속들이니. 이런 대접이 싫으면 외제차 타고 다니시지. 얼른 돈 벌어서. 고작 버스 타고 자빠졌으면서 대접은 왕 대접 받으려고 하냐.

박을남   당신은 양심도 없어? 우리가 왕 대접 받자고 이러는 거야? 최소한 사람의 도리라는 게 있는 거 아냐? 돈 없고 가난한 서민들은 돈 있는 사람에게 짓밟혀도 되는 줄 아나 본데. 제대로 해. 우린 물러날 생각 전혀 없으니까.

도구박   나도 이판사판이에요. 어차피 학교도 못 가는데 여기 누워나 있을래요. 나처럼 힘없는 애도 가끔은 죽빵 (주먹질하며) 날릴 줄 안다고요.

양복군   여러분들이 하는 짓은 떼쓰는 어린아이에 불과해요.

신용갑   그래 한번 해보슈. 여기 있는 사람 모두 죽다가 살아났는데 무서울 게 없어. 세상이 하도 희한해서 지금은 돈이 사람 노릇을 하고 있지만, 그중에 사람 노릇을 하는 사람이 더 많아서 여기까지 굴러온 거야.

이상론   (신용갑에게) 그 몇 중에 너는 포함 안 되겠지? (혀를 차며 양
               복군에게) 거, 아무튼 우리는 한 발짝도 못 움직이니까 알아서
               해요. (드러눕는다.)

양복군이 퇴장한다. 넷은 킬킬거리며 웃기 시작한다. 안심하는 사이 양복군
이 카메라를 들고서 병실로 들어온다. 격양된 목소리로 라이브방송을 시작
하는 양복군.

양복군   (셀카봉을 보며) 안녕하십니까? 전 세계 유투브 시청자 여러
               분, 저는 S보험의 마스코트 복군입니다. 오늘은 지금까지 알
               차게 알려드렸던 보험 상식을 접어두고 더 재미있는 일을 가
               지고 왔어요.방송 끝까지 함께 해주세요. 앗, 달풍선 감사합니
               다. 형님! 여러분도 아시지요? 지난주에 뉴스를 달궜던 외제
               차 버스 충돌사건 말입니다.

신용갑·이상론 저놈 뭐 하는 거야?

신용갑과 이상론이 서로 받쳐주며 일어난다.

신용갑·이상론 (서로에게) 미친놈, 일어나지도 못하네.

박을남   야, 너 뭐 하는 건데?

양복군   오늘은 피해자 여러분에 인터뷰하러 왔어요. 그때부터 지
               금까지 퇴원할 생각 안 하시고 쭉 병원에 계신 덕분에 쉽게 찾
               아왔네요. 보험 상식도 함께 말씀드릴 테니 방송 고정!

이상론   (신용갑에게) 이거 뭐 하는 거야?

양복군	여러분, 이분들 한번 봐주세요. (카메라를 병실에 돌린다.) 이분들이 바로 바로 바로, 레전드 피해자시죠. 어때요? 멀쩡하죠? 왜 퇴원을 안 하시고 버티는지 아시는 분! (화면을 보며) 빨간치마님, 맞습니다. 보험료 때문이죠.
박을남	(도구박에게) 이거 선동하는 거냐? 말이 이상하다?
도구박	그러니까요? (갸우뚱)
양복군	게다가 이 바쁘신 분들은 각각 (신용갑 가리키며) 사기 전문가 18범님 현재 백수, (박을남 가리키며) 여자 킬러 현재 무직 5년째 취준생, (이상론 가리키며) 개아범 현재 기러기아빠, (도구박 가리키며) 상습적 자살 시도자 현재 학생… 좀 낫네요. 훌륭하시다? 그죠?
신용갑	너 말 그렇게 하면 안 되지. 있는 그대로 말하라고. 있는 그대로!
양복군	제가 뭐, 틀린 거라도…?
이상론	(신용갑에게 손가락질) 얘가 18범이 아니라 17범이잖아!
양복군	아… 말이 많은 18범!
신용갑	이것들이 쌍으로 지랄이네. 그게 아니라 갑자기 이 짓거리를 왜 하냐는 거야. 그것도 이렇게 내보내면 보는 사람이 오해하잖아.
양복군	오해라니요. 워낙 요즘 사건이 이슈다 보니 여러분들 정체에 대해 알고 싶어하시는 분들이 많아요. 피의자의 사과보다는 합의금을 많이 달라는 분들입니다. 이미 사과 받아놓고도 모르는 척하시는 분들이죠.
신용갑	(달려가 양복군의 멱살을 쥐며) 이 미친놈. 무슨 말이 이따위

                        야. 언제 사과를 하러 왔다고.

양복군   제가 언제 그쪽에게 왔다고 했나요?

신용갑   말을 똑바로 해야지.

양복군   다들 봤다고 하던데요?

이상론   네가 봤어? 봤어?

양복군   봤다고 하던데요?

이상론   뭐? 하던데요? 이게, 어디서 여론 조작이야!

도구박   아니, 저기 아저씨, 상습적 자살 시도자라뇨.

박을남   틀린 말은 아닌데, 묘하게 기분 나쁘네….

양복군   방송이 재미있잖아요. 방송 재미있으면 됐죠. 앗, 너만보여
               님 달풍선 3백 개 감사합니다!

박을남   나는 재미없는데….

양복군   이분들에 대한 제보를 기다립니다. 아시는 분들은 댓글 달
               아주세요.

양복군이 엎드려 있으면 딸칵하고 카메라가 꺼진다. 양복군이 고개를 들고
거만한 표정으로 일어선다. 핸드폰을 급하게 두드린다.

양복군   좋아, 댓글 폭주한다.

뒤쪽에 영상이 켜진다. '자해 공갈범들이야. 저 사람 알아요.', '사고내려고
기다리고 있었다더라.', '학생 아니고 자퇴생이다.' 등 부정적인 댓글들이 보
인다.

박을남	저거 전부 진짜야?
도구박	아니요. 저 자퇴생 아닌데요.
양복군	아니면 말고.
신용갑	저놈 말하는 거 보소? 증거 없이 사람 잡네?
도구박	(전화기를 보며) 하, 제 SNS 해킹됐어요.
박을남	어? 나도. (핸드폰을 보며) 뭐야. 나 애비없는 자식 아닌데.
양복군	어차피 사람들은 보고 싶은 대로 볼 거야. 그들이 원하는 대로 보여주는 것뿐이지. 그리고 내가 잘못 말한 거 있나?

신용갑이 양복군의 멱살을 쥐러 가려다가 자리에 주저앉는다. 팔꿈치로 박을남을 툭 친다.

신용갑	(박을남 향해) 니가 좀 다녀와라.
박을남	(힘들게 몸을 일으켜 양복군에게 다가간다. 멱살을 잡으며) 너 이딴 식으로 올리면 우리만 마녀사냥 당하는 거 아냐? 왜 유튜브로 장난질이야.
신용갑	맞다! 마녀사냥. 신상 털리면 아무것도 못한다고.

박을남이 양복군의 멱살을 잡는 사이 문이 열린다. 박을남의 여친 유미가 뛰어 들어온다.

유미	오빠, 유튜브 봤어? 이거 오빠 맞지? 너 이렇게 나쁜 놈이었니? 네 페이스북에 여자친구 열 명이라고 댓글 써 있더라? (휙 돌아서 문을 나서며) 오빠한테 실망했어.

박을남	(양복군의 멱살을 다시 잡으며) 너 이놈. 너 때문에 신상 다 털렸다.
양복군	내가 시킨 건 아니잖아.
박을남	네가 유도한 거잖아.

양복군이 박을남의 멱살을 풀며 자리에 앉는다. 전화벨이 울린다. 도구박이 놀라며 전화를 받는다.

도구박	여보…세요…? 아니, 그런 게 아니라요. 아버지 제 말 좀 들어보세요. 그분이 다 없는 말을…. 마포대교를 가려고 한 건 맞는데… 그게 지금은 아니니까. 네? 알겠습니다. (도구박이 전화를 끊으며) 아버지가 데리러 오신대요. 당장 퇴원하라고요.

박을남이 가방을 뒤져 노트북을 꺼낸다. 놀란 표정으로 화면을 바라본다.

박을남	댓글이 엄청 달렸는데. 다들 우리보고… 죽지 왜 살았냐고….
이상론	뭐? 지들 얘기 아니라고 막말하네. 악플 다는 사람들 너무 하네, 아무것도 모르면서.
신용갑	(양복군을 보며) 너 이놈 우리를 적으로 만들어서 뭘 어쩌려고?
양복군	뭔가를 착각하시나 본데. 저는 공개 사과를 한 것뿐입니다.
도구박	요새 언플이 유행이라더니 이 아저씨도 따라 하나 보네요. 언플… 개나 소나 언플질.

양복군	착한 것도 죄냐?
박을남	댓글 장난 아니에요. 다들 우리 퇴원시키러 올 기세에요. 병원 어디냐고 다 물어보네요.
이상론	모르면 잠자코 있지.
신용갑	우리나라 사람들 마녀사냥 하는 데는 재주 있어.
이상론	전화기 꺼버려라. 조회수 올라가는 거 봐봤자 속만 끓어.
신용갑	그렇지. 그거 덮어 얼른.

은숙 들어온다. 손에는 시장바구니가 들려 있다. 씩씩거리며 신용갑 향해 달려가 머리칼을 움켜쥔다. 신용갑이 아프다고 소리친다.

은숙	이게 참자, 참자 하니까 아주 지랄 염병을 떠는구나. 사기 쳐서 교도소 가는 것도 모자라 이제는 인터넷으로 망신을 주냐. 동네 사람들이 나랑 미진이 손가락질해. 사기꾼 남편, 애비 됐다고. 얼른 집에 가자. 퇴원해 얼른!
양복군	(자동으로 일어나 서류를 건네며) 불편하실까 봐 미리 적어 놨습니다. 퇴원 신청서입니다. 그럼 신용갑님, 안녕히 가세요.
신용갑	가긴 누가 가. 난 못 가. 안 가!
은숙	이 미친놈아, 지금 대한민국 대표 사기꾼이 됐는데 뭘 안가?
신용갑	조작이라고.
은숙	그건 동네 가서 말해. 아주 세상 창피해 죽겠어.

은숙이 다시 신용갑의 머리칼을 잡고 끌어당긴다. 신용갑이 끌려 나간다.

| 신용갑 | 머리, 머리, 다리, 다리. 아아아! |

은숙이 신용갑을 끌고 나가자 진경이 등장한다. 박을남이 놀라서 벌떡 일어난다.

진경	(핸드폰을 들이대며) 오빠, 이거 정말이야?
박을남	저놈이 다 조작한 거야. 다 거짓말이야.
진경	아니, 오빠가 현재 무직이라는 말, 진짜냐고?
박을남	(곤란해하며) 음…, 그건 말이다… .하…, 그게….
진경	진짜야?
박을남	그거 빼고 다 가짜야!
진경	염병하고 있네. 버스 타고 다닐 때부터 알아봤다.
이상론	아가씨, 그래도 아픈 사람한테 말 그렇게 하면 안 되지. 취직 안 하고 싶어 안 한 것도 아니고.
진경	개소리하고 있네. 너도 한량이냐? 개아범?
이상론	어…, 그건 맞는 말이지만….
진경	(이상론의 뒤통수를 갈기며) 병신들, 어유! (나가려는데 도구박과 눈이 마주친다. 도구박의 뒤통수를 갈기며) 너는 뭐야?

진경이 퇴장한다. 박을남이 주저앉는다. 동시에 전화벨이 울리고 이상론이 다급하게 전화를 받는다.

| 이상론 | 네… 밍키 선생님? 뭐라고요? 밍키를 더 이상 유치원에서 받아줄 수가 없다고요? 갑자기 이러시면 어쩝니까? 아니, 무 |

슨 말씀을 그렇게 하세요. 유치원 물이 나빠진다뇨. 유튜브 그 거 다 거짓말이에요. 다른 학부형들이 뭐라 그래요? 거 아니 래도. 알겠어요. 무슨 말인지 알겠으니까 가서 얘기합시다. (전화를 끊으며) 어쩌지? 우리 밍키가 퇴교하게 생겼어.

도구박   왜요?

이상론   다른 학부형들이 자기 집 개들 우리 밍키랑 놀게 하지 말라고 그랬다네. 나쁜 물 든다고.

도구박   헐….

이상론   나갔다 와야겠어.

도구박   어딜요?

이상론   밍키 유치원. 다른 데 입소 대기라도 해야지. 요새 강아지유 치원도 자리가 없어.

도구박   헐….

박을남   좀 있다 가요. 지금 이 중요한 상황에. 개가 무슨 대수라고.

이상론   너 자식아, 말 그렇게 하지 마. 나한테는 네 여친보다 중요한 애야.

박을남이 몸을 일으키는 사이 문이 열린다. 이상론과 박을남이 문을 쳐다본다. 봉숙이 들어온다. 이상론과 도구박, 박을남이 일제히 얼굴이 돌아간다. 박을남은 지친 듯 그대로 침대 위에 쓰러진다.

봉숙   오빠.

이상론   빌어먹을 또 시작이네.

도구박   주 예수….

박을남	어어어어~! 우리 숙이 왔어.
봉숙	(핸드폰 들이밀며) 오빠, 이거 진짜야?
박을남	아니야. 저 아저씨 얘기도 그렇고 다 거짓말이야.
이상론	(박을남 향해) 작작 좀 해라 또라이야.
봉숙	아저씨…, 정말이세요? 아저씨 얘기도 거짓말이에요?
이상론	아이고, 나도 모르겠네. 뭐가 진짜인지. 보이는 게 진짜인지.
봉숙	잠깐만…, 오빠. 저 아저씨…. 그 남편 아니야?
박을남	어? 아아아…. 맞아. 그랬지.
봉숙	(구박을 가리키며) 저 사람 아빠라고 했잖아.
박을남	알아, 마… 맞아.
도구박	(을남을 향해 지친 듯한 목소리로) 아빠…, 아빠….

갑자기 문이 열리고 신용갑이 머리가 쥐어뜯긴 채 들어온다. 이상론과 도구박이 놀라서 신용갑을 쳐다본다. 을남은 다시 좌절한다.

| 봉숙 | 저 아저씨…, 아니 아줌마. |

이상론이 뛰어가서 신용갑을 부축해서 침대로 데리고 온다. 신용갑, 봉숙을 보자마자 로션과 휴지를 찾아 주섬주섬 가슴팍으로 쑤셔넣는다.

이상론	너 어떻게 나왔냐?
신용갑	끌고 가는 거 안 가려고 버텼지. 계속 말했어. 거짓말이라고. 날 믿으라고.
이상론	(신용갑의 어깨를 두드리며) 널 믿디?

신용갑	당연하지. 부부는 그런 사이야.
이상론	제수씨는 그렇게 당하고도….
신용갑	이거 이제 또 시작이네.
이상론	시작은 예전부터 했어. 이 자식아.

신용갑과 이상론이 다시 멱살을 잡는다. 박을남이 헛기침을 하자, 둘은 못마 땅한 표정으로 멱살을 푼다.

봉숙	저 두 분 화해한 거야?
박을남	부부싸움은 칼로 물 베기잖아. 게이 커플도 똑같나 봐.
봉숙	(신용갑을 가리키며) 저 아줌마는 트렌스젠더라며.

놀란 신용갑이 박을남을 쳐다본다. 박을남이 얼굴을 가리며 좌절한다.

신용갑	(이상론을 안으며) 여보!
도구박	(지친 듯한 목소리로 속삭이며) 저기 아빠… 아빠….
박을남	게이도 됐다가 트렌스젠더도 됐다가 그래.
봉숙	둘 다 하는 거야?
박을남	우선은 그래….
이상론	이 짓거리 또 하냐. 우리? 여보는 개뿔, (봉숙 가리키며) 야, 너 빨리 나가.
봉숙	예쁜 사랑 하세요.

봉숙이 나간다. 신용갑과 이상론은 박을남을 째려본다.

박을남	이제 우리 얼굴도 다 공개됐고 사람들도 다 알고 밖에도 못 나간다고. 어떻게 해야 되냐?

갑자기 웅성거리는 소리가 들린다. 양복군이 창문 쪽으로 뛰어가 손을 흔든다. 웅성거림이 점점 커진다.

이상론	무슨 일이야?
박을남	몰라요. 사람들이 모여서 우리 퇴원하라고 난리예요.
도구박	다들 여기까지 올라올 기세예요.
신용갑	너무 하는구만. 어떻게 보이는 것만 믿을 수가 있어!
이상론	우리는 마녀사냥 당하는 거야. 비양심자라는 오명 아래 평생 사는 거지. 다들 우리 얘기는 안 들어.
신용갑	우리가 무리한 요구를 한 건가? 사과하라는 것, 합당한 대우를 바란 것뿐이잖아.
도구박	결국 우리는 밟기 쉬운 풀이었던 거죠. 다들 두 얼굴에 속아 넘어가니까 진실은 가치가 없어요.
박을남	진짜 힘 빠진다. 이제 살면서 다른 사고가 나면 평생 이럴 것 같아. 힘없으니까 그냥 내팽개쳐져도 당연하다고 생각되겠지.
신용갑	(갑자기 창문 가로 뛰어가 소리 지르며) 보이는 것만 믿지 마라! 진실은 가려져 있다. 보이는 게 전부가 아니야. 힘은…, 힘은… 가진 자들의 몫이 아니라 없는 자들의 몫이 되어야 한다… 그래야 한다!
이상론	(덩달아 창문 가로 뛰어가 창밖을 보며) 너네들 뭐라고 해도

상관은 없는데 내, 내 친구한테까지 막말하면 못 참아! 못 참는다고!

신용갑 　　(고개를 들며) 상론아.

이상론 　　으아아악! 나는 화형 당한다. 미개한 언론 플레이에!

신용갑 　　(자빠지는 이상론을 일으키며) 일어서. 당당하게 지껄이란 말이다. 내가, 내가 네 밑을 받칠 테니까 넌 하고 싶은 말 다 해!

이상론 　　(감동한 듯) 용갑아, 이렇게 된 거 사고라도 한번 시원하게 치자.

신용갑 　　어떻게?

이상론 　　바꿀 수 없다면 발악이라도 하자고. 나중에 우리 같은 누군가가 이 병실에서 다시 편하게 누울 수 있게 말이야.

신용갑 　　좋아. 어차피 잡초 인생이라면 발악이라도 해봐야겠어.

이상론 　　이대로 무너지면 바꿀 수 없을 거야. 우리가 땅을 뒤덮을 나무가 되지는 못해도 구석을 채우는 풀이 될 수 있다는 걸 보여주자.

박을남 　　좋아. 나도 이판사판이야.

도구박 　　저는 자라나는 새싹 아닙니까? 새싹이 풀이 될지 나무가 될지 아무도 모르는 거죠. 형님들, 좋은 양분 주세요. 이 기회를 통해 나무가 되어 보렵니다.

박을남 　　기특한 새끼.

양복군이 비웃다가 가방에서 서류를 꺼낸다. 그리고 네 명의 환자에게 나누어준다.

| 양복군 | 이제 그 힘이란 걸 보셨죠. 풀은 풀답게 살아야 짓밟히지 않고 오래 가는 겁니다. 이제 퇴원하시죠. 어차피 밖에는 파렴치가 되어 있겠지만. 힘에 대항한 대가라고 생각하세요. |

신용갑이 천천히 서류를 받아든다. 그리고는 찢어서 양복군의 얼굴에 던져버린다.

신용갑	불쌍한 놈아, 내 눈에는 네가 진정한 패배자다.
이상론	네가 뭐라고 하든 우린 끝까지 싸울 거야. 누가 이기나 해보자고.
박을남	나는 죽을 때까지 버스 타도 열 외제차 안 부럽다, 이 더러운 자식아.
도구박	아멘, 형님! 지옥 가소서.
신용갑	자, 다들 옥상으로 올라가자.
이상론	이번에는 더 빡세게 입원해 보자. 준비됐지?
박을남	이 병원에서 우리 자리를 찾아봅시다!
도구박	이젠 나도 정말 밖으로!
양복군	어어어, 여러분! 안 돼. 잠…, 잠시만!

신용갑, 박을남, 이상론, 도구박은 객석으로 뛰어든다. 양복군은 뒤에 서서 넷을 붙잡으려 한다. 양복군이 소리를 지르면 경쾌한 음악과 함께 암전된다. 이어 유전무죄, 무전유죄라는 고함이 들려온다. 곧 어어어어~ 하는 비명과 함께 무언가 부서지는 소리 들린다. 조명 들어오면 소방관이 곤란한 표정으로 서 있다.

소방관   죽었슈?

경쾌한 음악 울리고 엔딩.

생일선물

생일선물
(전 13장)

● **등장인물**

박노식

김순자

박호국

박민국

그 외 동네사람들, 정배, 사복경찰, 종로, 선생님(여) 등

● **시대**　1960년 4월 즈음 (항거가 시작되는 시점)

● **공간 배경**　대흥동 기와집 동네

● **무대**

박노식의 집. 두 방이 나란히 있고 그 앞으로 마루가 있는 기와집 구조다. 방문은 미닫이문이 설치되어 있어 자유롭게 열고 닫을 수 있다. 오른쪽 방 옆으로 낡은 쪽문이 달린 주방이 보인다.

✦ 2021년 10월 25일 대학로 스튜디오76 초연

1장

무대 중앙, 탁자 뒤로 태극기가 걸려 있고 그 옆에 대통령의 초상화가 걸려 있다. 노식이 군복을 차려입고 꼿꼿한 자세로 훈장을 수여받고 있다. 근엄한 표정으로 애국가를 부르는 노식을 지켜보는 호국과 민국 그리고 순자. 못마 땅한 표정의 호국과 자랑스러워하는 표정의 민국이 때때로 대화를 나눈다. 장엄하게 울려퍼지는 애국가. 노식이 앞에 나서서 가슴에 먼저 손을 얹고 비장한 표정으로 태극기를 향해 경례한다. 음악이 끝나면 아나운서처럼 또렷하고 묵직한 목소리가 들린다.

V   이름, 박노식. 당신의 우수한 업적과 존경할 성품을 높이 기려 자유민중정치위원회 대흥동 구역장으로 위임합니다. 대통령 김승만.

노식   (경례) 앞으로 목숨 바쳐 각하를 위해 일할 것을 맹세하겠습니다. 감사합니다.

박수소리 쏟아진다. 힘찬 함성으로 아버지를 응원하는 민국이 못마땅한 듯 눈을 흘기는 호국. 호국이 구겨진 얼굴로 노식을 한참 쳐다보다가 퇴장한다.

V   훈장과 위임장 수여가 있겠습니다.

각잡힌 걸음으로 걸어나온 군인이 노식의 가슴에 훈장을 달아주고 위임장을 공손하게 건네준다. 넘겨받은 노식이 경례하면 군인이 퇴장하고 애국가가 울려퍼진다. 민국이 환한 표정으로 박수를 치기 시작한다. 암전.

2장

노식의 집. 방문 두 개가 나란히 붙어 있고 그 앞으로 마루가 보인다. 빈 무대 위, 해순네가 손에 보따리를 들고 등장한다. 해순네는 이러저리 둘러보며 순자를 찾다가 아무도 보이지 않자 목소리를 높인다.

해순네   (기웃거리며) 호국 엄마 있슈? 이 봐, 호국 엄마! 나 옆집 해순이 엄마유.

손에 세숫대야를 든 채 등장한다. 낡은 작업복을 입고 손에는 고무장갑을 끼고 있다.

해순네   (세숫대야를 받아 들며) 어이구, 오지게 무겁네유. 호국 아부지가 자유민중정치 뭐시깽이가 뭔가 됐다매유? 거기 구역장 마누라가 이러고 다녀도 되는 거여? 그 잘난 돈들은 어디다 꼼쳐두고 직접 장까지 담근데유?

순자   호국 아빠 자린고비인 거 소문났으면서 뭘 모르는 척하세요? (웃음) 내 팔자려니 해야죠. 그나저나 형님이 어쩐 일이시래요?

해순네   (선물을 내밀며) 이거 받어봐유.

순자   (놀라며) 이게 뭔데요?

해순네   이게, 그 유명하다는 보리굴비여. 알지유? 그것도 수향댁 할머니가 굴비 말려서 직접 만드신 거라니께.

순자   (화색 돌며) 어이구, 이 귀한 걸 왜 주세요?

해순네   (순자의 팔짱을 끼며) 앞으로 우리 집 좀 잘 부탁혀. 한자리

했으니 우리 해순 아부지도 끼워주고 말여. 호국 아부지한테 일 보러 다닐 때 우리 해순 아부지 데리고 다니라고 말 좀 전해줘. 아…, 그리고.

순자　　　왜요?

해순네　　(귓속말로) 첫째아들 말여, 호국이. 데모하러 다니는 거 동네에 소문이 자자하던데 그래도 되는 거여? 고등생 치구 크게 하는 모양이던디.

순자　　　(떨떠름해 하며 말을 돌리듯) 우리 그이가 내 말을 들으려나 모르겠네.

해순네　　엄마야, 내가 말실수 했네. 호국 엄마, 미안혀유.

순자　　　아니에요. 소문인데요. 호국 아빠한테 말은 전할게요.

해순네　　그렇제. 그렇제. 부부가 살 비비고 산 게 20년이 넘었는데 그런 소리 하나 안 들어주려문. 알았지? 말해 주는 거여?

순자　　　기회 봐서 해볼게요, 형님. (굴비를 받으며) 참, 이거 잘 먹을게요. 우리 호국이가 끔찍이 좋아해요.

해순네　　말만 잘 들어봐. 내가 호국 엄마를 위해서 굴비 잡으러 가지.

순자　　　(인사하며) 네. 들어가세요, 형님.

해순네가 뿌듯한 표정으로 퇴장한다. 순자가 보리굴비가 든 꾸러미를 소중하게 펼쳐보는 사이 호국이 등장한다. 마루에 걸터앉아 신발을 벗는 호국. 순자가 굴비 항아리를 살펴보자 호국이 먼저 말 건다.

호국　　　보물단지라도 돼? 뭘 그렇게 소중하게 지켜보고 있어. 뭔데?

순자　　　옆집 해순이 엄마가 주고 간 거야. 반찬 하라고.

호국	왜? 그 아줌마가 그걸 우리한테 왜 줘?
순자	아부지가 구역장인가 뭔가 됐다고 벌써부터 선물이 들어와. 형님도 참, 굳이 줄 일도 없을 텐데 말이다.
호국	(보리굴비를 노려보다가) 그런 거 받지 마. 엄마. 뭐 좋은 거라고 그걸 받고 좋아 죽겠다는 얼굴을 하고 있어.
순자	주는데 그럼 어떻게 할까. 도로 가져가라고 해? 주는 사람 성의가 있지. 너무 되받아쳐도 못 쓰는 법이다.
호국	(버럭) 못 쓰는 법은 아부지가 하는 거고.
순자	호국아, 그런 말 마라. (사이) 너 그렇게 허구 돌아다니는 것도 못 쓰는 거야. 동네에 소문났어.
호국	(침묵)
순자	아부지한테 해 안 가게 해라.

순자가 모르는 척 보리굴비 항아리를 들고 일어서자 호국이 단숨에 항아리를 빼앗아서 바닥에 던져버린다. 놀란 순자와 열에 뻗쳐 씩씩대는 호국.

| 호국 | 이딴 거 앞으로도 받지 마. 이거 다 아부지가 나라 팔아먹고 얻은 것들인데 내가 어떻게 좋아해? 저따위 거 안 먹어도 되니까 우리 제발 떳떳하게 살자. |

방문을 열고 안으로 들어가는 호국. 놀란 순자가 얼른 땅에 흩어진 보리굴비를 주워 담는다. 때맞춰 민국 등장한다. 책가방과 교복을 입은 모습이 막 학교를 마치고 돌아온 모양새다. 순자가 아는 척한다.

| 순자 | 민국이 왔네. |

민국	엄마 뭐해? 윽, (달려가며) 이 아까운 걸 쏟았나 보다.
순자	해순네가 일부러 준 건데 니 형이 팽개쳤지 뭐니. 성격도 별 나다.

순자가 보리굴비를 들고 부엌으로 들어가서 문을 닫는다. 삽시간에 표정이 구겨진 민국이 호국이 들어간 방문을 예의 없이 두드린다. 기척이 없는 호국. 화가 난 듯 민국이 더 세게 방문을 두드리자 호국이 마지못해 방문을 연다.

호국	왜?
민국	엄마한테 왜 그래? 형 좋아하는 거라고 일부러 받으신 것 같은데.
호국	어린놈의 새끼야. 니가 다 처드세요.
민국	나라는 끔찍하게 생각하면서 엄마한테는 참 못한다. 애국 자 되는 건 둘째 쳐도 불효자는 되지 말아야 할 거 아냐?
호국	(한숨) 우리 집안에서는 불효자 되는 게 정의로워지는 길이 야. 집안 꼴을 봐. 아버지 하는 걸 좀 보라고.
민국	형은 매번 아버지를 죄인 취급하더라.
호국	넌 아버지가 무슨 일하고 다니는지 알고나 말하는 거야? (격앙되며) 지금 아버지가 하는 짓은 식민지 때 *끄나풀*과 다를 바가 없어.
민국	아니야, 형. 형도 아버지 훈장 받는 날 다 봤잖아. 우리 아버 지는 나라를 위해 일하는 거야. 빨갱이들 찾아내고 맞서 싸우 는 건 아무나 못해. *아부지니까* 하는 거지.
호국	너의 눈과 귀도 꽉꽉 막혔구나. 동생아, 제발 정신 차려라!

민국   잘난 척하지 마. 그깟 고등학생이 뭐 대수라고 매번 이상한
     소리나 지껄이는 거야? 당장 엄마한테 사과해.

호국이 한심하다는 듯 혀를 차며 방문을 소리나게 닫는다. 민국도 화난 얼굴
로 다른 쪽 방으로 소리나게 걸으며 들어가 문을 닫는다. 때맞춰 노식이 등
장한다. 일본 순사처럼 베레모에 깔끔한 자켓을 입은 채 말쑥한 모습이다.
손에는 기다란 봉과 수갑을 들고 있다. 노식이 헛기침을 하면 민국이가 먼저
문을 열고 나온다.

민국   아버지 오셨어요!
노식   기야. 다녀왔구먼. 엄마는?
민국   부엌에요. 순찰하고 오세요?
노식   기여. (큰 소리로) 순자야! 곧 형님 오신디.
순자   (손에 보따리를 들고 다가가며) 갑자기 오시네요. 시킨 대로
     몇 개 챙겨놨는데 잘 골랐나 모르겠네요.
노식   (보따리를 살펴보며) 이거면 됐어. 어쨌든 주는 게 중요한
     거니께.

순자가 한쪽 구석에 보따리를 내려놓는 순간 종로가 어슬렁거리며 집으로
들어선다.

종로   그냥 가도 된다니께 굳이 집으로 부르는구먼.
노식   (교활하게 웃으며) 형님 드리려고 챙겨놨는데유, 가져가시
     는 게 맞쥬.

노식이 헛기침하는 종로 앞에 보따리를 내려놓는다. 좋은 티를 감추지 못하는 종로. 입술을 실룩거리며 보따리를 챙겨 든다.

노식   들어온 것 중에서두유, 귀한 것들만 따로 추렸슈. 마음에 드실 거예유.

종로   (두리번거리며) 아니, 뭘 이런 걸 다 주는가.

노식   (보따리를 안겨주며) 얼른 가지고 가슈, 형님. 충성이유!

종로가 눈치를 보며 보따리를 안고 집을 나선다. 순자와 민국이 허리 굽혀 인사한다. 노식은 그의 뒷모습에 경례를 하다가 그가 나가자마자 표정을 바꾼다. 짜증나는 모습으로 마루에 걸터앉는 노식. 순자는 다시 부엌으로 들어가고 민국이 그 옆에 바짝 붙어 앉는다.

민국   아부지, 저 아저씨 기분 좋겠어요. 선물을 이만큼이나 받구요.

노식   니는 모른 척혀라. 안 그래도 요즘 시위대가 많아져서 신경 쓰던데 괜히 이상한 말 돌라. 혹여 휩쓸리지 않게 조심해서 다녀. 빨갱이들하고 섞이문 안 되니께.

민국   형은 몰라도 저는 안 그러죠.

노식   형 들어왔냐?

민국   (손가락으로 방문을 가리키며) 저기요.

노식   (헛기침하며) 호국이 들어왔냐?

호국   (마지못해 방문을 열고 나온다.) 네. 귀가하셨습니까?

노식   3학년 올라가문서 부쩍 늦어지더라. 너 요즘 애들이랑 어울려서 딴짓하고 다니는 거 아니지?

호국   딴짓이라뇨.

노식   데모 말이여. 명색이 아버지가 대흥동 자유당 정치위원회 구역장인데 얼굴에 먹칠하는 짓은 하지 말아야제.

호국   아버지가 제 마음에 먹칠을 하고 있어요.

노식   뭐여?

호국   아버지는 진정 정부가 옳다고 보세요?

노식   그럼! 나라에서 하는 일이 다 옳지.

호국   사람을 죽여도요?

노식   죄 없는 사람은 죽이지 않는다니께.

호국   부당하게 독재를 해도요?

노식   다 같이 잘살아 보려고 하는 거여. 강력한 지도자는 어디에나 필요하지 않겠어?

호국   부역자가 되셨군요.

노식   부역자라니! (다리를 걷으며) 이눔아, 이 상처를 보아라. 내가 빨갱이들하고 싸울 때 생긴 상처여. 이 나라를 지킬라구 다리까정 내줬는데 부역자라니.

순자, 쟁반을 들고 등장하다가 놀라며 노식을 부른다.

순자   호국 아부지!

노식   (가라앉히며) 흠흠.

호국   부디 그 상처에 부끄럽지 않은 사람이 되세요.

노식   저놈의 자식이!

노식이 호국의 뺨을 후려친다. 뺨을 맞은 뒤 한참 노식을 노려보던 호국이 순식간에 밖으로 나가버린다. 순자가 같이 뛰어나가며 호국의 뒷모습을 쳐다본다. 퇴장한 아들의 뒷모습이 사라지면 그 자리에 주저앉는 노식. 한숨을 길게 쉰다. 암전.

3장

조명이 희미하게 들어온다. 종로가 등장. 주변을 살펴보며 누군가를 기다리는 눈치다. 수초가 흐른 뒤 마스크를 쓰고 모자를 쓴 시위대1 등장한다. 종로가 손을 흔들자, 얼른 달려와 그의 곁에 바짝 붙어 서는 남자. 무언가를 속삭이면 종로가 가끔 고개를 끄덕인다.

종로   기야? 확실한 거여?

시위대1   그렇습니다. 지난 2월 말에 대구에서 폭동을 일으킨 시위대와 연락책을 두고 집단 폭동을 준비하고 있는 것 같습니다.

종로   박노식이 장남이 거기에 끼었다는 말이여?

시위대1   핵심입니다. 대부분 학생이라 폭동은 크지 않을 것 같습니다만 미연에 방지를 하시는 게 좋지 않겠습니까?

종로   역시 피는 못 속이는가 보구먼. 이번 건 어디서 나온 정보여?

시위대1   대학교에 학생을 심어두었습니다.

종로   좋구먼. (격려하며) 자네가 진정한 애국자인 걸 잊지 말어.

종로가 나가라는 손짓을 하면 남자가 조심스럽게 퇴장한다. 뒷짐을 진 채 홀로 생각에 빠진 그. 비열하게 웃으며 총을 꺼낸다. 공중에서 총 쏘는 연습을 하는 종로. 세 발 정도 총 쏘는 흉내를 내면 암전된다.

저녁 식사 중인 노식과 순자, 민국. 밥을 먹던 노식이 라디오 소리를 크게 키우자 간첩에 관한 소식이 흘러나온다. 밥을 먹으면서 혀를 차는 노식.

V   (라디오 아나운서) 남파간첩 일당이 체포됐습니다. 북에서 전파된 간첩들은 한국을 정치적으로 교란시키고 대통령을 피살할 목적으로 남파됐다고 보고 있습니다….

노식   이런 처죽일 놈들. 어디 넘볼 데가 없어 남한을 넘봐? 안 잡힐 줄 알았나 보구먼? 나쁜 새끼들이여.

민국   잡혔으니 다행이죠. 간첩들은 간도 커요. 우리 아버지가 이렇게 떡 버티고 있는 줄도 모르구. (웃음) 아버지 있는 줄 알면 여기는 다시 안 내려올 텐데 말이죠.

노식   (헛기침) 그렇지? 아버지가 젊었을 때만 해도 말이여, 저런 간첩 열다섯 놈쯤은 한 번에 보낼 수도 있었어. 6·25 때 말이여, 비처럼 쏟아지는 총알을 뚫고 빨갱이들 죽이러 가는데 갑자기 한쪽 다리가 먹먹한 거여. 봤더니 총알이 박혀서 피가 울컥 나지 않겠어? 근데도 아부지는 말이다, 옷을 쭉 찢어서 다리에 묶고 또 뛰었다. 빨갱이들을 하나라도 더 죽이려고. 그때 아부지가 죽인 빨갱이 숫자가 스물이 넘었어.

민국   우와~ 역시 아부지. 아부지 같은 군인이 있어서 지금 우리가 이렇게 잘 사는 거예요.

노식   기야! 내가 없었으면 이 나라도 없구먼.

민국	저도 크면 아부지 같은 군인이 될 거예요. 그런 의미에서 조금 있으면 저 생일인 거 아시죠? 열심히 하라는 의미에서 운동화 하나만 사주세요.
순자	성적표 90점 넘으면 엄마가 사줄게.
노식	그래. 민국이 너도 성적표 잘 받아서 사관학교 같은 데 입학해. 지금 아부지도 나라 지키고 있잖아. 너도 같이 지키자.
민국	네. 약속한 거예요. 90점 넘으면 운동화 꼭 사주셔야 해요!
노식	우리 아들, 새 운동화 신고, 새 나라 만들까 부다. 기야! 참참, 임자. (TV에서 마구루스병 관련 앵커 음성이 들리면) 요즘 마구루스병이 유행이랴.
민국	그게 뭐예요?
노식	간첩들이 균을 가지고 와서 퍼진 병인디, 설사를 그렇게 헌단다?
민국	아부지 그게 진짜예요?
노식	나라에서 거짓말하는 거 봤냐? (목소리를 낮추며) 너도 혹시 주변에 설사하는 사람이 있으면 아부지한테 일러줘야 혀. 그 사람들 전부 간첩하고 만난 사람들이여. 나도 오늘부터 마구루스병 걸린 사람들 살펴보러 다닐 거니께.
민국	(덩달아 목소리를 낮추며) 네, 아부지 조심하세요.

밥을 다 먹은 듯 숟가락을 놓는 노식. 순자가 물을 건네면 물 한 컵을 순식간에 마시고 마루를 나선다.

| 민국 | (노식의 뒷모습을 보다가) 엄마, 나도 아부지 같은 군인 될까? |

순자	아직 고등학교도 안 간 녀석이 벌써부터 군인 타령이야. 쓸데없는 소리 하지 말고 밥 먹어.
민국	치, 고등학교 간 형은 뭐, 맨날 쓸 데 있는 소리만 해?
순자	이 녀석아! (꿀밤) 그러고 보니 니 형은 어젯밤에도 안 들어왔지?
민국	입시 때문에 독서실에서 매일 밤 새운담서?
순자	그러게. 보리굴비도 얼마 안 남았는데.
민국	맨날 형한테만 주고 난 먹지도 못하게 해. (젓가락을 대며) 엄마, 나도 보리굴비 먹을래.
순자	(보리굴비를 치우며) 안 돼. 이거 형 거야. 넌 생일 며칠 안 남았으니 그때 보리굴비보다 더 맛있는 거 해줄게.
민국	치, 거짓말.
순자	(보리굴비를 한입 삼키며) 받은 게 언제야. 중이가 들어와야 이 맛이라도 보게 할 텐데.
민국	확 상해 버려라! (밥상머리를 뜨며) 짜증나서 밥 안 먹어.
순자	먹지 마. 못된 것만 배웠어. 아주.
민국	(투정 부리며) 어엄마아!

불만스러운 듯 인상을 찌푸린 민국이 뾰루퉁하게 마루에 걸터앉으면 순자가 남아 밥상을 치운다. 밥상을 치우던 순자가 배를 움켜쥔다.

순자	배가 살살 아프네.
민국	보리굴비 상했지? 오예~ 박호국도 못 먹겠네? 아싸!
순자	(눈을 흘기며) 철없긴.

민국	(그릇을 옮기며) 엄마는 형이 안 미워?
순자	왜 미워. 지도 머리 굵어지면 생각이 있을 텐데.
민국	그래도 맨날 아버지 욕하잖아. 아버지랑 싸우고.
순자	오죽 싫으면 그렇겠어.
민국	형이 변했어. 고 3년 들어가더니 완전히 다른 사람이 됐어. 나이 좀 먹었다 이건가?
순자	나이 먹었다고 변했겠어? 너희 아부지 나라 지킨다고 돌아다녔듯이 그거 똑 닮아 저러고 다니는 거지. 그놈의 나라는 우리 집 두 부자만 지키나 봐.
민국	나도 나라 지키고 싶어. 어른이 되면 말이야.
순자	너까지? 아서라. (배를 잡고) 아이고, 배야. 엄마, 뒷간 갔다 올게. 마저 정리하고 있어.

민국이 그릇을 닦고 있는 사이 노식 등장. 넋이 나간 듯 마루에 걸터앉는다.

노식	(귀신에 홀린 듯) 민국아, 형 들어온 겨?
민국	아니요. 아직 안 들어왔어요. 독서실에 있을 텐데요.
노식	(넋이 나간 듯) 큰일이여. 네 형이… 사복경찰이 말하는데 니 형이.
민국	(놀라며) 왜요? 형이 왜요?
노식	(고개를 저으며) 아이고, 이 빌어먹을 새끼. 무슨 짓을 하고 돌아다니는 건지 모르겠구먼. 순자야, 물 좀 가져와라.
민국	엄마, 뒷간 갔어요.
노식	기야? (불현듯) 물똥은 아니겠지?

민국   네. 좀 있으면 괜찮아지겠죠.

순자가 다시 등장한다. 손에는 신문지를 들고 있다가 마루에 내려놓는다.

순자   중이 아부지, 일찍 왔네요.

노식   물똥이구?

순자   그렇죠. 아, 아까 보리굴비를 좀 먹었는데 그게 다 됐나 봐요.

노식   순자야… 형님이 알아버렸어야.

순자   뭘요?

노식   (주변을 살피며) 곧 경찰이 올 거여. 이를 어쩌면 좋냐.

순자   호국이 아부지. 도대체 무슨 일인데 그래요.

노식   그…

갑자기 뒤가 시끄러워진다. 노식이 표정이 바뀌며 고함친다.

노식   어메! 순자야, 니가 물똥을 싼다고? (갑자기 고함치며) 니가
                내 몰래 간첩을 만났구먼! 간첩을!

순자는 힘이 빠지는 듯 마루에 털썩 주저앉는다. 큰 소리로 동네 사람들을 모으는 노식. 순자는 말없이 그를 지켜보고 있다.

노식   가자! 경찰서 가자! 검사해 보면 나오겠지. 나는 아무리 가
                족이라도 나라 배신한 사람은 용서 못한다. 가족도 그건 아니
                되어!

노식이 흥분해 고함을 지르자 동네 사람들이 하나둘 모이기 시작한다. 노식이 일부러 더 크게 목소리를 낸다. 순자와 민국이 당황하는 사이, 노식이 순자의 손을 덥석 잡는다. 머뭇거리던 노식이 순자의 손을 포박한 채 잡아끈다. 순자가 끌려가고 민국은 놀라서 그 꼴을 보고만 있다. 반항하는 순자와 노식이 몸싸움을 벌이는 사이, 종로가 집 안으로 들어온다. 노식이 기다렸다는 듯 먼저 아는 척한다.

노식   어, 형님, 마침 잘 왔슈. 내 마누라 마구루스병 같으니 데리고 가슈.

종로   뭐? 마구루스병이라구?

노식   그렇다니께유.

종로   안사람이 마구루스병이라니 기가 차는구먼. 큰아들한테 옮은 거 아니여?

노식   아녀. 큰아들은 멀쩡합디다. 하지만! 오늘밤에라도 물똥을 싸면 그 녀석도 당장 데리고 가겄소. 형님 아시지요? 전 식구라도 나라 배신한 매국노는 용서 못하는 거 말이유.

종로   그렇겄지? 가족이라도 봐주게 된다면 안 될 일이여. (기웃거리며) 근디, 큰아들은 어딜 간겨?

노식   멀쩡하게 걸어서 아침에 학교 갔쥬.

종로   혹시라도 이상한 낌새가 보이면 데리고 와야 혀. (순자를 보며) 하긴 안사람도 가차 없는데 아들이라고 봐줄까? 그지?

노식   (경례하며) 기유! 우선 순자를 데리고 가슈. 가서 검사해서 마구루스병이라고 하면 벌을 받고 아니라고 하면 마음 놓이는 거쥬. (손을 끌며) 가자.

순자	네. 갑시다.
노식	마구루스병 아니라면 큰일 없단게. 우리가 떳떳하면 무서울 게 없지.
종로	(순자의 손을 끌며) 자, 우선 서로 같이 가주시유.

종로가 순자의 팔목을 잡아끌고 노식이 순자의 등을 민다. 나중에서야 순자의 손을 잡고 가지 말라고 소리치는 민국. 노식이 민국을 떼어놓은 다음 순자와 종로와 함께 퇴장한다. 덩그러니 남은 민국, 바닥에 주저앉아 있다. 슬슬 해가 저문다.

4장

마루에 같은 자세로 앉아 있는 민국. 무엇에 홀린 듯 먼 산만 쳐다보고 있다. 이때 호국 등장한다. 옷은 찢어지고 너덜거리고 얼굴에는 검댕이 자국이 묻어 있다. 주변을 경계하며 집 안으로 들어오는 호국. 민국이 넋 나간 얼굴로 호국을 본다.

호국	왜 귀신처럼 앉아 있어. 너 어디 아프냐?
민국	(달려가며) 형! 형!
호국	왜 이래? 징그럽게.
민국	형, 혹시 데모하다 왔어?
호국	남이사. (마루에 올라서며) 엄마!
민국	형, 데모하다 왔냐고?
호국	그래. 데모하다 왔다. 어쩔래?

민국	(호국의 멱살을 쥐며) 니가 지금 그러고 다닐 때야? 엄마가, 엄마가 끌려갔어.

민국 (호국의 멱살을 쥐며) 니가 지금 그러고 다닐 때야? 엄마가, 엄마가 끌려갔어.

호국 뭐라고? 엄마가 어딜?

민국 (머리를 쥐어뜯으며) 나도 몰라. 아빠랑 같이 경찰서에 간 이후로 소식이 없어.

호국 경찰서? 거긴 왜?

민국 엄마가… 마구루스병이래.

호국 마구루스병?

민국 어. 아빠가 직접 고발했어. 그 자리에서 사복경찰한테 끌려 갔어.

호국 이런 더러운 경우를 봤나. 진짜 아빠가 신고했다고?

민국 내가 할 일 없이 거짓말할까?

호국 사복경찰이 엄마 끌고 간 거야?

민국 (끄덕) 아빠랑 같이.

호국 (멱살 쥐며) 넌 뭐하고 있었어? 이 새끼야. 못 데려가게 막았어야지.

민국 (같이 멱살을 쥐며) 형은! 그러는 형은 허구한 날 데모나 쫓아다니고 엄마가 그런 게 된 것도 전부 형 때문이야!

두 형제 멱살을 쥐고 서로 죽일 듯이 노려보다가 뭐 했냐는 민국의 말에 호국이 고개를 숙이며 한동안 얼굴을 들지 못한다. 잠깐의 정적이 흐른다.

호국 너 진짜 엄마 어디 간지 몰라?

민국 몰라. 사복경찰이 끌고 가면서 경찰서 간다고 한 것밖에는.

호국	무사하셨으면 좋겠는데.
민국	알 만한 데 없어? 형은 그런 거 나보다는 더 잘 알 거 아니야.
호국	(생각하다가) 안 되겠다. 엄마를 찾으러 가봐야겠어.
민국	나도 같이 가.
호국	안 돼. 위험해. 넌 여기 남아서 혹시나 엄마가 오면 학교로 연락해 줘. 엄마가 밤새 올 수도 있잖아. 아버지는?
민국	(고개 저으며) 몰라. 아까부터 안 보이셔.
호국	(급하게 채비하며) 엄마 찾으면 바로 집으로 올게.
민국	알았어.

호국이 급한 걸음으로 퇴장한다. 조명이 한층 어두워지면 민국, 초조하게 기다리며 멀리 대문 쪽을 자꾸 쳐다본다.

5장

동네 사람들과 노식이 등장한다. 각자 손에는 손전등 및 호루라기 같은 물건이 들려 있다. 사람들이 노식 앞에 동그랗게 모여들면 노식이 목소리를 높이며 설명을 시작한다.

| 노식 | (헛기침) 다들 들었지? 요새 마구루스병이 유행한다고 그러는 거? 그거 전부 간첩한테서 옮는 병이라 말했잖아유. 그만큼 우리 땅에 간첩이 엄청 많이 내려왔다는 이야기쥬. 지금 나라가 이리 흉흉한데도 부정선거니, 흑색 정치니 외치는 것들 전부! 간첩이유. (다리를 걷으며) 다들 여기 보슈! 6·25 끝난 지 |

얼마나 됐다고, 간첩 몰아내지는 못할망정 대통령 탓을 하고 있을까유. 내는 아직도 밤마다 다리가 아파유. 간첩이랑 싸워서 총 맞은 자리가 시리단 말이쥬.

동네 사람들 수군거린다. 대체로 노식의 이야기에 수긍을 하는 듯 고개를 끄덕이거나 감탄사를 뱉는다. 노식이 더욱 확고한 표정으로 연설을 이어간다.

노식   우리가 안 지키면 우리 아이들 또 전쟁해야 돼유. 빨갱이 안 몰아내면 우리 아이들이 당한다니까유. 생각해 봐유. 가뜩이나 경제가 정신없이 발전하는 통에 나라 정신없게 만들어서 대통령 죽이고 남한을 날로 먹으려고 하는 게 분명헌디, 우리가 집에서 가만히 있을 수는 없쥬.

동네 사람들 (함께) 옳소.

노식   자자, 다들 가유. 시위대 조직하고 데모하려는 사람들 통째로 잡아다 경찰서 갖다주는 게 애국이고 국위선양이쥬, 뭐가 나라 사랑일까유. 우리 땅은 우리가 지키자구유. 자자, 다들 따라와유.

동네 사람들 잡아라! 빨갱이를 몰아내자!

동네 사람들과 노식, 어느새 시끄러운 패거리로 변해 우르르 퇴장한다. 때맞춰 민국과 정배 등장한다. 바쁘게 퇴장하는 노식의 뒷모습을 물끄러미 쳐다보는 민국.

정배   와, 너네 아부지 멋진디? 지금 간첩 잡으러 가는 거여?

민국   몰라. 간첩을 잡는 건지, 사람을 잡는 건지.

정배   어머니 아직 집에 안 오셨는겨?

민국   (고개 끄덕)

정배   어머니 간첩이랑 상관 없으시잖여. 곧 오실 거여. (한숨) 우리 형도 며칠째 안 들어와서 걱정이여. 너네 어머니랑 같이 들어왔으면 좋겠다.

민국   (놀라며) 어, 형님 어디 가신 거여?

정배   학교에서 여행 간다고 하고 나갔는데 며칠째 안 들어오네.

민국   여행? 이상하네? 우리 형은 그런 말 없었는데.

정배   그럴겨. 아무리 상고래두 고3이 여행 간다는 게 말이 되냐. 취업이 코앞인디.

민국   서울로 가신다며?

정배   (한숨) 덕분에 나는 대학 가라고 어머니가 난리도 아니여. 벌써부터 꼴찌하면 종아리 스무 대 때린다고 연합시험도 단단히 보라고 허구.

민국   나도 아직 멀었다. (성적표를 꺼낸다.)

정배   (슬쩍 엿보며) 와, 95점이네. 넌 우등생이구먼.

민국   (웃음) 난 군인 될 거야. 아버지처럼 멋진 군인이 될 거라고.

정배   사관학교 가려구?

민국   응. 열심히 해서 아버지처럼 될 거야.

정배   꼭 기여. 그래서 너도 너네 아버지처럼 빨갱이들 한 움큼씩 잡아넣어라.

민국   시위대 중에 빨갱이가 태반이란다. 우리 아부지가 그러는데 나라가 큰일 할 때 오묘하게 선동해서 사람들이 투표 참여 못하게 한다던데.

정배 　　(놀라며) 아, 기여? 우리 형은 탱크 몰고 시위대 폭파하는 사람들이 빨갱이라던디.

민국 　　그건 나랏일 하는 사람들이잖아. 빨갱이가 아니고.

정배 　　우리 형도 빨갱이 아닌디 데모하는디? 데모한다고 다 빨갱이 아닌거여.

민국 　　그렇지. 정수형은 빨갱이도 아닌데 데모를 한다고? 아버지가 잘못 알고 계시나….

정배 　　(머리를 헤집으며) 에이. 몰러, 깊은 뜻이 있겠지. 형도, 아부지도.

민국 　　그으래~ 깊은 뜻이 다 있으시겠지. 세상이 너무 어렵다.

정배 　　(하늘을 보며) 그러니까 말이여. 근데 민국아, 이번 봄은 되게 춥다. 바람도 아직까지 쌀쌀하고.

민국 　　(하늘을 보며) 그렇네. 봄이라고 아지랑이 필 줄 알았더니 봄은 안 오고 겨울만 있으려나 부다.

정배 　　사람들이 하도 화염병을 던져서 봄이 무서워서 돌아간겨. (손가락을 세더니) 참, 그러고 보니 좀 있음 네 생일이구면.

민국 　　(쓴웃음) 생일이 별거냐.

정배 　　미역국 끓여 달라고 혀라. 초팔일이면 얼마 남지두 않았는디.

민국 　　그 전에 엄마가 돌아오면.

정배 　　(시무룩) 기야. 어머니가 안 돌아오셨구면. 꽤 시간이 걸리려나 부다. 어디 있는지 라도 알면 좋을 텐디 말여. 니 생일 전에는 돌아오시겠제.

민국	그렇겄제?
정배	야, 그러지 말고 우리가 직접 어머니를 모시러 가는 건 워떠?
민국	어디 있는 줄 알고? 형도 찾으러 갔는데 여태 소식이 없어.
정배	경찰서 가셨으면 안에 계시겄제. 나도 찾으러 가는 김에 형 기척 있나 살펴라도 보고 싶어설랑.
민국	그럴까? 두 분 다 거기 있는지 얼굴만 보고 올까?
정배	그러자. 너 성적표도 엄마 보여드려야 하잖여.
민국	(벌떡 일어나며) 맞아. 엄마가 이번에 90점 넘으면 선물 사 준다고 했었어.
정배	너네 아버지한테 물어봐. 너네 아버지 동네 구역 뭐시, 거기 대장이잖여. 어머니 어디 계신 줄 알껴?
민국	알고 계셔도 말 안 해주실 거야.

갑자기 대문이 세게 열리는 소리 난다. 놀란 정배와 민국이 그 자리에서 벌떡 일어나고 노식이 호국의 멱살을 잡고 등장한다.

정배	야야, 저거, 너네 형님 아니여?
민국	(성적표를 쑤셔 넣고) 그런 거 같은데.
정배	(당황하며) 나, 나 먼저 가보겠구먼. 내일 학교에서 보, 보자.

정배가 후다닥 뛰어서 퇴장하면 멈칫했던 노식이 호국의 멱살을 잡아서 마루에 앉힌다. 반항기 가득한 얼굴로 노식을 노려보는 호국.

호국	엄마는 경찰서 데리고 가시더니 저는 웬일로 집에 데리고 오십니까?
노식	이 간나새끼야! 니가 정신이 나간 거지비. 워디 할 게 없어 갖구 그 짓거리를 허구 있나? 너 대학 안 가네?
호국	그 짓거리가 뭔데요? 아버지가 하는 게 그 짓거리지, 제가 하는 건 정당방위입니다. (구호 외치듯) 정당방위, 애국 수호! 부정부패 물러가라! 아부지는 부끄럽지 않아요?

호국이 목소리를 높이자 노식이 놀란 듯 호국의 입을 틀어막고 주변을 둘러본다. 무대 위에 적막이 흐른다. 당황한 민국과 노식. 호국이 씩씩거리며 노식을 노려본다.

노식	(속삭이며) 민국아.
민국	네?
노식	(조심스레) 밖에 종로 아저씨 돌아다니나 좀 살펴보고 와.
민국	(후다닥 뛰어가며) 잠시만요.

민국이 밖을 살펴보기 보기 위해 잠시 퇴장한다.

노식	(호국에게) 목소리 낮춰. 니 지금 나라가 어떤 때인지나 아는겨? 니처럼 데모해 갖구 시위대 조직하는 놈들 잡아가지구 설랑 전부 죽이는 형국인데 그걸 알면서도 앞장을 선 겨? 정치구역장 아들이래는 놈이?
호국	아부지가 있는 그 자리는 서민들 눈 가리고 부정부패에 기생하는 놈들 배불려 주는 자리입니다. 멀쩡한 사람들 빨갱이

라고 잡아넣고, 정정당당히 투표하겠다는 사람들도 빨갱이 취급합니다. 아버지, 여기는 민주국가예요. 그런 사람들 때문에 민주국가인 대한민국이 죽어가고 있다구요.

노식 　　(흥분하며) 나라가 죽는 게 말여! 그렇게 중요한 거여? 네가 사는 것보담 나라가 죽는 게 더 중요하냐고? 이놈의 자식아. 그깟 나라가 뭔디? 니가 살아야 나라도 있는 거다. 니가 죽으면 나라도 소용없는 거야. (이를 악물며) 니 아부지 다리에 상처 봤지? 총 맞은 거 봤지?

호국 　　(끄덕)

노식 　　내가 그때 나라 지킨답시고 명예롭게 죽을 수도 있었던 겨. 다리에 총 맞고 엎어졌는데 부대 전부 총 맞았단 거 아니겠냐. 마지막 남은 새끼가 훈장 찬 놈이었는디 도망가는 거 아니겠어? 바람처럼 달려가는 그놈의 뒤꽁무니를 보는데 후회가 됐어. 머릿속에 너네 엄마 얼굴, 네 얼굴, 민국이 얼굴이 왔다갔다 하니까 우선은 살고 보자고 독한 마음 먹게 됐던 겨. 그때부터 피 질질 흐르는 다리 안고 필사적으로 살려달라고 했다. 거미줄같이 얇은 목숨 부지할라고 쪽팔려도 살려 달랬다.

호국 　　그래서 혼자 사니까 좋았어요? 다들 나라 위해 죽었는데 혼자 사니까 부끄럽지 않았어요?

노식 　　그래. 좋더라. 내 비록 다리 병신이 돼도 살아는 있으니까 좋더라. 우리 식구 오순도순 지내니까 살 만한 세상이더라. 무릉도원이 따로 없다 했다.

호국 　　다른 이들은 아버지의 무릉도원 속에서 탄압받고 죽어가고 있어요. 지금도 빨갱이라고 덮어씌우며 정부에 반대는 이들을 속박하죠.

노식 　내가 모르겠어? 알아두 우리만 그러지 말자는 거여. 내가 숨 붙이고 살면 거기가 살 만한 세상 아니겠어? 그, 그, 목숨 줄! 그 목숨줄이 붙어 있는데 말이다.

호국 　목숨이 뭐가 그리 귀중합니까? 저는요, 죽음 같은 거 무섭 지 않습니다. 제가 이 나라를 위해 할 수 있는 게 있다면 무엇 이든 할 겁니다. 지금 정부 하는 짓거리들을 보세요. 사람들 바보로 만들고 지들끼리 이 나라 집어삼켜서 홀라당 씹어넘 기려는 심산 아닙니까? 10년이구, 20년이구 독재하면서 권력 놀음 하겠다는 거라구요.

노식 　설사 그렇다 한들, 어때서 그러는 겨. 빨갱이랑 전쟁 치르 면서 우리나라 구한 게 누기여? 바로 미국 아니냐, 미국. 그런 미국이 만든 대통령인데 오죽 잘혀간? 지금도 밥만 안 굶고 내 새끼들 공납금 만들어주면 된 거 아닌겨?

호국 　(흐느낌, 애원하며) 아부지. 그렇게 살면 뭐 합니까? 개, 돼 지처럼 밥 얻어먹으며 그런 목숨 부지하면 뭐 합니까? 그렇게 평생을, 내 자식, 내 마누라한테 부끄럽게 살아 뭐합니까?

노식 　(손을 잡으며) 제발, 호국아, 우리 제발 살자. 아무리 나랏 놈이 나쁘다 한들 내가 죽는 것보다 나쁘겠니. 눈 딱 감고 우 리 네 식구 행복하게 그냥 살자. 호국아, 제발 아부지 부탁이 다….

호국 　싫습니다. 아부지, 저는 부끄러운 인생을 살고 싶지 않습니 다. 지금 안 일어서면 우리는 영원히 부패분자의 노예가 됩니 다. 우리 땅의 주인이 우리인데 왜 눈 딱 감고 살아야 합니까?

노식 　이놈이 기어이! 아부지 말을 기어이! 똥으로 듣는 겨?

호국	죄송합니다.

민국이 급하게 등장한다. 노식이 말을 멈춘다.

민국	아부지, 다행히 안 계세요.
노식	그, 그래. 다행… 다행이여.

분노한 노식이 호국을 방문 안으로 밀어넣는다. 쾅 소리 나게 문을 닫아 버린 뒤 분을 삭히지 못해 씩씩거리는 노식. 물끄러미 둘을 보고 있던 민국에게 노식의 고개가 휙 돌아간다.

노식	민국아! 저 새끼 방문 절대 열어 주지 말거라. 또 데모니 나발통이니 한답시고 기어나가면 다 니 책임이다.
민국	네….

화난 노식이 거친 걸음으로 퇴장한다. 민국은 노식이 완전히 나가는 걸 확인한 이후에 호국의 방문 앞에 걸터앉는다. 호국은 방 안에서 목소리만 들린다.

민국	(나지막이) 형.
호국	왜?
민국	형은 아부지가 싫어?
호국	아니.
민국	근데 왜 아부지가 부끄러워?
호국	부끄러우니까. 그러는 민국이 넌 아부지가 좋아?

민국	응. 우리 아부지 멋있어. 총상을 봐. 나라 구한 영웅이잖아.
호국	그래. 그렇다 치자. 지금은 아니지만.
민국	형.
호국	왜?
민국	형도 아부지처럼 영웅이 되고 싶어서 그러는 거야?
호국	아니 국민 전부가 영웅이 되었으면 좋겠어.
민국	영웅은 한 명이야. 힘이 엄청나게 센 악당으로부터 사람들을 구해. 모두가 힘이 세고 싸움을 잘할 수는 없어.
호국	너 3.1운동 알지?
민국	응. 유관순 누나.
호국	몇 명이 만세 불렀어?
민국	오천 명?
호국	오천 명이 만세 불러서 우리 독립됐지?
민국	나중에는 그렇게 됐지.
호국	한 명이 만세 불러서 이렇게 된 걸까?
민국	아니지. 사람들이 다 같이 한 거지.
호국	그래. 다 같이 일본을 몰아냈지? 그렇다면 우리는 일본을 몰아내 준 그 사람들을 뭐라고 부를까?
민국	영웅!
호국	맞아. 나라가 혼란스러우면 그에 맞서는 모든 이들이 영웅이 되는 거야. 너도 그중 하나가 될 수 있어.
민국	내가? 내가 아버지처럼 될 수 있어?

호국	만약 아버지가 옳다면.
민국	아버지도 빨갱이를 몰아냈어. 그건 아버지도 옳다는 이야기지.
호국	지금은 더한 놈들 앞잡이가 됐지.
민국	형은 꼭 잘 나가다가 이러더라.
호국	(침묵)
민국	아부지를 너무 미워하지 마. 나도 요즘 아부지가 미울 때가 있는데 그러지 않으려고 노력 중이야. 그래도 아부지잖아.
호국	그래, 나한테도 아부지지. 아부지 새끼인 내가 싫다. 아, 엄마, 보고 싶다….
민국	그러게. 엄마한테 미역국 얘기 해야 하는데.
호국	너의 생일이 가까워지고 있구나. 이제 얼마 안 남았네. 뭐 갖고 싶은데.
민국	(반색하며) 진짜? 사줄 거야?
호국	들어보고 사줄 만하면 사주지. 뭐 갖고 싶은데.
민국	나 당연히 왕자표 운동화지.
호국	알았어. 생각해 볼게.
민국	히히, 엄마한테도 말해야지. (성적표를 꺼내며) 나 90점 맞으면 운동화 사준 댔는데 엄마가 없네….
호국	아직도 경찰서에 계시나 보다. 힘드실 텐데, 우리 엄마 다칠까 봐 걱정이야.
민국	설마 그런 일이야 있겠어? 하긴 겨울이 지나가나 했더니 날씨가 어느새 다시 쌀쌀하다. 이제 곧 봄인데.

호국　　올해 여름이 지독히 더울 건가 봐. 아직도 추운 걸 보면.

민국이 마루 기둥에 머리를 살포시 기댄다. 조명이 점점 어두워진다. 민국이 마루에 누워서 잠을 잔다. 그때 호국이 있던 방문이 살그머니 열리고 호국이 잠든 민국의 곁을 스쳐 지나간다. 잽싸게 퇴장하는 호국, 무대 위에는 민국의 숨소리만 들린다. 암전.

6장

사람들이 부산스럽게 움직이는 교무실. 머리에 포마드 기름을 발라 깔끔하게 옆으로 넘기고 검은색 뿔테 안경을 쓴 선생님이 민국을 맞는다. 민국은 손에 시험지와 서류 몇 장을 든 채 등장한다. 주변을 두리번거리다가 선생님의 책상 앞에 다소곳하게 선다.

민국　　장학금 신청하러 왔어요. 여기 신청서하구요, 성적표요.

선생님　성적이 잘 나온 겨? 우리 민국이 기특허다.

민국　　네. 보훈장학금 신청하려고요.

선생님　아부지가 군인이신가벼? 6·25도 참전허셨고?

민국　　(자랑스럽게) 네. 6·25 참전하셨어요. 그때 총 맞아서 다리도 저시구요.

선생님　우와, 훌륭하신 분 됬구먼. 가만히 있어 보자. 여기 우리 민국이 이름 적구…. 선생님이 안 그래두 좀 있다 동사무소 갈 일이 있는디 후딱 신청혀 줄게.

민국　　(꾸벅) 감사합니다.

선생님이 퇴장하면 때맞춰 노식이 등장한다. 술에 잔뜩 취한 노식이 비틀거리면서 이리저리 걷다가 민국을 보고 아는 척한다. 손에는 막걸리 주전자가 들려 있다.

노식　　어매? 우리 민국이! 집에 가는 길이여?

민국　　(부축하며) 네. 아부지 술 드셨어요?

노식　　그래, 아부지가 술 한잔 혔다. 날씨가 너무 좋아서, 딱 한잔 혔지.

민국　　아부지, 취하셨어요. 이렇게 많이 드시면 건강 해칩니다. 얼른 집에 들어가요.

노식　　(민국의 손을 잡으며) 민국아, 아부지가 밉지?

민국　　예? 무슨 말씀을….

노식　　너네 엄마 경찰서에 집어넣어 놓구설랑 술이나 마시러 다니는디 내가 얼마나 밉겠어.

민국　　아닙니다, 아부지. 다 이유가 있으셨겠지요.

노식　　(민국의 어깨를 잡은 채 고개를 떨구며) 그래, 실은 아부지가 너네헌티 말은 안 혔는데, 그게 다 어쩔 수 없었던 거니께. 박호국이 그놈의 자식, 너네 형을 살리려면 그 길밖에 없었던 겨.

민국　　아부지, 무슨 말씀이세요?

노식　　(한숨) 우리 민국이는 똑똑하니까 크면 아부지 말을 알게 될 거다.

민국　　예, 우선 집부터 가요. 아부지 쓰러지시겠어요.

노식　　(가슴을 치며) 쓰러져도 싸지. 마누라 팔아먹구 내가 두 다리 뻗고 자겄어? 길바닥도 나 같은 놈헌티는 아까운 겨.

민국 (노식을 부축하며) 아부지, 어서 갑시다. 좀 있으면 날 저물어요.

노식 날이 저물어… 봄이 오려면 아직도 멀은 겨? 날씨가 찬 걸 보니 봄은 아직 멀었는가 벼.

민국 겨울이 길어지나 봐요. 지독한 추위였는데도 밍그적거리네요.

노식 아부지는 추운디. 추워. 너네 엄마 경찰서 가구 하루라도 맘 편허게 이불 덮은 적이 없어서 그런가 벼. 추워.

민국 그런데 왜 엄마를…. (고개를 저으며) 아닙니다. 아부지, 집에 갑시다.

노식 (주저앉으며) 호국 엄마! 호국 엄마! 내가 미안해, 내가 미안허다. 자식새끼가 뭐라고 당신을 그런 데를 밀어 넣구설랑.

민국 (노식을 일으키며) 아부지, 바닥 더럽습니다. 일어나세요.

노식 (민국의 손을 잡고) 민국아, 너 언제 클래? 너 언제 커서 아부지를 고향으로 보내줄 겨? (노래하며) 고향, 고향, 내 고향~ 봄이면 진달래, 여름에는 개울물, 맑은 버들치 사는 내 고향. 신창 송이 비단처럼 깔려 있는 들판으로 나를 보내주오!

민국 아부지, 노래는 그만하시고 집으로 갑시다.

노식 (민국을 올려보며, 사투리) 민국아!

민국 네.

노식 (사투리) 그래도 애비, 아이 미워했으문 좋겠다.

민국 (갸우뚱하며) 아부지 술 많이 취하셨나 봐요. 혀도 꼬부라지시고.

노식   (사투리) 웃기니? 내가 원래 이런 인간이야.

민국   제가 아부지를 왜 비웃습니까?

노식   (사투리) 기래. 아부지는 목숨 붙잡고 사는 비겁한 거이 맞
         지비. 근데 민국아.

민국   네. 아부지.

노식   (사투리) 그 비겁함이 지금껏 우리 가족을 살렸다.

민국   예….

노식   (노래하며) 고향, 고향, 내 고향~ 봄이면 진달래, 여름에는
         개울물, 맑은 버들치 사는 내 고향. 신창 송이 비단처럼 깔려
         있는 들판으로 나를 보내주오!

민국이 물끄러미 노식을 쳐다본다. 눈물이 맺히도록 목 놓아 노래하던 노식
의 소리가 잦아지더니 한순간 바닥에 푹 고꾸라진다. 곧 숨을 새근거리며 잠
이 든 노식. 민국은 그의 곁에 쭈그리고 앉아 잠든 아버지의 얼굴을 오랫동
안 쳐다본다. 멀리서 아버지가 부르던 노래가 아련하게 들려오면 조명 서서
히 어두워진다.

7장

퀭해진 몰골의 순자가 다리를 절면서 등장한다. 머리는 헝클어져 있고 눈빛
은 초점이 전혀 맞지 않다. 절뚝거리며 걷던 순자가 무대 중간까지 가까스로
걷는다. 조용한 집안. 두 방문은 닫혀 있고 정적이 흐른다. 애써 불편한 다리
로 마루에 걸터앉은 순자. 한숨 쉰 뒤에 크지 않은 소리로 민국을 부른다.

순자   민국이 집에 있어?

기척이 없다. 순자가 민국의 방문을 한번 쳐다보고 다시 목소리를 높인다.

순자   민국이 집에 없어?

그때 잠이 덜 깬 얼굴로 방문을 여는 민국. 잔뜩 눈살을 찌푸린 채 짜증스러운 얼굴을 하고 있다가 자신을 부른 사람이 엄마라는 것을 알아차린 뒤 후다닥 밖으로 나간다. 어린아이처럼 순자에게 안기는 민국.

민국   (오열하며) 엄마! 엄마! 엄마, 다시는 못 보는 줄 알았어. 엄마!

순자   아이고, 우리 아기. 투정만 늘었네. 엄마를 못 보긴 왜 못 봐.

민국   왜 이렇게 오랫동안 안 왔어. 나랑 형이랑 얼마나 엄마를 기다렸는데.

순자   호국이 집에 없지?

민국   (눈물 닦으며 끄덕) 응.

순자   호국이 별일도 없지?

민국   응. 멀쩡히 집에 왔다갔다 한다. 아버지 없을 때만.

순자   (안도의 한숨) 그래 그러면 됐다. 우리 민국이 밥은 먹었니?

민국   아니, 아직 안 먹었어.

순자   있어 봐라. 엄마가 밥 차려줄게.

무릎을 짚고 일어나는 순자. 다리를 절고 있다. 엄마 뒤를 졸래졸래 따라가던 민국이 그 자리에 주저앉으며 소리를 지른다.

민국   엄마! 다리가, 다리가 이상해. 다리가 왜 아버지처럼, 엄마!

순자   별거 아니다. 좀 있으면 괜찮아진다.

민국   (다리를 붙잡으며) 보자! 어디가 아파서 그런데? 빨리 보자.

순자   (말리며) 아이고, 얘가 남사스럽게 왜 이래?

민국이 뿌리치는 순자의 손을 치우고 강제적으로 순자의 바지를 걷는다. 무릎에 커다란 상처가 나 있고 온 다리는 멍투성이다. 분노하는 민국.

민국   (싸늘하게) 엄마, 다리가 왜 이런데?

순자   (급히 감추며) 얘가, 별거를 다 신경 쓰네. 됐다.

민국   됐기는! 아버지가 거짓말했다. 엄마 아무 일도 없을 거라더니, 거짓말했어. 다리가 이게 뭐야. (흐느끼며) 이제 우리 엄마 어떻게 해.

순자   울기는 왜 울어. 별일 아니라니까. 그만하고 밥이나 먹자.

민국   밥이 지금 목구멍으로 넘어가?

순자   괜찮다고 해도 그러네.

민국   아버지 어디 있어? 엄마 다리 돌려놓으라고 아버지한테 따질 거야.

순자   (민국의 어깨를 잡고) 민국아, 그런 생각 하면 못 쓴다. 아버지는 당연히 할 일을 하신 거다. 아버지는 당연히 그러셔야 했어.

민국   뭐가 당연한데? 엄마 경찰서에 넣고 병신 만든 거 말이야? 어떻게 이런 짓을 할 수가 있어.

민국이 서럽게 흐느끼기 시작한다. 순자의 다리에 엎드려서 우는 민국의 등을 순자가 가만히 쓸어준다. 민국의 울음소리가 흐느낌이 점점 잦아들면 때 맞춰 노식이 등장한다. 노식은 커다란 포대 자루를 리어카로 밀며 집으로 돌아온 참이다. 노식의 기척 소리가 나면 민국이 소매로 눈물을 훔치고 그를 노려보고 있다. 집에 들어오자 마자 순자를 보고 멈칫하던 노식은 곧 덤덤하게 리어카 손잡이를 바닥에 내려놓는다.

노식   순자 온 겨? 고생 많았다.

순자   네, 시간이 좀 걸리데요.

노식   한다고 혔는데 위에서 사정 봐주는 게 예전 같지 않았던 겨.

순자   호국이 때문에 그래요?

노식   (민국을 쳐다본 뒤) 그렇지 뭐. 몸은?

순자   괜찮아요.

순자의 말에 화난 민국이 큰소리치며 끼어든다.

민국   괜찮긴 뭐가 괜찮은데, 엄마. 다리가 병신이 됐는데.

노식   뭔 소린 겨?

민국   아부지, 분명 엄마한테 아무 일 안 생길 거라 하지 않았습니까? 엄마 괜찮을 거라고 직접 경찰서 데려간 거잖아요.

순자   민국아! 고만해라. 얘가 왜 이래?

민국   엄마, 다리 어쩔 겁니까? 네?

노식이 한참 동안 순자의 다리를 물끄러미 쳐다보다가 말없이 바닥에 쭈그리고 앉아 담배 한 대를 피운다. 민국은 화가 나 씩씩대지만 섣불리 아무 말도 하지 않고 있다. 무대 위에 적막이 흐른다. 노식이 멍하니 땅바닥을 쳐다보다가 길게 한숨을 쉰다.

순자   내 정신 좀 봐라. 호국 아부지 시장하실 텐데.

순자가 부엌으로 절룩거리며 이동한다. 노식이 그런 순자의 뒷모습을 물끄러미 쳐다본다. 부엌 안으로 들어가는 순자. 무대 위에는 노식과 민국만 남았다.

노식   (한숨)
민국   이제 속이 시원하십니까? 아부지 손으로 엄마 데려가신 것
           아닙니까?
노식   그럴 일이 있었다니께.
민국   그럴 일요? 세상천지 자기 처를 지옥으로 미는 일도 있습니
           까? 아부지 다리는 그렇다 쳐도 엄마 다리마저 저렇게 됐으니
           이제 소문나겠어요. 개울 옆집 어른들은 다 병신이라고.
노식   병신이 안 되면 살 수가 없는 세상인 겨.
민국   엄마는 아부지 때문에 경찰서 갔어요.
노식   (한숨) 기야. 다 기야. 내 때문인디 방법이 없었던 겨. 방법
           이….
민국   (소매로 눈물을 닦으며) 이제 우리 엄마 어떻게 해요.

노식은 아무 말 없이 줄담배를 피우다가 힘이 완전히 빠진 듯 겨우 방 안으로 문을 열고 들어간다. 순자가 밥상을 들고 마루로 나온다. 민국이 혼자 마루에 앉아 흐느끼고 있다. 순자가 밥상을 민국의 옆에 놓는다.

순자   너도 밥 안 먹었다 했나?

민국	그 다리를 보고 밥이 넘어가?
순자	(노식을 향해) 호국이 아부지! 식사하세요.

노식이 대답 없자 재차 부르는 순자. 이번에는 목소리를 더 높인다.

순자	호국 아부지, 식사 드세요.
노식	(방 안에서) 됐구먼. 나중에.
순자	그래도….
노식	(순자의 말을 자르며) 어허, 됐다니께.

순자가 걱정스러운 얼굴로 방문을 쳐다본 뒤 민국 앞에 밥상을 밀어놓는다. 민국이 투정부리듯 밥상을 물린다. 순자가 이번에는 민국을 걱정스러운 듯 바라본다.

순자	아가, 이건 아부지 탓이 아니다. 아부지한테 너무 그러지 마라.
민국	그럼 누구 탓인데? 엄마 탓이야? 엄마가 제 발로 경찰서에 마구루스병 걸렸다고 걸어갔어?
순자	(한숨) 누구 탓인지가 중요한 게 아니다.
민국	그럼? 엄마 다리가 이렇게 된 게 중요한 게 아니면 뭐가 중요한데?
순자	호국이. 네 형이 살게 됐다는 거다.
민국	그놈의 형, 형. 형이 죽을병 걸렸어? 왜 계속 살리려고 하는데?

순자	형을 봐라. 목숨줄 걸어놓고 싸우고 있잖아. 그것도 높은 사람들하고 말이야. 우리가 안 살리면 형이 죽는다. 그 사람들한테 치여서 죽어.
민국	그러든 말든! 엄마 마음도 모르고 날뛰는 놈은 형도 아냐. 엄마, (오열하며) 내가 정말 미안하다. 내가 이렇게 안 되도록 막았어야 했는데. 엄마 정말 미안해.

민국이 순자에게 와락 안긴다. 순자는 아이를 쓰다듬듯 민국을 안고 가만히 등을 쓸어준다. 흐느끼는 민국.

순자	우리 민국이 다 큰 줄 알았더니만 아직 아이네. (웃음) 엄마 괜찮다. 이리 멀쩡하게 살아있는데 뭐가 그리 억울하겠어,
민국	내가 할 수 있는 게 하나도 없는 게 억울하다.
순자	너는 살아주는 게 엄마를 도와주는 거다. (사이) 예전에 말이다, 민국아. 엄마가 처녀 적에, 스물두 해쯤일 거다. 동네 오솔길에서 군복 입은 아부지를 처음 봤거든. 낡은 군복이었지만 휘장을 달고, 베레모를 푹 눌러 쓴 모습이 멋져 보이더라. 팔에 상처가 났다면서 헝겊을 낑낑 감고 있길래 내 옷을 찢어서 팔에 감아줬지. 근데 아부지가 그 옷을 아직까지 가지고 있더라.
민국	그게 뭐? 엄마를 엄청 좋아했나 보지.
순자	그게 아니라, 그만큼 너네 아부지가 마음이 고운 사람이라는 거다. 군인이었으면 얼마나 고된 훈련을 받았겠어. 그런데도 낡은 천 쪼가리 하나 못 버릴 만큼 마음이 한결같은 사람이다. 너네 아부지가 그런 사람이야.

민국	아부지 사람 좋은 건 알고 있었는데…. 이젠 모르겠어. 정말 모르겠어.
순자	그러지 마라. 죽고 싶어도 너희들 때문에 못 죽은 사람이다. 그건 엄마가 안다.
민국	지금의 아버지와 옛날의 아버지가 너무 달라.
순자	세상이 그걸 시키잖아. 그래야 먹고살게 해준다고. 너네 아부지가 같이 살자고 한 날. 그날 엄마는 다른 거 안 보고 아부지 손만 잡았어. 어찌나 듬직하고 믿음직하던지 낯선 동네였지만 아부지가 있어서 살 만했어. 성치도 않은 몸으로 처자식까지 먹여 살려야 했으니 힘들었을 텐데 표시 한번 안 낸 사람이야. 아부지가 우리 집 가장 아니냐? 가장이 하는 일은 다 옳다고 생각하고 따라야지.
민국	그럼, 아부지가 나쁜 일 하는 것도 옳다고 생각해야 돼? 내 생각에는 아부지가 하는 일이 분명 나쁜 건데도?
순자	아부지가 하는 일이 나쁜 일이 있겠어?
민국	우리의 그런 생각이 제일 나쁜가 봐.
순자	나쁘기는 뭐가 하루종일 나빠? 밥만 먹고 살면 감사합니다, 하지.
민국	엄마, 인간이 사는데 과연 밥이 다일까.
순자	(한숨) 쓸데없는 소리 하지 말고 그만 밥이나 먹어라.
민국	(밥그릇을 보다가) 자꾸 밥보다 중요한 게 있을 것 같아서.
순자	어이구, 별스럽다. 눈앞에 밥이 최고지. 다른 거 없더라.

순자가 바쁜 척하며 마루에서 일어선다. 민국이 마지못해 숟가락을 들고 밥

을 먹는 시늉을 한다. 순자가 민국의 밥 먹는 모습을 물끄러미 쳐다보다가 부엌으로 들어간다. 부엌문 닫는 소리가 들리자 민국이 들고 있던 숟가락을 놓고 한숨을 쉰다. 암전.

8장

호국이 시위대1, 2와 함께 등장한다. 손에는 현수막을 들고 있다. 현수막에는 '부정부패 물러가라'라는 문구가 쓰여 있다. 어스름이 깔리면 조심스레 주변을 둘러보는 민국. 아무도 없음을 확인하고 현수막을 몰래 걸어놓는다.

호국   어제도 현수막 걸다가 대학생 몇 명이 끌려갔대. 사복경찰
           들이 찾아낸 모양이야.

시위대1   어떻게 알고 찾아낸 거지?

호국   요즘 경찰들이 더 늘어난 것 같아. 우리 움직임을 잡아내는
           것도 빨라졌고 단속도 심해졌어.

시위대2   점점 숨통을 조이는 거지.

호국   사람들을 모아야 돼. 일단 대학교나 이 근처 고등학교 학생
           회마다 연락해서 날짜를 정하자. 한꺼번에 움직여야 그들도
           겁을 먹을 거야. 지금처럼 소규모로 움직이는 건 약해.

시위대1   우리 같은 고등학생들은 물론이고 뜻을 모으겠다는 대학생
           이나 어른들도 많아.

호국   다행이다. 모두가 무엇이 잘못된 건지 알고 있어.

시위대1, 2와 호국 이야기를 나누고 있는 사이 종로가 등장한다. 뒤에서 그

들을 지켜보는 종로. 시위대1, 2 와 호국이 이야기를 나누며 퇴장하면 현수막 앞으로 가서 글귀를 소리 내어 읽는다. 순식간에 현수막을 찢어서 바닥에 던져 버리는 종로. 호국이 퇴장한 곳을 매몰차게 노려본다. 암전.

선생님이 확성기를 들고 객석을 향해 서 있다. 그의 뒤로 빈 의자와 서류가 어지럽게 깔린 책상이 보인다. 선생님의 손에는 서류 몇 장이 들려 있다. 무언가를 고민하는 듯 인상을 찌푸리며 먼 산과 서류를 번갈아 보던 선생님이 마지못해 확성기를 든다. 몇 번 망설이다가,

V   아아, 3학년 1만 박민국 학생은 교무실로 오세요. 다시 한 번 알립니다.

선생님이 확성기를 끄고 빈 의자에 앉으면 민국이 등장한다. 선생님이 어두운 얼굴로 민국을 부른다.

민국   찾으셨어요?

선생님   응, 기야. 민국아, 어서 와라.

민국   (선생님 앞에 서며) 왜요?

선생님   음…. 니가 지난번에 신청했던 보훈장학금 말여.

민국   (화색) 네. 신청됐어요?

선생님   그게… 거절이 됐는디.

민국   (힘 빠지며) 아, 그래요? 왜요, 선생님?

선생님   그게… 설명해 주기가 좀 곤란한디.

민국   무슨 일 때문에 그러는지는 알아야 하지 않겠습니까.

선생님 (사이) 음, 민국아. 실은 너거 아부지가 참전 용사가 아니시라구설랑.

민국 (놀라며) 예? 그게 무슨 말이에요? 선생님, 저희 아버지 아시잖아요. 다리에 총 맞은 자국도 있고 다리도 절고, 다 전쟁 나가서 그렇게 된 거 동네 사람이 다 아는데요.

선생님 응. 그건 맞는디… 그게… 국군이 아니라 인민군으로 참전허셨다네. 거제 포로수용소에 수감됐다가 전향허셨단다.

민국 (손에 든 책을 떨어뜨리며) 뭐라고요? 우리 아부지가 빨갱이였다고요?

선생님 지금은 지난 일이니….

민국 진짜예요? 우리 아부지가 국군이 아니라 빨갱이였다구요? 그거 잘못된 거예요. 기록이 어딘가 잘못됐거나, 아니면 선생님이 착각을 하신 거예요.

선생님 아니여. 총상 입은 다리에서 나온 총알도 인민군 것이 아니라던디.

민국 (도리질 치며) 아니에요. 그럴 리 없어요. 우리 아부지가 얼마나 훌륭한 군인인데. 6·25 때 총 맞아가며 나랏님 지킨 사람이에요.

선생님 (민국의 어깨를 두드리며) 보훈장학금은 안 될 것 같은디. 미안허다. 그리고 아버님, 같이 온 동료들은 전부 죽고 혼자 남으셨단디. 하늘이 살린 분이다, 생각하고 모셔야 되는 겨.

선생님이 민국의 눈치를 보다가 퇴장한다. 충격 받은 민국은 그 자리에 주저앉은 채 넋이 나가버렸다. 조명이 넋 나간 민국의 얼굴을 비추다가 암전.

노식이 호국의 멱살을 잡은 채 등장한다. 호국의 얼굴은 여기저기 상처투성이다. 화난 노식이 호국을 바닥에 팽개치고 혼자 분을 삭이기 급급하다. 땅바닥에 앉아 있던 호국이 벌떡 일어나서 밖으로 나간다. 노식이 호국의 옷을 당겨 밖으로 나가지 못하게 막는다. 노식을 뿌리치고 다시 밖으로 나가려고 하는 호국.

호국   (손을 뿌리치며) 이거 놓으세요.

노식   너를 끌고 오는 것도 한두 번인 겨. 허라는 공부는 안 허구. 대학은 갈 거여? 동네 부끄러워서 참.

호국   (노식을 노려보며) 동네 부끄럽다고요? 하! 동네 사람들이 아부지 나라 밀고꾼이라고 손가락질하는 거는 안 부끄러우세요?

노식   (호국을 잡으며) 그래, 안 부끄럽다. 네 엄마 다리하고 맞바꾼 목숨인디 어딜 그렇게 쉽게 내놓아?

호국   (미친 듯이 순자를 찾으며) 엄마! 엄마!

순자가 면목 없는 듯 힘없이 걸어나온다. 다리를 절룩거리고 있다.

순자   호국아, 이제 제발 아부지 말씀 들어라.

호국   (순자의 다리를 보며) 이게, 다리가 왜. 이게.

노식   (호국의 등짝을 치며, 사투리) 이제 안 겨? 니 목숨이 얼마나 귀헌지 안 겨? 니 엄마 다리 주고설랑 가지고 온 목숨이, 바로 네 목숨이여.

호국   (화를 내며) 아부지 미쳤어요? 아부지, 엄마를 어떻게 이 꼴로….

노식   그럼? 니가 죽을 겨? 니가 잡혀서 죽을 겨?

노식이 말없이 호국의 앞에 서 있다. 고개를 숙이고 호국의 화를 고스란히 받아 내고 있다. 그 모습을 보고 있던 순자가 호국의 등짝을 때리면서 달려 든다. 잔뜩 화가 났다.

순자   이놈아! 호국아, 이놈아! 그럼 밖에서 경찰이 감시한다고 돌 아다니면서 네가 시위대 조직한 거 다 봤는데 어떻게 할까?

호국   엄마….

순자   네가 부모 마음을 아나. 이깟 다리, 두 짝을 다 줘도 안 아깝 다.

호국   미안합니다. (흐느낌) 엄마. 다 제 탓입니다. 다 제 탓이에요.

순자   그러니 이제부터라도 아부지 말대로 살자. 응? 나라가 더럽 고 치졸하면 어떠냐. 우리 가족 근근이 살면 그걸로 됐다 생각 하자.

호국   엄마… 미안해요. 제가 못나서….

노식   (한탄) 네가 못나서 미안한 게 아니라, 너무 잘 나서 미안해 야 하는 거다.

순자와 노식, 넋이 나간 듯 호국을 쳐다보고 있다. 적막감이 감도는 무대. 호 국이 천천히 자리에서 일어나 순자와 노식에게 큰절을 한다. 노식이 씁쓸한 표정의 호국의 큰 절을 받는다.

노식   (읊조리듯) 그래도 갈 겨?

호국   (끄덕)

노식이 고개를 돌려버린다. 호국이 깍듯하게 인사를 하고 퇴장한다. 순자가 호국을 따라가며 그의 이름을 부르지만 끝내 호국은 뒤돌아보지 않고 그대로 퇴장한다. 노식은 더 이상 호국을 잡지 않는다.

노식   (한숨) 여보, 진짜 갔지?

순자   (마루에 걸터앉으며) 네.

노식   자식, 성질은….

순자   호국 아부지 똑 닮았네요.

노식   (마루에 걸터앉으며 순자의 손을 잡고) 미안하다.

순자   호국 아부지 탓 아니에요,

노식   (다리를 보며) 미안하다, 순자야.

순자가 노식을 쳐다본다. 노식이 고개를 반대로 돌리고 있다. 순자가 노식의 손을 뿌리치고 부엌을 향해 간다.

순자   (훌쩍거리며) 좀 있으면 민국이 옵니다. 반찬거리가 있나 모르겠네요.

절뚝거리며 부엌을 향하는 순자를 말없이 쳐다보는 노식. 고개를 떨어뜨리면 암전.

9장

호국이 시위대1, 2와 함께 무대 위를 이리저리 뛰어다닌다. 사람들의 고함 사이로 섞여 들리는 총소리가 들린다. 시위 중이다.

시위대1	(고함지르며) 피해. 이러다 맞아죽겠어.
호국	민주주의 수호! 부정부패 물러가라.
시위대2	치사하게 저 새끼들은 무기를 쓰잖아. 우리는 아무것도 없는데.
호국	처음부터 가진 건 몸뚱이밖에 없었어. 이왕 이렇게 된 거 목이라도 터져라 고함치라고. 부정부패 물러가라!

시위대와 호국이 목소리 높여 데모하는 동안 몇 번의 불빛이 번쩍거린다. 놀라서 그 자리에 웅크리는 시위대와 호국. 호루라기 소리 들리고 종로와 경찰이 등장한다. 시위대와 뒤엉킨 그들. 막무가내로 싸움을 하다가 겨우 호국과 시위대1이 도망가고 시위대2가 잡힌다. 폭행당하는 시위대2를 보고 주춤거리는 호국. 시위대2가 도망가라고 소리치고 시위대1이 호국의 팔을 끌어당긴다.

종로	친구 잡혀가는디 도망가구 싶어? 이리 와 보라니께.

호국이 화가 나서 뛰어가려고 하지만 시위대1이 팔을 당기며 억지로 끌고 퇴장한다. 분노하며 퇴장하는 호국. 경찰과 종로가 그들을 잡기 위해 뒤를 쫓으면 사람들의 고함소리, 총소리가 더 크게 들린다. 암전.

멍한 얼굴로 마루에 걸터앉아 있는 민국. 순자가 옆에서 감자를 깎고 있다.

순자	너 표정이 왜 그래? 무슨 일 있어?
민국	아니.
순자	근데 얼굴이 곧 죽을상이야?

민국	엄마! (물어보려다가 말며) 아니다.
순자	뭔데? 말해 봐라.
민국	아니야. 됐어.

민국이 땅을 쳐다보는 사이 순자가 감자를 들고 부엌으로 들어간다. 때맞춰 정배가 부산스럽게 등장한다. 잔뜩 화가 나 있는 정배.

정배	민국아! (멱살을 잡으며) 이 새끼야.
민국	(뿌리치며) 이게 미쳤어! 왜 이래?
정배	너네 아부지가 우리 형 잡아갔단디, 동네 소문이 자자허다.
민국	우리 아부지가 왜.
정배	너네 아부지가 동네 사람들 밀고허는 거로 유명허잖어. 알 문서 모르는 척하는 겨?
민국	말 함부로 하지 마라.
정배	야, 읍내 정숙이 어머니가 너네 아부지가 우리 형 끌고 경찰서 가는 거 직접 봤단디.
민국	진짜야?
정배	내가 이 마당에 거짓말할까?
민국	(마루에 주저앉으며) 너네 형이 시위대 했나 보네. 잡힐 일을 하니까 잡혀가지.
정배	시위대가 왜 잡힐 일인데? 우리 형은 죄진 것도 없고, 효자인 거 니도 잘 알지 않어?!
민국	그럼, 내가 정수형을 왜 모르겠어.

정배	(땅바닥에 주저앉으며) 우리 형 어쩌냐. 어떡혀. 우리 형, 어떡혀.

정배가 울상이 되어서 징징거리고 있으면 때맞춰 동네사람 몇이 들이닥친다. 전부 잔뜩 화가 난 모습이다.

해순네	호국아! 호국엄마 있는 겨?
순자	(부엌에서 나오며) 아, 형님. 어쩐 일이세요?
미정엄마	호국엄마, 사람이 그러는 거 아니여.
순자	네?
해순네	호국 아부지 말여. 온 동네를 전부 잿더미로 만들려는 건지 눈에 보이는 사람들 밀고허고 다닌디. 오늘도 문돌이네 셋방 사는 선생님허고 그 아랫방 대학생이 동네 사복경찰한테 끌려 갔다니께. 자기 아들은 모르는 척하구 동네 사람들은 귀신같이 찾아낸다니께.
순자	(애써 외면) 나쁜 일 했겠지요. 동네 사복경찰이 괜히 데려 갔겠습니까.
해순네	아니, 하는 것도 눈치 봐가며 혀야지. 보이는 족족 다 잡아가버리면 동네에 사람이 남겄어? 아는 사이끼리는 좀 봐주고 그렇게 혀야지. 뭘 잘못했길래 수갑까지 채워서 데리고 가냐 이말이여. 막말로 그쪽 큰아들 대신 다 잡혀가는 거 아니여?
순자	형님, 화 푸세요. 제가 호국 아부지 오면 잘 말할게요.
미정엄마	잘 말허는 게 아니라 더 이상 하지 말라고 해야 된다니께.
순자	네, 그럴게요.

순자가 민국의 눈치를 보자 덩달아 민국과 정배를 발견한 동네 사람들. 정배와 민국이 그들을 빤히 쳐다보고 있자 순자가 그들의 등을 떠밀 듯 집에서 내보낸다. 나갈 때까지 이야기를 전하라는 그들.

순자	어? 정배 왔어? 밥 먹었어? 밥 줄까?
정배	(순자의 다리를 보며 놀란 듯) 아, 아니요. 아줌마 됐어요.
순자	그래, 놀다 가라.
정배	네.

순자가 도망치듯 부엌으로 들어간다. 심하게 다리를 저는 순자의 뒷모습을 놀란 표정으로 살펴보는 정배. 팔꿈치로 민국의 옆구리를 친다.

정배	야야, 어머니 다리가 왜 저러는 겨?
민국	묻지 마라. 알 거 없어.
정배	(민국의 어깨에 손을 척 올리며) 하, 너도 괴롭겠다.
민국	처음에는 맞는 건 줄 알았어. 그 사람들도 아부지도.
정배	근디.
민국	근디? 이제는 모르겠다.
정배	맞지? 나도 모르겠다. 우리 형이 어디 있는지 도저히 모르겠다.
민국	내가 미안해.
정배	그게 어디 네 잘못이디? (벌떡 일어서며) 어디로 끌고 간 겨?
민국	모르지, 우리야. 그거 어떻게 알아.
정배	기야. 우리가 그걸 어떻게 알겨? (한숨, 일어서며) 내일 보

자 민국아.

민국   벌써 가?

정배   응. 나라도 형을 찾아야 할 거 아니여. 엄니 머리 싸매고 누
　　　　워셨어.

민국   지금 정수형을 찾으러 간다고? 그럼 나도 같이 가자. 우리
　　　　아버지 때문인데 내가 가만히 있을 수가 없네.

정배   기여?

민국   그래. 가다가 아부지 만나면 내가 정수형 어디 있는지 물어
　　　　볼게. 일단 같이 가보자.

정배와 정국이 퇴장한다.

10장

긴장감이 감도는 BGM 시작되면, 조명 희미하게 들어온다. 종로가 커다란
상자를 든 채 등장한다. 이윽고 조심스레 등장하는 노식. 상자 정면에는 '자
유당'이라고 쓰여 있다. 종로가 주변을 한 바퀴 둘러본 후 상자를 노식에게
건넨다. 노식이 상자를 들고 살금살금 걸으며 주위를 살펴본다. 조명이 서서
히 어두워진다.

노식   몇 명 분이유?

종로   넉넉하게 천 명 분 될 거여.

노식   천 표만 더 있으면 참의원 선거도 당선된대유?

종로   이거 받는 사람이 전부 찍어야지. (귓속말) 투표함도 몇 개

묻어야 될 겨.

노식   허이구, 걱정 마슈. 힘이라면 남아돈다니께요.

종로   식구들도 모르게 허게.

노식   기유. 걱정 마슈.

종로   선거가 얼마 안 남았어. 차질 없이 허자구.

노식   기유. 이 정도믄 투표비로는 문제 없을 거유.

종로   그럴 것 같긴 헌디. 각하가 걱정을 많이 허고 계셔.

노식   왜요? 일이 잘 안 되신대유?

종로   그려, 반발이 거세졌잖아. 이 기세가 참의원 선거까지 이어
         지면 차질이 생기니까 걱정이시지. 참의원 선거에서 자유당
         이 민주당을 이겨야 저 진흙탕 같은 정부 내에서도 각하 편이
         늘지 않겠나? 우리 대전이 먼저 본보기를 보여야 되는디.

노식   당연하지요. 하여튼 민주당 빨갱이 새끼들이 나라를 통째
         로 집어삼키려고 시위대 만들어서 개수작이나 부리고. 장면
         이 연설허는 날, 최루탄이라도 뿌려버려야겠어유.

종로   내가 지급하지. 날짜 맞춰 서에 들리게.

노식   기유.

종로   허허. 내가 자네 살려준 보람이 있네.

노식   충성!

종로가 먼저 빠르게 퇴장한다. 주변을 조심스레 살피던 노식이 천천히 뒷걸
음질 치며 퇴장한다. 마지막에 봉투 하나를 흘리고 퇴장하는 노식. 때맞춰
민국과 정배가 긴장한 얼굴로 모습을 보인다.

정배   (속삭이며) 민국아, 저기 느이 아부지 맞는 겨?

민국   (눈 사이를 좁히며) 맞는 것 같은데. 뭐 하는 것 같아?

정배   (주시하다가) 뭘 들구 가시는 것 같던디.

민국   (끄덕)

정배와 민국이 머리를 갸웃거리다가 땅에 흘린 봉투를 집어든다.

정배   (안을 열며) 자유당 참의원 선거용 투표지?

민국   기야? (종이를 꺼내자) 뭐여, 투표용지인데 도장이 찍혀 있네?

정배   아직 참의원 선거 안 혔지 않어?

민국   (급하게 종이를 구기며) 못 본 걸로 해라. 아부지 하시는 일은 나랏일이라서 떠들어봤자 좋을 게 없을 것 같다.

정배   응. 기야, 기야. 아부지가 나쁜 일 허시겠어? 그렇지?

정배가 민국이 든 투표용지를 찢어서 바닥에 버린다.

정배   아부지 육군 출신이라고 했지? 예전에 간첩하고 싸웠다고.

민국   (화를 내며) 지금 그걸 왜 묻는데? 네가 그런 걸 알아서 뭐 혀?

정배   왜 화를 내냐. 그냥 궁금해서 물어본 건데.

민국   그러니까. 궁금할 게 뭐냐고!

정배   안 궁금해. 알았어. 안 궁금하면 되잖어.

민국이 씩씩대며 먼저 퇴장한다. 정배가 그 뒤를 주춤거리며 퇴장한다. 암전.

11장

조명이 희미하게 들어온다. 거의 실루엣만 보일 정도로 어두운 밤이다. 굳은 표정의 호국이 등장한다. 조심스러운 걸음으로 여기저기를 둘러보던 호국. 어둠 속에서 성냥불이 켜지면 조심스레 다가간다. 삼삼오오 모여 있는 동료들. 호국이 오자마자 조심스럽게 속닥거리기 시작한다.

성구   더 이상은 못 참겠어. 어제는 선거 연설에 수업 빠지구 간 거여. 아주 이승만이 잘났다구 찬양허는디 빨갱이가 따루 없던 겨.

호국   요즘 사복경찰들의 감시가 심해졌어. 예전만 해도 잘 안 보였는데 이제는 눈에 띄게 돌아다녀.

성구   그러니까 안 잡히게 더 조심혀야지. 이대루 두고 봐야 혀야?

준탁   기다려봐. 다른 학교 애들이 기말고사 준비헌다구 연락이 없다니께. 기말고사가 문제인 겨.

호국   기말고사구 대학이구, 정말 못 참겠다. 한 번만 더 이상한 연설에 수업 빠지구 끼라고 하면 그때 주저 말고 엎을 거야.

성구   빨리 하는 게 나아. 질질 끌었다가 혹시라도 경찰들이 알아봐.

호국   (중얼거리며) 빨리? 며칠 지나고 하자. 8일이 동생 새끼 생일이야.

준탁   (웃음) 잘됐네. 행사 끝나고 생일잔치는 거하게 하겠다.

호국   혹시라도 몰라서 일 시작하기 전에 선물이라도 주고 오고 싶어.

성구	맨날 동생 욕만 하더니 웬일로? 미리미리 동생 선물도 주고 아버지, 어머니께 인사도 해. 그게 마지막이 될 수도 있지 않겠냐.
호국	이거 어떠냐? (운동화를 꺼내며) 안 그래도 동생 갖고 싶다고 해서 산 건데. 괜찮아 보여?
성구	(빼앗아들며) 오~ 왕자표네. 요즘 국제가 최고지. 잘 골랐네.
호국	(뿌듯해하며) 그래? 잘 가지고 있다가 줘야겠다. 때 탈까 봐 겁나. (소매로 문지르며) 이건 무결점이 생명 아니겠냐.
준탁	꼴깝이다. 얼른 챙겨. 집에나 가게.
호국	알았어. (운동화를 품에 넣고) 우리가 앞장서는 거지?
성구	현대상고랑 호국단도 도와주기로 혔다.
호국	좋아.

갑자기 조명이 환해진다. 놀라서 주위를 살펴보는 호국과 성구와 준탁. 호루라기 소리 들리고 사복경찰이 들이닥친다.

종로	이 빨갱이들아. 내가 못 찾을 줄 알았지?

후다닥 도망가는 시위대. 도망가던 호국이 넘어지고 성구와 준탁은 퇴장한다. 종로 손에 잡힌 호국. 사복경찰이 호국의 멱살을 잡고 포승줄을 묶는다. 그러다가 얼굴을 살펴보는 경찰.

종로	아니, 이게 누구신 겨? 박노식이 장남 아니여?
호국	알아본다고 고맙다는 인사라도 해야 하나? (침을 뱉으며) 동정을 베풀어도 부패분자는 부패분자일 뿐이지.

종로	자세한 이야기는 서에 가서 헐까?

종로가 흥분한 호국을 끌어당긴다. 그 바람에 품에 넣은 운동화가 떨어진다. 종로는 우악스럽게 그를 끌고 퇴장한다. 호국은 퇴장할 때까지 발악하며 소리를 지른다. 힘없이 등장하는 민국. 마당에는 노식이 서서 대문을 보고 있다.

민국	형 기다리세요?
노식	아니여. 누가 오나 보려고. 민국이 너는 이제 들어오는 겨.
민국	(시무룩) 네.
노식	얼굴이 왜 그려? 무슨 일 있었냐?
민국	친구랑 싸웠어요.
노식	누구? 정배?
민국	네.
노식	희한허다. 잘 싸우지도 않는 녀석들이 싸웠다니.
민국	아부지 때문에요.
노식	(놀람) 내가 왜?
민국	아부지가 정수형을…, 아니에요. 됐어요.
노식	(모르는 척) 들어가서 공부혀라. 니 형은 못 가도 너는 대학 가야 허니께.
민국	근데 아부지.
노식	왜?
민국	아부지는 왜… 그랬어요?
노식	(당황하며) 뭘?

민국   (쳐다보며) 아니에요.

노식   고, 공부나 하라니께. 군인 되려면 공부 잘 혀야 돼야.

민국   군인 하기 싫어졌어요. 그리고 나라가 망하는 마당에 공부는 해서 뭐해요.

노식   거 참 쓸데없는 소리. 나라가 망하긴 왜 망한다는 말여?

노식과 민국이 눈빛을 주고받는 순간, 순자가 양동이를 들고 등장한다.

순자   호국 아부지 왔어요?

노식   그래. 어디 다녀오는 겨?

순자   밑에 장날 서서 찬거리 몇 가지 집어오느라고요.

노식   고기라도 끊어오지. (민국을 가리키며) 좀 있으면 민국이 생일 아니여?

순자   아, 맞다. 내 정신 봐라. 민국이 생일이 곧이네요.

노식   (주머니를 뒤지며) 민국이 배부르게 고깃국이라도 끊여.

민국   아부지, 그 고깃국 안 먹어도 좋으니까 딴일 하시면 안 돼요?

노식   뭐여?

민국   돈 못 버셔도 좋으니까 딴일 하시라고요. 사람들 밀고해서 번 돈으로 고기를 어떻게 사 먹어요.

노식   또, 또 쓸데없는 소리 헌다.

민국   제발 아부지. 그 일 안 하시면 안 돼요? 마을 사람들한테 쫓겨나겠어요. 요 며칠 사이에 정수형도 잡혀갔다고 하던데요.

노식	민국아, 나랏일이여. 빨갱이들 잡아서 벌주는 게 얼마나 위대한 일인디. 이게 아무나 할 수 있는 일이 아니고, 아부지처럼 나라 구한 사람들이….
민국	그만 하세요.

노식과 민국이 싸움 붙으려는 찰나. 정배가 헐레벌떡 등장한다. 급한 소식을 가지고 온 듯 숨넘어가는 모습에 노식과 순자, 민국이 시선을 집중한다.

정배	민국아! 민국아!
민국	왜?
정배	야! 너네 형 경찰서 끌려갔다니께.

순자는 들고 있던 그릇과 함께 바닥으로 주저앉고 아버지도 놀라서 벌떡 일어난다.

노식	정배야, 누, 누가 그런 겨?
정배	아, 아부지. 그게… 아까 우리 형이 집에 왔거든유. 형이 그러던디유. 자기는 도망쳤는디 호국이 형은 잡혀갔다구유.

슬리퍼가 벗겨지다시피 밖으로 뛰어나간 노식과 그 자리에서 한숨만 쉬고 있는 순자. 민국이 먼저 뛰어나가고 정배가 그 뒤를 따라서 퇴장한다. 순자가 흐느끼기 시작한다.

12장

사람들의 웅성거림이 들린다. 짜증스럽도록 큰 소리가 나면 텅 빈 무대에 짙은 안개가 깔린다. 여기저기서 그만두라는 소리가 들린다. 연설문도 함께 커진다. 정배와 호국이 귀를 막으면서 등장한다.

정배   이 마당에 어디를 간다고?

민국   나 형 찾으러 갈 거여.

정배   너 미쳤냐? 선상님이 이거 끝까지 듣구 오라구 혔는디. 갑자기 왜 그런데?

민국   형이 경찰서에 끌려갔다는데 집에만 있을 수는 없잖아.

정배   너네 아버지가 해결허시겠제. 아무렴, 설마 국민정치위원회 위원장이 나섰는데 무슨 일이야 있겠어? 아부지 나랏일 하시는 분인 거 경찰서에 모르는 사람이 워디 있어?

민국   (흥분하며) 나랏일 하기는 개뿔, 정배야. 나 따라오지 말고 먼저 들어가라.

그 사이 사람들의 고함 심해지고 급기야 무언가를 던지고 깨부수는 소리가 난다. 정배와 민국은 귀를 막은 채 주저앉아 버린다. 암전.

노식이 등장한다. 낯빛이 상당히 어둡다. 슬리퍼를 채 한쪽도 신지 못하고 맨발로 집에 오자마자 바닥에 주저앉는다. 부엌에 있던 순자가 노식의 기척에 얼른 나와 본다. 노식의 모습을 물끄러미 쳐다보던 순자도 힘없이 마루에 걸터앉는다. 계속 들리는 사람들의 함성이 점점 커진다. 말없이 서로를 쳐다보던 노식과 순자. 그때 사람 몇이 들것에 시체를 얹어서 집으로 들어온다.

종로가 동행한 채다. 함성이 점점 잦아든다.

노식   무슨 일이세유?

종로   아, 자네. 마침 집에 있었던 겨? (들것을 가리키며) 이거 이 집 아들 맞재?

노식이 천천히 들것에게 다가간다. 무대 위에는 적막이 흐르고 노식은 떨리는 손으로 들것을 천천히 걷는다. 얼굴에 총탄이 박혀서 죽은 호국이 보인다. 순자가 마루에 털썩 주저앉고 노식은 한참 호국의 얼굴을 쳐다보다가 애써 천으로 얼굴을 덮는다.

노식   마, 맞네. 왜 이리 됐슈? 설마 학교 안 가구 역모 꾸민게유?

종로   (슬쩍 눈치를 보며) 자네 아들이 빨갱이랑 결탁해서 시내 시위를 주도하는 바람에 이렇게 됐지. (눈치 보다가) 진짜일세. 경찰서에는 분명, 멀쩡히 살아서 걸어나갔거든. 가는 길에 저… 아, 아까 우리 당 연설헐 때 말여, 사람들이 막 뭐 던지구 시끄럽게 헌 거 들은 겨? 겨, 경찰서서 멀쩡히 걸어나가다가 거길 간 겨. (헛기침) 이, 이렇게 된 걸 보면.

노식   아이고, 잘 됐슈. 형님. 어차피 맨날 빨갱이들하고 어울려 다니면서 데모허고 다니는 거, 아들 없는 셈 쳤는데 잘 죽었슈. 우리 집에 이놈만 없으면 만사가 편할 거유.

종로   여기 아들 하나가 더 있지?

노식   (당황하며) 형님, 그놈은 데모의 '데'자도 몰라유. 아직 중학년인데 세상 돌아가는데 신경이나 쓰겠슈? 공부나 할 줄 아는 순한 아이유.

종로	흠흠, 내가 자네 말을 안 믿을 수는 없겠지만, 자네처럼 나랏일을 하는 사람 집에서 이런 사고가 일어났다는 게 참 유감이여. 아들 죽은 건 안 됐지만, 다음부터는 이런 일이 일어나지 않게 주의허게나.
노식	예. 저놈이 죽은 건 어쩔 수 없쥬. 내는 뭐, 사실 아들놈이 데모한다고 다닌 것도 몰랐지만 말유. 데모하면서 죽은 자식은 있는 셈 치고 싶지도 않슈. 시체는 내가 대충 화장할 테니 그대로 두고 가셔유.
종로	자기 애비는 이렇게 나라에 충성하는디, 아들이…. 쯧쯧.
노식	(거적을 발로 차며) 나라가 허는 일은 항상 옳다 일렀건만, 꼴을 보슈. 동정의 가치도 없슈.
종로	역시 자네는 의심의 여지가 없는 사람이여. 하지만 혹여 둘째아들도 밖으로 나다닌다면 단단히 주의를 주라니께.
노식	그럼유. 우리 막내아들은 각하가 다인 줄 알고 살아유.
종로	잘 가르쳤네. 그럼 나는 이만 가보겠네.

종로 퇴장한다. 무대 위에 적막이 흐른다. 때맞춰 민국이 콜록거리면서 등장한다.

민국	아버지, 사복경찰 왔다 갔네요. 형 찾았습니까?

노식이 방 안에 들어간다. 순자가 기어가듯 호국의 곁으로 간다. 흐느끼기 시작하는 순자. 점점 서럽게 울기 시작한다.

민국	엄마…엄마…, 설마…, 형이…형이…. (천을 걷으려는 민국)

순자   (울먹이며) 하지 마라. 꼴이 흉하다.

민국   (천을 걷는 민국) 형아….

순자   연설장 갔다가 저렇게 됐단다.

민국   거짓말! 경찰서 끌려갔던 형이 언제 연설장에 갔겠어요. 그 사람들이 형을 이렇게 만든 거예요. (오열하며) 형!

흐느끼기 시작하는 민국, 방문이 열리면 노식의 분노한 목소리 들린다.

노식   쉿! 소리 새어 나가지 않게 울어라. 경찰이 주변에서 지켜보고 있을지도 모른다. 행여 경찰서니 뭐니, 목소리도 죽여. 밖에 들리지 않게 혀.

입을 막고 우는 순자. 민국이 호국의 시체를 안고 울기 시작한다.

민국   아부지는 형이 죽었는데 그런 말밖에 못하십니까? 허구한 날 데모하던 아들이 죽어서 이제 속이 시원하겠어요?

노식이 분노한 걸음으로 나와 호국을 덮고 있던 천을 함부로 덮고 시체를 안쪽으로 밀어넣는다. 민국의 팔을 잡아 억지로 일으키는 노식.

노식   우지 마라 했잖여. 그리 운다고 죽은 호국이가 돌아오는 것도 아니잖여. 방에 들어가라. 장례는 조용하게 치를 기다.

민국   아부지, 우리 형 착한 거 아부지가 알지 않습니까? 나라가 잘못된 거지 형이 잘못된 게 아니잖….

노식이 민국의 입을 틀어막고 주변을 살핀다. 노식의 팔을 뿌리치는 민국.

민국	무서워요, 아부지? 그깟 경찰이 무서워요? 지금 형이 죽었는데 잡아서 족치지는 못할망정 무섭습니까?
노식	그래, 무섭다. 나는 죽는 것보다 짐승처럼이라도 사는 게 낫다. 특히 너는 어떻게든 살리야, 살리야….
민국	아부지. 예전에는 아부지를 제일 존경하고 아부지처럼 되고 싶었는데, 아부지라는 사람이 저의 자랑이었는데 이제는 아닙니다.

민국이 방 안으로 들어간다. 민국을 따라 방 안으로 같이 들어가는 순자. 무대 위에는 적막이 흐르고 조명이 서서히 어두워진다. (시간의 흐름) 호국의 시체 옆에 털썩 주저앉아서 호국의 시체를 한동안 지켜보던 노식. 조명이 점점 어두워지면 어깨를 떨기 시작한다. 어둠 속에서 호국의 시체를 안고 흐느껴 우는 노식. 서럽게 울며 호국의 이름을 부른다.

노식	(흐느끼듯 오열하며) 미안하다. 아부지가 미안하다.

좀처럼 사그라들지 않는 노식의 슬픔이 조용하고 은밀하게 울음 속에 묻어 나온다. 민국의 방문이 조금 열린다. 노식의 어깨가 점점 심하게 떨리고 목소리가 격앙된다. 암전.

13장

마루 위에 힘없이 누워 있는 순자. 노식이 걱정스러운 듯 옆에서 순자의 모습을 지켜보고 있다. 라디오에서는 이승만의 회고록이 나오고 있다. 라디오를 주의 깊게 듣던 노식이 라디오를 신경질적으로 꺼버린다.

순자	왜요? 듣기 싫습니까?
노식	(말 돌리며) 아직두 설사여?
순자	그렇네요. 진짜 마구루스병에 걸렸나 봐요.
노식	그런 기 어디 있어? 네가 잘 알면서. 내가 어디 설사하는 거 본 겨?
순자	이제 호국이 아부지도 옛날 일은 그만 잊어버리세요. 언제까지 그 기억을 목숨과 같이 붙잡고 살 거예요? 우리 호국이도 그걸 바랄 거예요.
노식	(순자의 손 잡으며) 순자야, 미안허다. 너도 이렇게 고생하고, 호국이… 우리 호국이도 그렇게 된 걸 보면 목숨 부지한 벌 받나 보다.

노식이 쓴 얼굴로 순자를 바라본다. 순자가 힘없는 듯 스르르 눈을 감는다. 민국이 등장한다. 손에는 세숫대야를 들고 마루로 올라온다. 순자의 머릿수건을 갈아주며 걱정스러운 얼굴로 그녀를 쳐다본다.

민국	엄마, 열이 안 내리는 걸 보면 많이 아픈가 봐요.

다리를 움직이며 끙끙대는 순자. 노식이 걱정스러운 듯 그녀의 다리를 쳐다본다.

노식	다리가 많이 아픈 겨?
순자	당신만큼 아프겠어요?
노식	아이야, 아플 거여.
순자	이거 호국이하고 바꾼 건데, 도루묵이 됐어요. (희미하게 웃

음) 내 몸뚱이가 자식 목숨 값만 못한가 봐요.

노식   (한숨) 내일이 8일이지? 민국이 생일이지비?

순자   그렇네요. 고깃국이라도 끓여야 하는데.

노식   그렇지. 그래도 생일인데 고기라도 좀 삶아야 쓰겠제.

정배가 등장한다. 등 뒤에 갈색 주머니를 감추고 있다. 노식과 순자에게 먼저 허리를 굽혀 인사하고 민국을 부르는 정배.

정배   민국아!

민국   왔냐?

정배   어, 집에 있었던 겨?

민국   내가 이 상황에 어딜 가겠어?

정배   (주머니를 내밀며) 이거 정수형이 너 주라니께.

민국   정수형이? 왜?

정배   안을 봐.

민국이 주머니를 벗기자 새하얀 운동화가 나온다.

민국   이게 뭐야?

정배   정수형이 주란디.

민국   그러니까 형이 왜 운동화를 주냐고.

정배   그게… 저….

민국   뭔데?

정배   호국이 형이 잡혀간 데서 정수형이 주웠다더라.

적막이 흐른다. 민국은 운동화에서 눈을 떼지 못한다. 정배는 노식에게 인사
한 후 말없이 퇴장한다.

민국   (흐느낌) 쓸데없는 걸… 샀네…. 직접 주지도 못할 걸….

암전.

마이크 하울링 울린다. 연설 소리 이어진다. 중간중간 사이렌 들리고 연설이
끊어졌다가 다시 이어지길 반복한다. 노식은 손에 최루탄을 들고 있다. 멍하
니 최루탄을 보다가 문득 마루 위에 놓인 새하얀 운동화를 쳐다본다. 그 자
리에서 벌떡 일어나는 노식.

민국   어디 가시게요?

노식   그래도 내일이 네 생일 아니여? 고기라도 끊어서 생일이라
            도 치러야제. 먼저 간 사람이야 편하게 보내도 남은 사람한테
            소홀하면 안 되는 겨.

순자가 억지로 자리에서 일어난다. 노식이 신문지로 싼 고깃덩어리를 내밀
면, 순자가 억지로 고기를 들고 부엌으로 들어간다. 일가족의 식사가 시작된
다. 셋은 말없이 밥을 먹고 있다. 시위대의 함성, 총소리, 사이렌 소리 여전
히 들린다. 점점 커지는 소리. 노식이 숟가락을 탁 놓는다. 그리고 천천히 일
어나 신발을 신는다.

노식   민국아.

민국   (대답이 없다.)

노식   아부지가 아무리 미워도, 생일 아니여? 밥 먹고 나가보자.

민국   어디를요?

노식   (점점 커지는 사람들의 고함) 사내가 태어났는데 생일잔치는 거하게 해야지. 사람들 축하를 받으면서 잔치 벌이게 딱 좋은 날이다.

민국   생일잔치라니요.

노식   일어나라.

순자가 조용히 숟가락을 놓고 일어난다. 신발을 신고 노식의 옆에 서는 순자. 노식의 손을 잡는다.

노식   내 새끼, 태어난디 귀한 목숨 귀한 취급 받으라고 세상도 축복헌다. 들리지? 사람들의 함성이.

사람들의 함성소리가 점점 커진다. 그것을 가만히 들어보는 민국.

민국   네.

노식   이제 너는 다시 태어나는 거여. 새로운 세상에서. 그때 저 운동화 신고 다녀라. 새 신은 새 나라에서 신는 거제.

민국   세상이 새로워지면 형도 아부지를 용서할 겁니다.

노식   그래. 오늘만큼은 그렇다 치는 거. 곧 변할 세상 아니여.

민국이 새 운동화를 신는다. 노식의 손을 잡고 무대 중앙에 서는 셋.

노식	생일노래 기억허지?
민국	생일 축하합니다, 생일 축하합니다. 사랑하는… 우리나라.
노식	기여. 우리 이 노래를 맨 앞에 서서 부르는 겨.
민국	아부지, 맨 앞에 섰다가는 죽을 수도 있습니다.
노식	잘 살 수 있는 권리도 없는 나라에서 죽는 게 대수로운 일이여?
민국	살고 싶다고 하셨잖아요. 어떻게든 살고 싶다고 하셨잖아요.
노식	니가 잘 살 수 있다면 그걸로 된 겨. 호국이도 그걸 원했던 겨. 저기, 문 앞에 딱 서라.
민국	왜요?
노식	넌 더 이상 오지 말구. 너의 세상은 우리가 준비해 줄 테니 기다려라. 생일선물인 셈 치는 겨.
민국	아부지.
노식	어허! 아부지 말 들어라. 니가 살아있어야 선물을 받는 겨.
순자	아부지 말 들어라, 민국아.

민국이 그 자리에 우뚝 선다. 노식과 순자 서로 손을 맞잡는다.

순자	저 밖이 무섭지 않아요? 빨갱이 취급하면서 마구 때릴 텐데요.
노식	(속삭이며) 내가 원래 빨갱이잖니. 저런 건 맨앞에서 맞아 줘야 혀. 우리 호국이 이름 부르면서.
순자	이제 갑시다.

노식	민국이 생일 노래를 우렁차게 불러야 호국이한테도 들린
	다. 순자야, 뱃심 단단히 잡아라.
순자	네.
민국	생일 축하합니다. 생일 축하합니다. 사랑하는… 우리나
	라…. 생일 축하합니다.

민국이 뒤에서 둘을 배웅하듯 노래를 시작한다. 함성이 점점 커지면 노식과 순자가 손을 잡고 무대 앞으로 나온다. 고함, 욕설 소리, 비명 등이 점점 커지면서 어두워지고 암전된다.

에필로그[바리안트]

1950년 어느 밤. 노식과 몇몇이 군복을 입고 움막 안에 갇혀 있는 상황이다. 밖에서는 총소리 들리고 불빛이 번쩍거린다. 포위된 노식과 동료들. 노식이 총상 입은 다리를 안고 떨고 있다.

군인	이 빨갱이 새끼들아! 너희는 포위됐다. 같잖은 전쟁으로 남
	한 넘볼 생각하지 말고 어서 이리 나와. 싸그리 죽여줄 테니.

군인의 목소리가 멈추면 나머지 노식과 동료들이 벌벌 떨면서 서로의 얼굴을 쳐다보고 있다.

인민군1	우리의 운명이 여기까지란 말인가. 아직 당에는 우리가 살
	아있는 줄 알고 있을 텐데.
노식	당에서는 아직도 연락이 없어? 분명 구하러 온다고 했잖아.

다른 사단이 온다고 하지 않았어?

인민군1 사정이 생겼을 거야. 당에서 우리를 모른 척할 리 없잖아.

인민군2 멍청한 놈들아, 당연히 당이 우리를 버린 거지. 진짜 구하러 올 거라고 생각한 거야?

노식 아니야, 당이 우리를 버릴 리 없어. 그들이 그럴 리 없어. 난 믿어.

인민군1 멍청한 놈아, 아직도 이 상황을 보면 모르겠어? 무전 간 지가 한 달이 다 되어가는데 지원이 없다는 건 우리를 버린 거야.

노식 아니야. 아니라고!

인민군1 당당하게 조국을 위해 죽자. 남한 놈들한테 비굴하게 매달리지 말고.

노식 안 돼. 난 죽을 수 없어. 나한테는 두 아이가 있어. 두 아이가….

인민군2 (노식에게 총을 겨누며) 그래서 혼자 살겠다는 기야? 동무, 여기 우리 다 같이 죽는 거지. 나 혼자는 못 죽어. 전부 여기서, 같이 죽는 거야. 명예롭고 영광스럽게! 조국을 위해서!

노식 (총을 겨누며) 안 돼. 난 살아야 해. 큰 놈한테 살아서 돌아간다고 약속했어.

인민군1 조국을 위한 희생에 두려움이 있어서는 안 돼.

노식 아들과 약속을 했어. 어떻게든 살아서 돌아가겠다고 약속을 했다구!

인민군2 배신자 같으니. 더러운 남조선에 빌붙을 텐가? 배신자에게는 죽음뿐이다.

인민군2가 총을 겨누려는 찰나 국군이 먼저 총을 쏜다. 인민군2가 쓰러지자 인민군1이 국군에게 총을 겨누지만 역시 총을 맞고 쓰러진다. 바닥에 총을 버린 노식이 무릎을 꿇고 엎드린다. 두 손을 머리 위로 들며 '항복!'을 외친다.

노식   항복! 아내가 있습네다. 항복! 아내가 있어요. (흐느끼며) 살려주십시오. 가족이 있습네다. 항복! 민주주의 만세! 남조선… 만세.

노식이 바닥에 엎드려 울기 시작한다. 계속해서 아들이 있다는 말과 이승만 만세라는 말을 반복한다. 조명 천천히 어두워지고 마침내 암전.

막.

붉은 광산

붉은 광산
(전 6장)

● 등장인물
정태풍
남대식
유학한
그 외 여자, 김일병 등

● 시대   1951년 6·25전쟁 중

● 공간 배경   경북 경산 소재의 낡은 갱도

● 무대
무대 위는 흩어진 나무와 잡초 등으로 어지럽다. 부서진 나무와 숲 사이로
큰 바위와 언덕 등이 보인다. 양 옆으로 커다란 나무들이 놓여 있으며 복잡
한 수풀도 보인다.

✦ 2014년 7월 18일 봉산문화예술회관 초연

1장

정태풍이 등장한다. 낡고 더러워진 군복을 입고 있다. 낮은 자세로 걸어오던 그가 주변을 둘러본 뒤 안심한 듯 허리를 편다. 허리춤에 차고 있던 라디오를 두드리는 정태풍. 라디오가 잡음을 내다가 켜진다.

음향 (앵커 목소리) 대구 경산시 평산동 소재의 공장에서 방화사건이 일어났습니다. 21일 오전 1시 20분쯤 일어난 이 사건은 현재 공업사 대표로 등록된 이모 씨의 고의적 사고로 밝혀졌으며 일이 끝난 후 휴식을 취하고 있던 근로자 22명이 사망하고 약 1억 원의 재산 피해를 남겼습니다. 이 사건으로 방화 용의자인 공장 사장 이모씨 역시 분신자살한 것으로 보이며… (페이드 아웃)

라디오가 잡음을 내며 꺼진다. 정태풍이 몇몇 라디오를 치지만 더 이상 켜지지 않는다. 다시 허리춤에 라디오를 맨 정태풍이 수풀 사이로 허리를 숙인다. 버려진 무전기를 발견한 정태풍. 작동 시켜 보지만 말을 듣지 않자 짜증난 듯 바닥에 던진다. 무전기에서 잠깐 소음 들리다가 꺼진다. 멀리, 전쟁 소음이 들린다. 점점 커진다.

정태풍 (무전기를 발로 차며) 살아있는 것들이 없군.

그 사이, 조심스럽게 남대식 등장, 피 묻은 군복을 입고 있으며 몸에 여기저기 상처가 나 있다. 등에는 커다란 배낭을 메고 있다. 주변을 둘러보며 경계한다. 뒤를 이어 유학한 등장. 다리를 심하게 절면서 등장한다. 피 묻은 군복을 입고 왼쪽 다리에는 피 묻은 수건을 동여맸다. 고통스러운 표정을 지으며 억지로 정태풍의 뒤쪽으로 가서 자리를 잡는다. 세 사람이 등장하고 곧 이어

총소리, 비행기 소리, 탱크 소리 점점 줄어든다.

남대식   빨갱이 새끼들. 안 치고 넘어오는 데가 없구만. (정태풍, 유학한을 쳐다보며) 다들 괜찮은 거지?

유학한   (짜증) 괜찮아 보입니까? 벌써 중국에서 백만 대군 왔대요. (다리를 감싸 쥐며) 아우… 대가리 수로 밀어붙이겠다는 건데 우리는 그 반도 안 되니까 걸리면 당연히 죽는 거라고요.

남대식   허, 글쎄 죽는다는 이야기 또 하네. (유학한을 보며) 그렇게 죽을 놈이 지금까지 잘도 살아있지. 암만 백만 대가리 넘어와도 미군이 있는데 까딱없어. 그렇지? 정이병? (윙크)

유학한   쳇, 입만 열면 미군, 미군, 그래서 그 미군이 우리 부대 전멸할 때 지켜보기라도 했습니까? 중요할 때는 코빼기도 안 보이다가 영웅 행세하고 자빠졌네.

남대식   (유학한을 째려보며) 그만 좀 해라. 지금 미군 욕할 때가 아니야. (정태풍을 향해) 여긴 조용해 보이지?

정태풍   네. 우선은 걸리는 건 없는 것 같습니다. 잠시 쉬셔도 될 것 같습니다.

남대식   (군장을 풀고 자리에 주저앉으며) 아이고, 앉아 쉬는 것도 얼마 만이냐?

유학한   이것도 쉬는 거야? 언제 뒈질지 몰라 사방 눈 희번덕거리면서 보고 있어야 하는데? 차라리 일찍 뒈지는 게 마음은 편하겠군.

남대식   (유학한의 상처를 살펴보며) 아니, 이렇게 말하시는 분이 아직 살아 계시다니까! 이 상처를 입고서?

유학한   (고통스러운 표정으로 다리를 치우며) 꺼져. 뒈질 때가 되면 알아서 뒈질 거야.

정태풍   (웃음, 유학한을 향해) 그래도 남병장님 덕분에 좀 여유롭습니다. 마음도 그렇고 몸도 그렇고요. 감사드립니다.

남대식   그렇지! 내가 단군 이래 가장 강한! 온화하고 인정 많은 우두머리라, 할 수 있지? (웃음)

유학한   즐겁냐? 둘 다? 온화하고 인정 많은 우두머리 만난 덕분에 목숨 부지해서 고맙다고 절이라도 할까 봐? (신음) 아욱….

남대식   (표정 굳으며) 너는 좀 그만하라니까.

유학한   됐수다. 형님은 그게 어울려요. 착한 척은 왜 하냐고. 사람 죽일 때 제일 신나면서.

정태풍   저기, 두 분끼리 싸우실 때가 아닌 것 같은데요.

남대식   (유학한을 노려보다가 정태풍을 보는 사이 표정 바뀌며) 그래, 연락 온 건 좀 있어?

정태풍   (무전기를 들어 보이며) 보시다시피, 먹통이에요. 아까까지 좀 되더니 여기 들어와서부터 또 이럽니다. 우리가 살아있는 걸 알기나 아는지.

남대식   (정태풍의 등을 두드리며) 조금만 있어 보자. (옆에 놓인 나뭇가지 집어들며) 무슨 수가 있겠지. 세상에 죽으라는 법 있냐….

유학한   무슨 수? 도대체 무슨 수? 우두머리님은 생각이 좀 있으신가, 이 상황에? 벌써 퇴각명령이 떨어졌을 거야! 국군이고 미군이고 할 것 없이 도망치기 바쁠 거라고! 중공군들이 죽여도 죽여도 밀려드는데 별 수 있어? 흥남쯤에서 배 타고 날랐을 거야. 빨갱이 싫은 민간인들 같이 태워가기라도 했으면 다행

이지. 쌍, 우리만 여기서 개죽음을 당하는 거야. 굶어서 뒈지
든지, 빨갱이 만나든지 그러겠지.

남대식   (손에 든 나뭇가지를 무섭게 짓이기며) 말 좀 그만하라고 했
        지. (조용하게) 너 죽고 싶어 안달 난 사람 같다?

유학한   안달? 내가 가르쳐 주는 거다. 쌍, 이런 상황에서는 그냥 총
        물고 뒈지는 게 제일 좋다고. (흐느낌) 젠장. 다리도 아파 뒈지
        겠네.

남대식   (조용하게) 상처 속에 총알 쑤셔 박기 전에 그 입 다물어라.

남대식이 유학한을 노려본다. 잠시 침묵이 돌다가 남대식이 장난스럽게 웃
는다. 그가 긴장한 유학한의 뺨을 톡톡 치는 사이 정태풍이 입술에 손가락
을 갖다 댄다.

정태풍   쉿! 무슨 소리가 들립니다.

남대식   (급하게 몸을 숙이며) 오면서 상황 체크 안 했어?

정태풍   했어요. 매복 제외하고 안전지대입니다.

유학한   매복이 없다면? 쌍, (정태풍에게) 니가 도대체 하는 게 뭐야?
        혹시라도 있으면 그냥 뒈지겠다는 거잖아.

남대식   (유학한을 보며 조소) 언제는 죽어도 좋다며? (정태풍에게)
        따라와.

남대식이 주변을 둘러보는 사이 부스럭거림 심해진다. 유학한이 아픈 다리
를 감싸 쥔 채 몸을 떤다. 간간이 총소리, 탱크 소리 들린다. 정태풍, 총을 들
고 앞으로 갔다가 다시 들어온다. 주변을 둘러보는 사이 남대식이 그의 어깨
를 친다.

남대식	(안쪽을 가리키며) 저기 뭐야?
정태풍	동굴 같기도 하고, 폐광 같기도 하고. 가봐야 알 것 같습니다.
남대식	저 안에 매복이 있을 것 같냐?
정태풍	모르겠습니다. 워낙 구석진 데라 없을 것 같기도 합니다.
남대식	(부스럭거리는 소리 점점 커지고) 우선 저쪽으로 들어가자.
유학한	(남대식의 어깨를 잡으며) 별로 내키지 않아. 저기 딱 봐도 음산한데. 저런데 함부로 들어가는 거 아니야. 뭐가 있을지도 모르고 어떤 데일지도 모르는데 저길 어떻게 들어가.
남대식	죽는 것보다 낫지 뭘 그래? 멀뚱하게 서 있다가 빨갱이 오면 그땐 어쩔래?그 몸으로 싸우지도 못해, (앞장서며) 얼른 따라 들어와.
유학한	잠시만, 저기 뭔가 있는 것 같은…, 헉….

셋이 동굴 쪽을 본다. 정태풍과 남대식, 다시 주변을 살피고 유학한만 계속 동굴을 응시하고 있다. 갑자기 겁에 질린 표정을 짓다가 온몸을 떤다. 남대식과 정태풍은 계속 주변만 수색하고 유학한이 무엇에 놀란 듯 뒤로 뒷걸음질친다.

유학한	하… 하악….
남대식	(유학한의 어깨를 치며) 지금 꾸물거릴 시간 없어. (태풍에게) 이 새끼 부축해! 내가 먼저 들어가겠다.

남대식이 먼저 동굴 안으로 들어간다. 정태풍도 놀란 듯 유학한을 동굴 쪽으로 끌고 간다. 유학한, 놀란 표정으로 시선을 떼지 못한다.

유학한	아…, 안 돼…. 드… 아… 안….

정태풍	어서 들어가셔야 합니다.
남대식	(에코) 뭐 하고 있어? 얼른 움직여!

정태풍이 그의 어깨를 잡아끈다. 유학한이 저항한다. 남대식이 들어오라고 손짓한다. 유학한의 얼굴이 일그러진다. 그의 다리에서 피가 난다. 비명을 지르자 정태풍이 유학한의 어깨를 놓고 주변을 둘러본다. 동굴 앞에는 흩어져 있던 옷가지가 보인다. 정태풍이 옷가지를 주워 유학한의 다리에 묶는다. 정태풍이 그를 부축해 동굴 안으로 데리고 들어간다. 유학한은 기어서 가다가 정태풍의 팔에 안기자마자 허공을 가리킨다.

유학한	(손가락을 들며) 뒤에…, 뒤에…. (기절)
정태풍	유상병님! 정신 차리십시오!

정태풍, 빠르게 그를 안으로 데리고 들어간다.

2장

유학한은 중간에 잠들어 있고 양옆으로 남대식과 정태풍이 앉아 있다. 옆으로는 헌 옷 다발과 쓰레기, 부러진 각목들이 가득하다. 남대식과 정태풍이 주변을 둘러본다. 습기 등이 가득한 동굴이다.

남대식	매복 확인했어. 여긴 없다.
정태풍	(빠르게 갔다 오며) 네. 저도 못 봤습니다. 안전한 것 같습니다.
남대식	(바닥에 주저앉으며) 다행이고만. 아까는 뭐였지? 분명 기적

이었는데.

정태풍   중국군이 벌써 여기까지 쳐들어왔을까요?

남대식   (웃음) 말도 안 되는 소리, 그래도 여긴 경상도야, 대구라고. 아무리 지네가 대가리 수로 밀어도 벌써 여기까지 오지는 못했을 거야.

정태풍   그렇죠? 분명 올라올 때만 해도 인기척은 없었는데.

남대식   주민인데 우리 때문에 놀랐을 수도 있지.

정태풍   아까 보셨잖아요. 어귀가 마을인데 이미 단체로 철수했는지 조용하던걸요.

남대식   자자, 그렇게 예민하게 굴지 마. 여기 숨어 있다가 며칠 뒤에 나가면, 설사 중국군이라도 해도 가고 없을 거야. (주변을 살펴보며) 그나저나 여긴 어디야? 못 보던 곳인데.

정태풍   잘은 모르겠지만 (손가락질) 각목이나 구조로 보아 갱도 같은데요.

남대식   갱도? 이런데도 갱이 있어? 금광 같은 건가?

정태풍   (바닥을 손으로 만져보며) 갱은 확실한 것 같구요, 광물 채광을 했던 것 같아요. 양식은 일본 양식인 걸로 보아 좀 오래된 것 같은데요.

남대식   자식, 넌 어떻게 알아?

정태풍   제 말투….

남대식   뭐?

정태풍   고향이 강원도예요. 아버지가 막장에서 일하셔서 이래저래 많이 주워들었죠. 동네가 워낙 촌이긴 한데, 막장 파서 먹고살아요. 어릴 때부터 이런 거 많이 봤습니다.

남대식   강원도라…, (측은한 눈으로) 멀구나. 언제 여기까지 왔어. 빨리 다시 가야 하는데…그치? 빌어먹을 전쟁이 끝이 없다.

정태풍   그런 것 같은데. 뭐, 곧 다시 올라가겠죠. 매일 이런 생각 하면서 살아요. 아버지 어머니 계시는 데로 가려면 죽으면 안 되는데…. (슬쩍 눈물)

남대식   우냐? (정태풍의 뒤통수를 쓰다듬으며) 자식, 아직 애기고만. 애기가 여기 왜 왔어. 아버지 고무신이나 닦아드릴 것이지. 곧 다시 갈 거야. 지깟게 해봤자 전쟁이지, 언제까지 계속되려고.

정태풍   죄송합니다.

남대식   니가 왜 죄송해. (주변을 둘러보며) 험험, 그렇지, 그래. 이걸 이렇게 만들어 놓은 쪽바리 새끼들이 죄송해야지. 하여튼 쪽바리들, 돈도 안 내고 쳐파내 갔으면 도로 덮어놓고 가야할 거 아냐? 무슨 자랑이라고 이걸 벌려 놨냐고.

정태풍   (웃음) 만나면 중국 놈보다 먼저 죽여야겠습니다.

남대식   좋다. 나만 안 죽으면 되는 거야. (총잡이 흉내) 그냥 막 갈겨. 두두두두.

음향   꼬르륵 소리.

정태풍   (배를 어루만지며) 죄송합니다. 밥 먹은 지가 너무 오래돼서 그만.

남대식   (씁쓸한 표정) 배고프지. (가방을 뒤지며) 니네 먹일 것도 없네. 큰일이다.

정태풍   마을에 몰래 다녀올까요?

284

남대식	(손사래) 다쳐. 혹시라도 빨갱이들이 숨어 있을 수도 있고.
정태풍	(총을 내려놓고 구석에 몸을 붙인다. 무전기를 들고) 그럼 계속 무전이라도 쳐보겠습니다.
남대식	그래, 해보기나 해봐. 힘든 거 아니니까.
정태풍	네. (무전기를 이리저리 만지며) 아까까지도 됐는데 이상하네.
남대식	(벽에 몸을 기대고 있다. 픽, 웃으며) 얼마나 버틸 수 있을까?
정태풍	이대로 구조부대가 오지 않는다면 일주일 정도 버틸 수 있을 것 같습니다. 유학한 상병님은 부상에 피를 많이 흘리셔서 잘 모르겠습니다.
남대식	(자조적인 표정) 사람이 물 없이 버티는 거 3일, 음식 일주일. 우린 둘 다 없으니까 평균 4, 5일 되겠다.
정태풍	그런 말씀을 갑자기 왜….
남대식	(갑자기 표정 바뀜) 아니, 그렇다는 말이야. 우린 둘 다 찾아서 살아야지. 특히 학한이는 꼭 살려야지.
정태풍	연락만 되면 구조부대가 올 겁니다.
남대식	올 것이라고 생각하나?
정태풍	네, 그렇습니다. 늦어도 꼭 올 것이라고 생각합니다.
남대식	(부드러운 표정) 그래, 올 거다. 꼭 올 거야. (정태풍, 쓰다듬으며)
정태풍	(한숨, 머리를 감싸 쥐고 괴로워하며) 저, 집에 가야 합니다. 아버지가 아프십니다. 제가 안 가면 세 식구 모조리 굶어죽습니다.

남대식	갈 수 있을 거래도. 걱정하지 마.
정태풍	감사합니다, 남병장님. 감사합니다. (90도 인사)
남대식	니가 올해 몇 살이라고 했지?
정태풍	스무 살입니다. 생일이 빨라서 나이로 치면 열아홉 살입니다.
남대식	열아홉 살? 세상에, 역시 아직 애기구만. 꽃다운 인생 살아보지도 못하고 전쟁이라니. 더러운 세상이다, 정말.
정태풍	(일어서며) 일단 배를 채워야 할 것 같습니다. 주변 수색 후 먹을 걸 구해오겠습니다.
남대식	아니다. 내가 갔다올게. 넌 쉬어라. 오늘 하루 종일 경계 서느라 피곤할 텐데.
정태풍	아닙니다. 제가 다녀오겠습니다.
남대식	그래, 그럼. 조심히 다녀와. 나는 눈 좀 붙여야겠다.
유학한	(몸을 뒤척이고 신음을 내며) 으윽.
남대식	(그의 볼을 두드리며) 괜찮냐? 유상병? 이제 눈을 좀 떠봐. 같이 보초 좀 서자고. 정이병은 수색을 다녀와야 한단 말이다. 이거 통, 정신을 못 차리는구만. (정태풍을 보며) 우선 다녀와.
정태풍	다녀오겠습니다.

정태풍이 총을 들고 걸어간다. 객석 사이 사이를 걸어다니며 긴장한 눈으로 주변을 살핀다. 그 사이 노파가 등장한다. 객석 출구에서 조용히 등장. 노파는 다리를 심하게 절며 한쪽 눈은 실명 상태다. 눈을 감고 있지만 가끔 눈을 뜰 때 하얀색 안구가 보인다. 허름한 한복을 입었고, 회색 머리를 단아하게 쪽을 졌다.

여자	(큰 소리) 야! 니 누고?
정태풍	(총을 겨눈다) 누…, 누구냐…! 시…, 신분을 밝혀라….

천천히 걷던 여자가 갑자기 다리를 절며 빨리 걷는다. 정태풍이 총구를 여자 쪽으로 겨눈다.

여자	그게 뭔데? (웃음)
정태풍	미, 민간인인가?
여자	무신 소리고, 군인? 군인맹키로 생깄나.
정태풍	(총을 내리고) 나, 남한군 소속이오, 빨갱이 소속이오.
여자	니는 묻는 방법이 틀렸다. 니가 빨갱이를 빨갱이라 카면, 듣는 빨갱이가 기분이 나빠서 아, 쟈는 우리 빨갱이를 억수로 싫어하니까 남한군이라 카고 콕 죽이뿌야지, 이랄 줄 아나.
정태풍	무슨 말이야. (손사래) 가까이 오, 오지 마.
여자	(가슴을 치며 정색한 표정) 내는 이도저도 아닌, 달구벌 사람이다, 이 말이다.
정태풍	(안도) 북에 가족 있고 그런 거 아니죠?
여자	북에? (손가락질) 죽으면 어차피 한 땅에 묻힐 것들이 북이고 남이고 나누기는 왜 나누노. 보아하니 머리에 피도 안 말랐구만, 그래 묻는 니는 누군데?
정태풍	저, 저는 먹을 걸 좀 구하러 왔어요. 못 먹은 지 오래됐고, 환자도 있구요. 물과 음식이 필요합니다. 여긴 마을이 어디죠?
여자	마을? 아무도 없다. 싹 죽어삔 지 오래다.
정태풍	그래요, 혹시 할머니께서 물하고 음식이 있으시다면 조금

만 나눠주세요. 동료들이 굶고 있습니다.

여자 그래? 내 집에 먹을 게 좀 있긴 한데. 너거는 몇 명이고?

정태풍 저기…, 그게….

여자 말해라. 너거들 고자질해 죽여봤자 뭔 부귀영화를 누릴 끼라고.

정태풍 세…, 셋.

여자 알았다. 어디 숨어 있는데? 내 그리 밥상 차리 갖다줄게. 줄라면 확실하게 먹이줘야 아까처럼 총질이라도 면하지 않겠나.

정태풍 정말요? 감사합니다. 저희는 이쪽 길 위 동굴 안에 숨어 있어요.

여자 동굴…? (놀라며) 뭐? 동굴!? 거기 들어갔나?

정태풍 급해서 그만. 주인이 따로 있나요?

여자 (몸을 떨며 정색한다. 손사래) 당장 나온나, 당장.

정태풍 왜요?

여자 이 길로 거기는 들어가지 마라. (다짜고짜 손을 붙잡으며) 같이 우리 집 가자.

정태풍 (손을 뿌리치며) 거기 동료들이 있어요.

여자 버려라. 벌써 그 안에 들어갔으면 쓸모없는 것들이 됐을 기다.

정태풍 쓸데없는 것들이라뇨. 한 분이 다치시긴 했지만 두 분 다 멀쩡하신데요.

여자 (한동안 정태풍을 노려보며) 거기… 들어갈 때… 아무도 없더나….

정태풍	누구…요…? 못 봤는데….
여자	(한동안 침묵 후) 거기 들어갔다 나오는 사람은 죽은 사람을 본다.
정태풍	거…, 거짓말하지 마세요…. 귀신 같은 거 못 봤어요. (더듬거리며) 귀신은커녕, 개미 한 마리 안 보이던데….
여자	(갑자기 웃으며) 넌 아직 데리고 가기에 착한갑지. (갑자기 웃음 멈추고 정태풍 곁에 바짝 붙으며) 누가 자꾸 부르거든 따라가지 마래이. (속삭임) 그게 전쟁보다 더 무섭다.
정태풍	진짜입니까?
여자	불러서 죽은 사람이 몇 명인지 아나? 내 말 가볍게 듣지 말고 살고 싶으면 들어가지 마라.
정태풍	(뒷걸음질 치며) 나…, 남병장님! (암전)

3장

유학한과 남대식이 누워 있다. 유학한은 상처가 아픈 듯 몸을 이리저리 뒤튼다. 남대식이 가방을 벤 채 자고 있다.

유학한	(신음) 으윽.
남대식	(잠이 깬 듯 몸을 일으키며) 아파? 많이 아파?
유학한	(다리를 쥔 채) 으아악! 이대로 차라리 뒈졌으면 좋겠어. 정말 아파 죽겠다고. (이를 악문 채) 다리라도 확 잘라버렸음 속이 시원하겠어.

남대식	약한 소리 마라. 어떻게든 나을 생각을 해야지. 곧 태풍이가 먹을 걸 구해 올 거야. (어깨를 두드리며) 기운 좀 차리고 의사를 찾아보자.
유학한	3일, 3일이다.
남대식	뭐가?
유학한	그 안에 벽에다 대가리 꽉 박고 뒈져야 험한 꼴 안 봐.
남대식	또 시작이구만. 그런 소리 좀 안 할 수 없냐?
유학한	십만 인민군을 상대 중인 위대한 국군 전선에서 우리 같은 나부랭이 챙기겠냐고. 편하게 뒈지는 게 천당 가는 길이야.
남대식	왜 자꾸 죽는다고 그래. 그게 쉬워, 이 새끼야? 그럼 먼저 뒈져봐. 이 다릴 하고도 악착같이 살아있는 주제에 무슨 말이 그래!
유학한	(울먹거리며) 쉽냐고? 쌍, 그래. 쉽다. 몸뚱이는 썩어가고, 처먹을 건 없고, 차라리 혀 깨물고 뒈지는 게 더 쉽지, 죽여! (남대식의 멱살을 잡으며) 차라리 나를 죽여주라고. (흐느낌)
남대식	(총을 갖다주며 울먹거리며) 그래! 이 새끼야. 죽어! 그냥 죽어버려. 난 정이병이랑 끝까지 살아서 아들, 딸 낳고! (주먹을 땅에 내려치며) 잘 살 거니까.
유학한	정이병? 언제 나갔지? 안 돌아오는 걸 보니 벌써 죽은 거 아냐? 이 위험 통에 자기 배 채우자고 정이병 더러 수색을 내보내? 이기적인 새끼, 착한 척은 혼자 다 하고 쌍, 더러운 새끼.
남대식	너 아직 안 죽었어? 내가 방아쇠라도 당겨줘?
유학한	이제야 본성이 나오는구만. (총대를 남대식에게 들이밀며) 당겨, 이 새끼야. 당겨!

남대식	그게 소원이라면! (당긴다.)
유학한	(철컥, 소리나고) 으아아악!
남대식	빈 총이야.
유학한	이 개새끼, 날 가지고 놀아!
남대식	천하무적 너 같은 새끼도 죽는 건 두려운가 보다? 소리부터 치기는. 살고 싶으면서, 그러니까 죽는다는 말 하지 마. 나보다 더 가식적인 새끼가.
유학한	씨팔, 나를 가지고 놀아? 놀아? (주변을 둘러보고 다른 총을 찾는다. 총을 들어 남대식에게 겨누며) 쏴버릴 거….

유학한이 무엇을 본 듯, 남대식의 뒤를 보다가 총을 떨어뜨린다.

남대식	(놀라며) 뭐야, 그 총도 총알이 없냐?
유학한	(뒤를 가리키며) 저…, 저기…, 저기….

남대식이 유학한의 멱살을 잡고 내동댕이친다. 그리고 올라타 목을 조르려고 한다. 눈에 살기가 비친다.

남대식	소원이라면 죽여줘야지.
유학한	저기 뒤에 여자…, 누구…야?
남대식	헹, 이제 와서 죽기 싫다는 거야? 아까는 죽고 싶다며.
유학한	저…, 여자…. 누구냐… 니까….
남대식	(천천히 뒤돌아보며) 무슨 개소리….

음악이 흐른다. 음률에 맞춰 여자 목소리가 들린다. 잠시 들리더니 곧 끊기는 목소리. 놀란 남대식과 유학한이 주변을 둘러본다. 남대식이 유학한의 몸 위에서 내려와 재빨리 총을 든다. 경계태세를 취하지만 주변은 조용하다. 유학한이 가쁜 숨을 몰아쉰다.

유학한   자꾸 나를 불러. 이리 오라고…. 저 사람 누구…야…?

남대식   (주변을 둘러보며) 개소리하지 마. 여긴 아무도 없어. (유학한의 멱살을 잡으며) 여자 맛보고 싶어서 미친 거지? 여자 못 품어서 환장한 거지? 그지?

유학한   나 가야 돼. 저기 봐봐, 자꾸 부르잖아. 여자도 있고, 아저씨도 있고, 할머니도 있고. 다 나보고 오라는데. 나…, 저리로 가야 하나 봐.

유학한이 몸을 일으킨다. 남대식, 일어나려는 유학한을 포박해 다시 자리에 눕힌다. 유학한은 바닥에 누워서 저항한다.

남대식   누가 있다는 거야. 여긴 아무도 없어. 너랑 나, 둘뿐이라고.

유학한   웃기지 마. 저 사람들은 다 뭐야? 내가 지금 잘못 보는 거라고?

남대식   (유학한의 뺨을 치며) 정신 차려. 누가 있다는 거야? (돌아보고) 아무도 없어. 너 몸이 약해졌나 보다. 명령이야, 유상병. 자도록 해.

유학한   자라고? 잠을 자라고? (웃음)

음향   (유학한의 목소리를 통해) 총을 든 자여, 너는 영원히 잠들지 못하리라.

말을 마친 유학한의 몸이 45도로 꺾인다. 유학한이 바닥에 쓰러지고 나서야 주변은 다시 조용해졌다. 유학한은 움직이지 않는다.

남대식   유…, 유… 상병? (발로 툭툭 건드리며) 이봐, 괜찮은 거야?

남대식이 유학한의 심장과 코에 귀를 대어본다. 좌우로 흔들며 깨우기 시작한다.

남대식   (소리치며) 분명 말하지만 나는 너희들을 지키느라 기력을 다 쓴 거야. 음식도 물도 양보하고 나는 할 만큼 했다고. 죽더라도 듣고 죽어. 나는 할 만큼 했어! 고맙다고 하고 죽어. 이 새끼야.

유학한   (신음) 으윽!

유학한이 신음하는 사이 정태풍이 등장한다.

정태풍   이…, 이상한 일이 있었어요….

남대식   (태풍을 위아래로 훑어보며 자꾸 고개를 흔드는 듯) 빈손인 거야?

정태풍   유상병님, 많이 안 좋으신 겁니까?

남대식   (유학한의 멱살을 잡고 있는 자기 손을 보고 놀라, 다시 학한을 땅에 내려놓으며) 괜찮을 거야. 숨은 쉬어.

정태풍   남병장님, 얼굴이 많이 안 좋아 보이십니다.

남대식   괜찮아. 몸이 조금 안 좋을 뿐이다.

정태풍   수색 중에 이상한 소리를 들어서 보고를 먼저 드리려고….

남대식	(말을 자르며) 먹을 거는?
정태풍	그것보다 우선…. 여…, 여길 벗어나야….
남대식	먹을 거 없어? (고개를 흔들며) 어제 마지막 건빵을 너희에게 먹이고 나는 안 먹었단 말이다.
정태풍	죄송합니다. 하지만 우선, 제 말씀을 들어보시고, 판단을….
남대식	(중얼거리며) 내가 왜 그런 바보 같은 짓을 했을까? 아니지. 나는 그래도 병장인데 혼자 먹으면 쪽팔리는데. 다 같이 주길 잘한 건가, 배고프잖아. 아, 젠장!
정태풍	나, 남병장님.
유학한	(신음) 으윽!
남대식	(무릎 꿇고 주저앉으며) 배가 고파, 배가 고프다고. 물론 나눠 먹을 거지만 (정태풍을 째려보며) 니가 구해 온다고 했으면 약속은 지켜야 할 거 아냐!
정태풍	죄송합니다, 남병장님. 수색 중에 어떤 여자를 만났는데….
남대식	(머리를 거칠게 만지며) 아 젠장! 배고파! 배고파!
유학한	(다리를 뒤틀며) 으윽, 다리 아파. (기어서 정태풍의 다리를 붙잡으며) 여길 나가야 해…. 자꾸…, 자꾸 안에서 나를 불러.
남대식	(유학한의 멱살을 잡아 누르며) 무슨 소릴 하는 거야? 자꾸 이상한 말을 해. 여기 누가 있다고!

정태풍이 겁에 질린 표정으로 남대식을 쳐다보자 남대식이 태연하게 유학한의 옆에 자리를 잡는다.

남대식	머리가 아파. 좀 누워야겠어.

정태풍	남병장님, 몸이 안 좋아 보이시지만 그것보다 우선 여길 빠져나가는 게 좋을 것 같습니다.
남대식	배가 고파. 좀 쉬었다가 나가든지 하자.
정태풍	(경례를 하며) 일어나시면 곧장 나가는 걸로 준비하겠습니다.
유학한	(신음) 으윽! 정이병.
정태풍	네?
유학한	너도 보이지? 여길 들어왔을 때부터 우린 죽은 목숨이었어.
정태풍	(남병장의 눈치를 살피며) 유상병님, 아까 말씀드리지 못했지만 수색 중에 동네 주민을 만났습니다. 이곳이 위험하다고 했습니다.
유학한	(몸을 반쯤 일으키며) 위험하다라, 맞는 말이지. 너는 안 보여? (남대식을 가리키며) 다들 미쳐가는 거야. 그게 사람 짓인지, 귀신 짓인지 몰라서 그렇지.
정태풍	유상병님, 그런 말씀 마십시오. 나가면 되는 거 아닙니까. 남병장님은 다만, 피곤하셔서 그런 것 같습니다.
유학한	(몸을 뒤집고 고통스러운 표정을 지으며) 으윽!
정태풍	(몸을 숙여 유학한의 곁으로 다가가며) 무리하지 마십시오.
유학한	(흐느낌) 근데, 말이야. 자꾸 누가…, 귀에 대고 말해….
정태풍	유, 유상병님.

조명이 바뀌면 유학한이 갑자기 낮은 포복 자세로 빠르게 기어온다. 음향으로 들리는 여자의 목소리가 유학한의 입에서 나오고 있다.

유학한	총을 든 자는, 영원히 잠들 수 없다.

정태풍   (나자빠지며) 으아악!

유학한   (소리지르고 벽에 부딪치며) 죽어! 죽어!

벽에 한창 머리를 박던 유학한이 갑자기 멈춘다. 겁에 질린 정태풍이 뒷걸음질 쳐서 남대식의 곁으로 다가간다. 남대식을 흔들어 깨우는 정태풍.

정태풍   남, 남병장님. 일어나십시오. 유상병님이 이상합니다.

남대식   (슬쩍 쳐다보며) 괜찮아. 그래도 숨은 쉬잖아.

정태풍   남병장님, 지금 당장 떠나는 게 좋을 것 같습니다. 유상병님도 상태가 안 좋으시고, 남병장님도 피곤해 보이십니다.

남대식   (고개를 흔들며) 가야지, 자꾸 몸에 힘이 빠지는군. 그래도 가야지. 빨갱이도 까부수고, 훈장도 받고 쌀밥도 먹어야지.

정태풍, 서둘러 총과 군장을 챙긴다. 쓰러져 있는 유학한의 곁에 달려가 그의 팔을 목에 걸어 부축한다.

유학한   (신음, 부들부들 떨며) 나도 데리고 갈 거지?

정태풍   당연한 말씀을 하세요.

유학한   (정태풍의 부축을 받으며) 사실 어젯밤에 여기 들어오자 마자 엄마 꿈을 꿨어. 썅, 나 스무 살 때 뒈져 놓고서는 한 번도 안 나오더니 어제 나와서, 꺼내달라고 지랄하데. 젠장, 하두 기다려서 눈이 빠졌다고 눈을 보여주는데 눈깔이 없더라. (흐느끼며) 저승에서도 밧줄을 칭칭 감고 총 맞은 자국은 벌겋게 피가 묻어 있는데 죽기 전이랑 똑같은 꼴이야. 자꾸 꺼내달래. 답답하다고, 자꾸 꺼내달래. 그 소리 싫어서 도망친 게 언젠데!

정태풍   (유학한을 안으며) 괜찮아지실 거예요. 다리 치료하고, 제사
         올리면 어머니도 편하게 잠드실 거예요.

유학한   모르는 소리하고 자빠졌네. 제사도 무덤이 있어야 올리지.
         몇천 명이 같이 뒈졌는데 시체를 어떻게 찾아. 어디 깔려 있는
         지 알아야 꺼내주든지 말든지 할 거 아냐.

남대식   (움직이다가 주춤하며) 너 전에 고향이…, 남쪽이라고 하지
         않았어?

유학한   (당황하며) 나, 나는 서, 서울 사람이야.

정태풍   (앞으로 부축하며) 우선 움직이시죠,

유학한   아악! (다리를 뒤틀며)

정태풍   벌써 상처가 번지나 봐요. 잠시만 계셔보세요.

정태풍이 유학한 다리에 묶은 옷의 소매에서 글귀를 발견한다. 객석 쪽으로
옷을 든다. 남대식이 짐을 챙기고 있다.

정태풍   총을 든 자, 영원히 잠들지 못하리?

유학한   (티셔츠를 보다가 겁에 질림) 나가야 해, 나가야 한다고.

정태풍   (티셔츠를 바닥에 팽개치고 남대식을 흔들며) 남병장님! 이제
         정말 가야 해요.

남대식   기다려봐, 힘이 없어서 그래. (계속 느린 행동으로 짐을 챙긴
         다.) 갈 거야, 가고말고.

유학한   여기 있다간 다 죽고 말 거야.

정태풍   그래도, 남병장님을 두고 어떻게 갑니까. (남대식에게) 빨리
         준비하십시오.

유학한	어서 가자니… (무엇에 놀란 듯) 까….

유학한. 놀란 눈으로 정태풍의 뒤쪽을 쳐다본다. 여자가 걸어온다. 무대 어두워지고 유학한 얼굴만 보인다. 여자 귀신이 유학한 옆에 앉아서 계속 목을 긁어댄다.

유학한	엄마…. (벌떡 일어나서 스스로 벽에 머리 박으며) 아윽!

정태풍이 놀라 유학한을 쳐다본다. 그 사이 남대식이 천천히 일어난다. 유학한이 바닥에 누워 입을 벙긋거린다.

유학한	엄…마…, 싫어….
정태풍	유상병님! 유상병님, 정신 차리십시오!
남대식	(물끄러미 유학한의 시체를 보며) 3일 안에 대가리 처박고 뒈질 거라더니 진짜였나 보네. 쳇.
정태풍	유상병님!
유학한	어…엄마…, 엄…마….

유학한이 허공 쪽을 향해 놀란 표정으로 손가락을 올린다. 갑자기 툭 떨어지는 손. 죽음을 맞는다.

정태풍	(유학한의 손을 잡으며 흐느끼며) 유상병님, 정신 차리십시오.
남대식	(발로 정태풍의 다리를 툭툭 치며) 저기, 구석에 치워 둬.
정태풍	그래도 묻어 드려야 하지 않습니까?

남대식   묻다가 빨갱이 눈에 보일까 봐 그래. 넌 아직 어리니까 더 살아야잖냐. 내가 내일 묻을 테니까 치워둬. 저 새끼 눈에 자꾸 뭐가 보인다니, 주변 수색이나 다녀와야겠어. 우선 가는 건 좀 미루도록 하고 쉬고 있어.

남대식이 퇴장한다. 정태풍은 유학한의 시체 곁에 쪼그리고 앉아 있다. 흐느낌과 함께 천천히 조명 꺼진다.

4장

무대 바뀐다. 비행기 소리, 총소리, 비명 등 음향효과 서서히 줄어들다가 남대식과 김일병 기어서 등장한다. 앞쪽을 살피다가 바위 뒤쪽에 몸을 숨긴다.

김일병   으아아악!

김일병의 비명에 조명이 들어온다. 배를 움켜쥐며 고통에 찬 소리를 지르는 김일병.

정태풍   (무전기에 대고) 여기는 36사단, 여기는 36사단. 부상병 있다, 부상병 있다. 좌표 28-32. 지원 바람, 지원… 바람. (무전기를 떨어뜨리며) 아무도 없나? 젠장. (머리를 헝클어뜨리며 좌절)
김일병   (계속 소리지르며) 으아아악!

정태풍이 김일병의 터진 배를 손으로 막아준다. 손가락 사이로 쏟아지는 피가 보인다. 폭탄 떨어지는 소리가 크게 들리고 남대식이 김일병을 부축하면서 도망친다.

정태풍　　뭐야, 김일병님 괜찮습니까?

김일병　　거기 들어가면 안 돼.

정태풍　　갑자기 무슨 소리십니까? 우선 여길 피해야 한다고요.

김일병　　(손을 뿌리치며) 거기 가면 안 된다니까. 저길 봐.

김일병이 뒤쪽으로 손가락질한다. 정태풍이 김일병을 잡아끌다가 그가 가리키는 곳을 본다. 뒤쪽으로 광산이 비친다. 흙더미와 나무가 널려 있던 광산이 점점 붉은색으로 물든다. 정태풍, 눈을 비비며 광산을 쳐다본다. 완전히 붉게 물든 광산이 보인다.

정태풍　　저게 무슨!

김일병　　(그의 팔을 잡으며) 살고 싶어?

정태풍　　김일병님, 무슨 말씀을 하시는 거예요?

김일병　　(피 묻은 손바닥을 보여주며) 온통 붉은, 피로 물든 곳이야.
　　　　　아직도 나오지 못하고 썩어가는 사람들의 피…. 꺼내 달라고
　　　　　말하는데 누구도 그들을 꺼내주지 않아.

무대 옆으로 물러난 김일병과 정태풍. 옆으로 포승줄에 줄줄이 묶인 사람들이 겁에 질린 채 등장한다. 다들 구덩이 안으로 사라진다.

김일병　　(서서히 고개를 들고 속삭이며) 너도 살고 싶잖아. 그들이 그
　　　　　랬던 것처럼 너도 미치도록 살아내고 싶잖아. (웃음) 나는 이
　　　　　제 쓸모없으니….

정태풍이 놀라 뒤로 뒷걸음질친다. 김일병이 비틀거리며 일어선다. 겁에 질린 정태풍과 평온해진 김일병의 눈이 마주친다. 김일병이 피가 쏟아지는 자신의 배 위 상처 안으로 손을 집어넣는다. 피가 묻은 창자를 꺼내 정태풍에게 건네는 김일병.

김일병   이거라도 가지고 가라.

정태풍   으아악!

정태풍이 뒷걸음질친다. 겁에 잔뜩 질린 표정이다. 거친 숨을 쉬고 있는 사이 여자 등장.

여자   (목소리만) 죽은 사람 본다캤제?

정태풍   (놀라 고개를 이리저리 둘러보며) 하, 할머니, 살려주세요.

정태풍이 머리를 감싸고 몸을 구부려 바닥에 엎드린다. 조명, 고장난 네온처럼 깜빡거리고, 노파가 정태풍의 몸을 이리저리 타넘기 시작한다.

여자   내랑 같이 가자. 같이 가자. 훠이 훠이.

정태풍   아악!

남대식이 뒤돌아 앉은 채 팔만 뻗어 정태풍의 몸을 이리저리 흔들고 있다. 조명 들어온다.

남대식   시끄럽다고 젠장. 좀 조용히 할 수 없나?

정태풍이 놀라서 잠에서 깬다. 식은땀을 흘리며 남대식을 바라보는 정태풍.

남대식은 그가 잘 보이지 않는 방향으로 뒤돌아 앉아 있다. 놀란 정태풍, 곧장 군장을 챙긴다.

정태풍   가야 합니다, 남병장님.

남대식이 무언가 게걸스럽게 먹고 있다.

정태풍   (남대식의 뒷덜미를 잡으며) 남병장님! 가야 합….

정태풍이 뒤로 나자빠지는 사이 남대식의 옆에는 사람의 팔이 떨어져 있다. 바닥에는 피가 흥건하다. 남대식이 유학한의 팔을 잡고 짐승처럼 물어뜯는다.

정태풍   나…, 남병장님…. 지…, 지금….
남대식   씨팔, 살아야지. 이대로 굶어 죽는 것보다 개죽음은 없다고.

정태풍이 뒷걸음질치며 남대식을 보고 있다. 남대식이 피 묻은 팔을 정태풍에게 들이댄다.

남대식   (정태풍에게) 먹어! 너도 살라고! 목숨보다 귀한 건 없어. (중얼거리며) 씨팔, 나는 살 거야. 끝까지 살아서 돈도 벌고 마누라도 얻고 지긋지긋한 과거 같은 거 지우고 살 거야. 살 거야. (게걸스럽게 먹으며) 씨팔, 나는 살 거야.
정태풍   (남대식의 손을 뿌리치며) 하지 마!
남대식   (아랑곳하지 않고) 배고파. 배고파. 배고프면 먹어야지. 그래야 살지.
정태풍   (남대식을 향해 총을 겨누며) 사람이, 어떻게 사람을 건드려.

당신, 정말 남병장 맞아? 자기보다 우리를 먼저 챙겼던, 그 사람이 맞냐고!

남대식 그땐 그랬지. 세상에서 제일 무서운 건 뭔지 알아? 살겠다고 나오는 놈이야. 어떻게든 살겠다고 나오는 놈은 못 할 게 없거든. (옆에 놓인 칼을 들고 천천히 일어나며) 내가 죽였어? 죽은 놈 좀 먹고 나도 살겠다는데! 내가! 살겠다는데 못 할 짓이 뭐야?

남대식이 칼을 들고 달려든다. 정태풍이 칼을 피하며 쓰러진다. 남대식이 찌르려는 사이 정태풍이 다리를 잡고 애원한다.

정태풍 아무리 그래도 어떻게 사람이 그래요. 그것도 유상병님을! 남병장님, 왜 이렇게 변하셨냐구요!

남대식 전쟁이 이런 거야. 서로 죽이고, 죽고. 매일 죽는다는 생각 속에 사는데, 착하게 살아 뭐 해! 어차피 죽고 말 거잖아. 훈장이라도 준대? 어차피 지옥 가는 건 똑같아. 지금까지 죽인 사람이 몇인데 깨끗하게 살길 바라냐? 차라리 내 목숨 부지하는데 최선을 다하는 게 솔직한 거야. 너도 가식 떨지 마. 그게 니 본 모습도 아니잖아.

정태풍 그래도 사람은 사람인 겁니다. 전쟁이 수천 번, 수만 번 터져도 (가슴을 치며) 이 안에, 지켜야 할 무언가들이 있어 짐승이 아니라 사람인 거라고요.

남대식 (가슴을 가리키며) 이 안에? 두고 보자. 너는 다른지.

남대식이 칼을 정태풍의 눈앞까지 가지고 갔다가 찰나의 순간 낄낄거리며 주머니에 쑤셔 넣는다.

남대식	꼬맹아, 살자. 나도 나도 좀 살자.
정태풍	(흐느낌) 이렇게 변하셨어요, 남병장님! 흑흑….
남대식	당장 죽을 것 같으면 누구든 변해. (다시 고기를 뜯어먹으며) 내가 봤을 때는 그게 사람이다.
정태풍	(결심한 듯) 전 가겠습니다. (일어서며 군장을 짊어진다.)
남대식	혼자?
정태풍	네, 혼자 가겠습니다.
남대식	겁쟁이 주제에. 니가 뭘 할 수 있다는 거냐? 이 어른들의 세계에서 말이다. 고작 스무 살, 아니 열아홉 살 주제에. (고기를 들어보이며) 먹고 배가 차면 출발할 거야. 조금만 기다려.
정태풍	저는 먼저 가겠습니다. 유상병님을 생각하면 마음이 아파, 더 이상 여기 있을 수가 없어요. 나가서 죽더라도, 그게 마음이 더 편할 것 같습니다.
남대식	너, 위대하신 예수님 말씀 몰라? 자살하지 말라고 하잖아. 생명은 소중한 거라고. (웃음) 난 내 생명에 최선을 다하고 있는 것뿐이야.
정태풍	남을 해하여 얻는 것이 얼마나 값진 것일까요.
남대식	남을 해하여 값진 것을 얻는 것, 그게 바로 니가 하고 있는 이 전쟁이다.
정태풍	남병장님은, 이제 저의 상관이 아닙니다. 계속 여기 머무실 거라면 저는 혼자라도 가겠습니다.
남대식	니 상관이 아니라고? (정태풍에게 다가서며) 그럼 내가 뭘로 보이는데?
정태풍	다가오지 마십시오. 진짜 쏘겠습니다.

남대식	(손으로 총을 뿌리치며) 늦었어, 새끼야. 이래서 빨갱이 죽이겠어?
정태풍	이야아! (남대식에게 달려든다.)

정태풍과 남대식이 격투를 벌인다. 두 사람은 무대 전체를 구르다가 동굴 입구에서 싸움을 멈춘다. 남대식은 안으로 들어가려고 하고, 정태풍은 나가려고 한다.

정태풍	(남대식의 팔을 붙들며) 여기서 나가자구요. 제발 좀! 여기서 나가면 남병장님도 다시 예전으로 돌아오실 수 있을 겁니다. 이 동굴이 모든 사람을 미치게 만들고 있다구요.
남대식	아직은 아냐. 더 배를 채워야 해! 너 먼저 가. 귀찮게 하지 말고!
정태풍	안 됩니다. 남병장님, 여기 계시면 유상병님과 똑같이 되실 겁니다. 같이 나가요, 같이 살자고 했지 않으셨습니까!
남대식	꺼지라고, 아직은 배가 더 고프단 말이다. 고기가 필요하고! (바닥에 머리를 박으며) 먹어도 먹어도, 배가 고파. 동굴 안에 가득 찬 이 피비린내 때문에 나도 미쳐버리겠다고!
정태풍	(그의 팔을 잡고 애원하며) 남병장님, 저랑 같이 싸워온 게 1년입니다. 제가 죽을 뻔할 때마다 많이 구해 주셨잖아요. 그 원산전투 생각 안 나십니까? 그때 기왓장 안에 저를 숨겨주지 않으셨다면 저는 죽었을지도 모릅니다. 자꾸 머리가 튀어나와 남병장님이 엉덩이로 눌러주셨잖아요. 동해 때는 어땠구요. 저랑 남병장님이랑 모래찜질하다가 빨갱이한테 밟혀서 죽을 뻔한 적도 있지 않습니까? 생각하세요. 그때를 생각해

내시고 다시 돌아가십시다.

남대식 　　(조용해진다) 돌아간다라…. 갈 수 있을까? 전쟁이 없었던 그때처럼. 사람들이 이유 없이 죽지 않아도 됐었던 그때처럼?

정태풍 　　제가 장담합니다. 돌아갈 수 있습니다. 심장이 뭉클거리는 이 느낌만 잊지 말고 계십시오. 그렇다면 언제든지 돌아갈 수 있습니다.

멀리 노을이 진다. 정태풍이 눈을 찌푸리며 먼 산을 쳐다본다.

정태풍 　　다 왔습니다. 이 동굴만 나서면 우리는 아무 일 없었던 것처럼, 전쟁이 없었던 때처럼 돌아가는 겁니다.

남대식 　　돌아갈 수 있을까?

정태풍 　　(남대식의 어깨를 당기며) 이리 오세요.

남대식 　　(뒤를 가리키며) 저 군장 좀 들어줘. 맞다, 초…, 총도 안 챙겼고…. (태풍을 보며) 그래도 너를 먹여 살리느라 내가 얼마나 고생했는데…. 알지? 나 그래도 괜찮은 놈이야.

정태풍 　　알겠습니다. 먼저 걸으시죠.

남대식 　　(더듬거리며 한 발짝씩 걸으며) 비밀이야, 전부 비밀이야. 우리끼리만 아는 거야. 나는 아무도 죽이지 않았어. 전쟁이, 전쟁이 죽인 거야. 전부 그놈이 그런 거야. 비밀이야….

남대식이 걷다가 멈춘다. 천천히 뒤를 돌아본다. 반쯤 몸을 돌린 그에게 붉은 조명이 비치면 죽은 유학한이 그의 등 뒤를 타고 오른다. 무등을 한 채 두 팔로 남대식의 얼굴을 감싼다.

유학한	야는 못 쓴다. 니는 야가 사람 같나?
정태풍	유상병님, 괜, 괜찮으신 겁니까?
유학한	자꾸, 죽은 사람이 보인다고 그랬제?
정태풍	남병장님, 이리 오세요. 제 옆으로 오세요.
유학한	넌 야가 아직도 사람 같나?
정태풍	죽은… 사람.
유학한	니도 여기 같이 있었잖아. 니 눈에는 안 보일 것 같나.

유학한이 두 팔을 벌려 남대식의 머리를 통째로 감싼다.

남대식	(들리지 않는다, 팔을 허우적거리며) 정이병 이리 와. 명령이다.
유학한	저 손 잡지 마라.
정태풍	이쪽으로 오세요. (손을 내밀며) 빨리 제 손을 잡으세요.
남대식	그래 갈게. 근데 앞이 보이지가 않아.

남대식이 동굴 밖을 향해 한 발짝 딛는다. 동굴 안에서 손들이 나와 남대식의 옷을 잡고 안으로 끌어당긴다.

남대식	(끌려가며) 정태풍, 살려줘. 살고 싶다고!

남대식이 버둥거리며 동굴 안으로 끌려 들어간다. 곧 비명소리가 들린다. '전우의 시체'가 점점 노파의 목소리로 바뀐다. 정태풍이 귀를 막고 소리를 지르면 암전된다.

5장

조명 들어오면 지친 정태풍이 기어서 산을 내려오고 있다. 조명 꺼지고 다시 켜지면 노파가 정태풍 곁에 물그릇을 들고 앉아 있다. 조명 다시 꺼지고 켜지면 정태풍 촛불 켜진 들판에 누워 있다. 노파 옆에서 쭈그리고 있다. 다시 불 꺼진다.

여자   일어나라. 고만.

정태풍   (놀라며) 귀신은 썩 물러가라.

여자   손 안 잡아주길 잘했다.

정태풍   당신도 귀신이지?

여자   나는 귀신도 못한다.

정태풍   (머리를 감싸 쥐며) 남병장님을 구해 주지 못했어.

여자   일찍이 죽은 놈이었다.

정태풍   살아있었어. 분명 살아있었고 살고 싶다고 했다고.

여자   웃긴 소리 마라. 살고 죽는 건 지가 결정하는 게 아니다. 적어도 여기 사람들은 다 그랬다. 니가 여기 온 게 우연인 것 같나?

정태풍   뭐라구?

여자   이미 두 놈이랑 같이 다닐 때부터 니는 여기 올 운명이었다. 니만 몰랐을 뿐이지.

정태풍   아니야, 우린 빨갱이 쫓다가 이남까지 내려온 거고, 중공군 때문에….

여자   피붙이는 피붙이를 부르는 거라. 죽어도 못 끊는 인연이라

서 아무도 여기를 못 떠나는 거다. (정태풍을 보며) 정신 똑똑
히 차리고 들어라. 거기, 왜 귀신 비는지.

무대 한쪽에 밝은 조명 들어오고, 젊은 남자가 등장한다. 손에는 보도연맹을
알리는 안내문과 전단지가 들려 있다. 앞으로는 쌀과 고무신을 닮은 바구니
들이 있다. 늙은 남자가 등장해 바구니 앞에서 뭘 적는다.

늙은 남자   이래 적으면 되나?

젊은 남자   예예, 문제 없심더. (쌀과 고무신을 가리키며) 어르신, 두 개
              중에 뭘로 하실래예?

늙은 남자   내는 쌀로 도. 간만에 쌀밥이나 묵어바야겠다.

젊은 남자   (쌀을 한줌 퍼서 건네며) 하모예. 이게 얼마 만에 보는 쌀인
              지, 이라니까 나랏님 만세 소리 안 나옵니꺼. 이거 가입만 하
              면 고무신도 주고 쌀밥도 주고 다 퍼다 주니까 말입니다.

늙은 남자   그렇제. 얼른 가서 집사람도 이거 하나 쓰라 해야겠다.

젊은 남자   요게 이름이랑 나이만 쓰시면 됩니다. 설명은 대충 보도연
              맹이라꼬, 사상 교육한다고만 캐주이소. (웃음) 지도 그뿐이
              몰라예.

늙은 남자   무신, 그런 거까지 알 거 있나. 쌀만 받으면 되지. 간다이?
              (퇴장)

젊은 남자   예예. 좀 있다 오시이소. 쌀 더 가지러 가야겠네. 금시 떨어
              지네. (퇴장)

젊은 남자, 퇴장 동시에 한쪽 조명 꺼지고, 노파와 정태풍이 앉아 있는 쪽 조
명이 다시 들어온다.

여자　　　　다들 배곯던 사람들이었다. 묵을 끼 없어서 물 묵고, 나물 묵고 하다가 갑자기 나라에서 보도연맹인가 무시긴가 한다고 사람들을 모아쌓데. 빙신 같은 것들, 배고니까네 앞다퉈 써제 낄지. 쌀이라도 한줌 타서 피붙이들 먹일라고. 나중에 그 재앙이 날 줄 모르고 말이다.

무대에 눈을 가린 남자가 끌려 들어온다. (많을수록 좋다.)

시민　　　　전 정말 아무것도 모릅니데이. 사회주인가 뭔가가 뭔지도 모리고 전 배가 고파서. 이름만 쓰라카데예. 그래서 쌀밥 묵을라고 이름만 썼심니더. 살리주이소.

군인　　　　이승만 각하야? 김일성이야?

시민　　　　에? 제가 잠시 깜빡했는데…. 이승만…, 아니 김일성…. 사실 잘 모르겠습니다. (빌며) 지는 진짜 아무것도 몰라예. 쌀 준다캐서 쓴 거라예. 살리주이소. 애들이 아직 소핵교도 졸업 못 했는데예.

군인　　　　(지팡이로 가리키며) 대한민국 민주공화국의 대통령이 누군지도 몰라?

시민　　　　살려만 주이소. 전 그냥 이름 적으면 쌀 준다캐서.

군인　　　　사살! (총소리)

시민, 쓰러지는 동시에 다시 조명 꺼진다. 노파와 정태풍이 앉아 있는 쪽 조명 들어오고 노파, 쓸쓸한 표정으로 먼 산을 바라보고 있다.

여자　　　　마을 사람들을 포승줄에 줄줄이 묶어놓고 산으로 끌고 갔다. 거기서 잽히는 대로 다 죽있지. 마을 사람뿐 아니라 어디서 실리온 사람까지 몇 챈 맹이 뒈져뿟짓다.

군인 　(핀 조명) 사살! 사살! 사살! 빨갱이 시체는 묻어둘 가치도 없다. 구덩이 안에 쑤셔넣어.

음향 　예!

여자 　저대로 썩었다. 무덤 하나 없이 그대로 죽어서 썩었으니 한이 얼마나 대단할 끼고. 그래서 저 동굴에 들어가면 죽은 사람을 보는 기라. 같이 가자고 데리로 온다네. (손가락질) 저기 함 봐라. 가까이만 가도 살 썩는 내가 진동을 하는데, 그게 벌써 몇십 년다. 근데 아무도 그 사람들을 꺼내줄 생각도 안 한다. 대통령인지 무시긴지도. 지 때문에 죽었는데.

정태풍, 여자가 손가락질한 곳을 쳐다본다. 다시 광산의 풍경이 나오고 광산은 천천히 붉은색으로 물든다.

정태풍 　(동굴 쪽을 쳐다보다가 눈을 비빈다) 할머니, 이…, 이상해요…. 과…광산이 전부…, 붉은색….(눈을 비빈다) 붉은색으로 보여요.

여자 　한이지. 그때 품은 한이 피가 돼서 베이가, 땅도 온통 시뻘겋게 보이는 거지.

정태풍 　(벌떡 일어나며) 여기 있다간 저도 남병장님이나 유상병님처럼 죽을 것 같아요. 빨리 가야겠어요. 남쪽으로 내려가면 국군 부대가 있을 거예요.

여자 　그래, 정신 차렸으면 가야지.

정태풍 　(울며) 저 살고 싶어요. 여기서 죽기 싫어요.

여자	니도 사람인 기라, 변하지 않는 사람은 없어.
정태풍	갈 거예요. (노파의 어깨를 잡고 흔들며) 얼른 길을 가르쳐 주세요.
여자	산길 따라 내려가 봐, 살 운명이면 길을 찾겠지.
정태풍	(급하게 몸을 돌리며) 같이 안 가세요?
여자	내는 기다리는 사람이 있다.
정태풍	누구요?
여자	내 아들. 한참 전부터 꺼내달라 말했는데 소식이 없네. 하도 기다려서, 눈이 다 빠져버렸다. 이렇게. (여자, 한쪽 눈을 가리킨다. 안에 있던 눈알이 검게 뚫려 있다.)
정태풍	저…, 저기….
음향(유학한목소리)	자꾸 꺼내달라고 지랄하데, 기다려서 눈이 다 빠졌다고.
정태풍	(여자를 천천히 살펴본다. 조명 다시 어둡게 깔린다.) 아드님 기다리신 지 얼마나 됐는데요?
여자	50년.

정태풍, 천천히 몸을 일으키며 노파에게서 멀어진다. 노파 목에서 피가 뚝뚝 떨어지고 있다.

정태풍	저… 목에서 피가…
여자	괜찮다. 이거 죽을 때 생긴 건데 아직 안 아무네.
정태풍	누…, 누가 죽였어요?
여자	(피눈물을 흘리며) 너희들이.

312

여자가 정태풍을 향해 미친 듯이 기어서 뛰어온다. 정태풍 뒷걸음질친다. 여자가 정태풍의 발을 잡고 놓아주지 않는다.

앵커 목소리 희미하게 들린다.

여자   내랑 같이 가자. 저기로 다시 들어가자.

음향   벌써 세 번째 방화사고입니다. 제조공장 용도로 사용된 이 건물에서는 불행히도 대표가 바뀔 때마다 분신자살을 하거나 고의 방화를 저지르는 등의 사고가 일어났으며 주민들은 경찰 측에 사고지 폐쇄를 요청해 놓은 상태입니다. 이번 사건에서 가까스로 생존한 직원 한모 양은 기숙사에 들어온 대표 이사 뒤로 한복차림의 사람들이 서 있었다고 진술하기도 했습니다. (고장난 무전기 소리⋯.)

정태풍이 자신의 몸을 본다. 서서히 피로 물드는 팔이 보인다. 자신의 팔을 놀란 눈으로 쳐다보는 정태풍.

정태풍   난 아니야. 나는⋯나는 아니라고.

소리를 지르며 그 자리에 고꾸라진다.

6장

조명이 들어오고 불이 켜지면 정태풍이 벽에 기대어 자고 있다. 손에는 총이 들려 있다. 사이렌 소리 울리고, 다시 총소리, 비행기 소리 들린다. 정태풍,

놀라서 눈을 뜬다. 주위를 살펴보다가 동굴 쪽을 본다. 일어나 힘없이 바닥에 털썩 주저앉아 있는데 부스럭거리는 소리 들린다.

남대식   매복 확인했어?

정태풍   남병장님, 살아계셨군요.

남대식   그래, 꼬맹이 고맙다. 아직은 살아있어.

유학한   개소리 집어치우고 빨리 숨을 데나 찾아봐. 다리가 아프단 말이다.

정태풍, 망연자실한 표정으로 남대식과 유학한을 번갈아 쳐다보며 뒷걸음질 친다. 남대식이 넋이 나간 정태풍의 어깨를 잡는다.

남대식   (입술에 손을 대며, 급박한 표정으로) 쉿! 무슨 소리가 들려.

정태풍   우리 다 살아있는 거죠? 다들 멀쩡한 거죠?

남대식   무슨 뜬금없는 소리야.

정태풍   아니, 그게 아니라 다들 죽으셨잖아요.

유학한   니 바람이냐? 빌지 마라. 안 그래도, 곧 뒈질 테니까.

정태풍   그게 아니라…. 아까 제가 두 분을 봤는데. (숨을 가쁘게 쉬며 둘을 번갈아 쳐다본다.)

남대식   헛소리 집어치우고, 일단 저쪽으로 숨자. (유학한을 가리키며) 이 새끼 부축해서 데려와.

정태풍   다들 무슨 말씀하시는 거예요? 저긴… 들어가면 안 되는 곳이잖아요.

유학한   그럼, 노상에서 총맞고 뒈질 거야? 병신 새끼야! 살자고! 나는 살아야 해. 얼른 들어가자.

정태풍   저도 살아야…, 살아야…. 분명 다들….

정태풍이 먼 산을 보며 눈을 비빈다. 영상에 보이는 광산이 점점 붉은색으로 물든다. 머리 감싸 쥐고 주저앉는 정태풍. 정태풍의 다리를 손들이 나와 광산 안쪽으로 당기고 정태풍은 그대로 끌려 들어간다.

조명 꺼지고, 조명 다시 켜지면 나뭇가지에 피 묻은 티셔츠. '총든 자는 영원히 잠들지 못한다'라는 문구가 적힌 옷이 펄럭거린다. 다시 조명 꺼지고 남대식, 정태풍, 유학한 세 사람이 굳은 표정으로 뻣뻣하게 서서 관객들을 노려보고 있다. 다시 조명 꺼지면 무대 중간에 무전기 하나만 놓여 있다.

음향   ('치이익' 하는 혼성음 들리면서) 제61회 대구 폐광위령제가 열렸습니다. 전쟁 54년 만에 열리는 최대의 행사입니다. 이번 행사에서는 6·25전쟁 당시 경산에서 전멸한 386부대와 함께 보도연맹 희생자들을 위로하는 데 목적을 두고 있습니다. 보도연맹사건 당시 가족들을 잃은 유가족들의 바람으로 시작된 이번 행사는… (늘어진 테잎처럼, 치이이익, 치이익 소리 들린다.)

여자   (목소리) 내랑 같이 가자.

BG로 '전우의 시체' 노래, 커졌다가 점점 작아진다.

최지수 희곡집
유리

초판 1쇄 발행 2022년 12월 20일

지은이 최지수   **펴낸이** 임현경
책임편집 홍민석   **편집디자인** 육선민

펴낸곳 곰곰나루
출판등록 제2019-000052호 (2019년 9월 24일)
주소 서울특별시 양천구 목동서로 221 굿모닝탑 201동 605호 (목동)
전화 02-2649-0609
팩스 02-798-1131
전자우편 merdian6304@naver.com

ISBN 979-11-92621-04-3

책값 20,000원